# HEART AND SOUL

Von Nadja Raiser

## Buchbeschreibung:

Als Jen auf Liam trifft, ist es um beide geschehen: Sie ziehen
sich magnetisch an und fühlen sich auf wunderbare Weise
vollständig. Allerdings dürfen sie niemals zusammen sein.
Was beide nicht wissen: Sie sind das Ergebnis einer geheimen
Forschung und das Zwillingspaar mit einem gemeinsamen
Herzen und einer Seele. Sie sind genau genommen EINS und
keiner kann ohne den anderen leben. Unwissentlich geraten
sie zwischen die Fronten einiger Wissenschaftler und es
beginnt ein bitterer Machtkampf zwischen Forschung,
Vernunft und Liebe …

## Über die Autorin:

Nadja Raiser lebt mit ihrem Ehemann und den beiden Söhnen
am Rande der Allgäuer Alpen. Seit sie als Kind einen alten
Computer geschenkt bekommen hat, auf dem es nur ein
Schreibprogramm gab, liebt sie das Erfinden von Geschichten
und das Abtauchen in eigene Welten. Daher schreibt die
gelernte Erzieherin für ihr Leben gerne Romane und
Kurzgeschichten. »Heart and Soul« ist ihr Debüt-Roman, ein
weiterer Roman (New Adult Romance) wird Ende des Jahres
im Bookshouse-Verlag erscheinen. Derzeit arbeitet sie an drei
weiteren Romanen (Young Adult Romance, Young Adult
Fantasy und ein historischer Young Adult Zeitreise-Roman).

# HEART AND SOUL

## WEIL WIR EINS SIND

Von Nadja Raiser

info@nadja-raiser-autorin.de

www.nadja-raiser-autorin.de

Bibliografische Information der Deutschen Nationalbibliothek:
Die Deutsche Nationalbibliothek verzeichnet diese Publikation
in der Deutschen Nationalbibliografie; detaillierte
bibliografische Daten sind im Internet über dnb.dnb.de
abrufbar.

Deutsche Erstausgabe Januar 2020
Copyright © Nadja Raiser, Pfronten

Umschlaggestaltung: Kristina Licht Coverdesign
Lektorat/Korrektorat: Kristina Licht
Kapitelgrafik: shutterstock (www.shutterstock.com)
Herstellung und Verlag: BoD – Books on Demand,
Norderstedt

Impressum:
Nadja Raiser
Rappenschrofenweg 10
87459 Pfronten

info@nadja-raiser-autorin.de
www.nadja-raiser-autorin.de
Facebook: Nadja Raiser – Autorin
Instagram: nadjaraiser_autorin

*Für Tatjana*

*Ich hab dich lieb, mein Schwesterherz*

# Prolog

»Wir haben es geschafft!« Doktor Cornwall stieß die schwere Metalltüre mit seinem Fuß zu und trat mit wehendem Kittel an den dunklen, langen Steintisch.

Seine Kollegen, die extra wegen ihm aus aller Herren Länder angereist waren, saßen bereits an der Tafel und sahen ihn mit einer Mischung aus Interesse und Zweifel an.

Bevor er zu weiteren Erklärungen ansetzte, holte er seinen Tipper, wie er dieses Hightech-Gerät im Stillen nannte, heraus und startete damit ein Hologramm.

In der Mitte der Tafel erschien das Bild einer hochschwangeren Frau, die aktuell im Memorial Hospital in Hartford lag und auf ihre Ultraschalluntersuchung wartete.

»Ist sie das?« Doktor Chang, ein Astrophysiker aus Peking, schob seine kleine, runde Brille nach oben und verzog skeptisch das Gesicht.

Doch Doktor Cornwall ließ sich von ihm nicht beirren. Er war sich bewusst, dass ihn einige Kollegen aufgrund seines jungen Alters nicht ernst nahmen, aber dies war ihm egal. Er war sich sicher. Hundertprozentig. Er hatte es geschafft. »Sie ist in der dreiunddreißigsten Woche. Ein Junge und ein Mädchen.«

»Was macht Sie so sicher, dass es Ihnen ausgerechnet bei einem gemischten Zwillingspaar gelungen ist?«

Doktor Cornwall atmete tief durch. »Wenn Sie mich ausreden lassen würden, Professor Link, könnte ich es erläutern.«

Professor Link, ein hagerer Mann in den Vierzigern aus Großbritannien mit eingefallenen Wangen und einem struppigen Bart, hob die Hände.

»Sowohl die Bluttests als auch unsere speziell entwickelten energetischen Tests stimmen mit unseren Forschungsergebnissen überein. Ich gebe zu, die In-vitro-Fertilisation war nicht einfach, vor allem unser Eingriff in die DNA der befruchteten Eizelle hat mein Team einige Nerven gekostet. Aber das Ergebnis hat sich gelohnt. Wir haben es endlich geschafft und die Zwillinge entwickeln sich prächtig.«

Professor Link schnaubte. »Das sind immer noch keine Beweise dafür, dass sie es sind!«

Cornwall holte tief Luft und schluckte seinen Ärger darüber hinunter, andauernd unterbrochen zu werden. »Aus diesem Grund, werter Kollege, habe ich so lange mit der Preisgabe meiner Forschungsergebnisse gewartet. Ich wollte den endgültigen Beweis dafür bekommen, dass sie es gewiss sind. Letzte Woche ist das eingetreten, auf das ich so lange gehofft hatte.« Cornwall verspürte ein Kribbeln im Körper. Das Zittern der Stimme spiegelte seine eigene Aufregung wider, doch das war ihm egal. Er öffnete mit dem Tipper ein 3D-Ultraschallvideo der Zwillinge. »Letzte Woche wurde im Zuge einer allgemeinen Untersuchung ein Herzfehler des Mädchens festgestellt. Hypoplastisches Linksherzsyndrom lautete die Diagnose. Allerdings so ausgeprägt, dass die linke Hälfte ihres Herzens quasi gar nicht vorhanden ist. Irreparabel. Sie hat keine reelle Chance, die Geburt zu überleben. Die Unterlagen und Ergebnisse der Untersuchung liegen vor Ihnen, falls Sie Beweise meiner Erläuterungen möchten. Dies ist ein weiteres Beispiel, da sie, wie wir wissen, nur ein halbes Herz hat. Doch das meinte ich gar nicht. Sehen und vor allem hören Sie bitte hin.« Er startete das Video und sah zum gefühlt tausendsten Mal dabei zu, wie der Junge langsam, aber zielstrebig seine Hand ausstreckte und sie auf das Herz seiner Schwester legte. Wenige Sekunden vergingen, in denen man nur das leise, unrhythmische Pochen eines Herzens hörte. Dann zuckte das Mädchen, als hätte es einen Stromschlag bekommen. Der Junge nahm seine Hand fort. Im Anschluss hörte man einen schnellen, stetigen Herzschlag.

Cornwall fühlte wieder eine Gänsehaut am gesamten Körper. Er räusperte sich und wollte fortfahren.

»Das ist unmöglich! Ich höre nur ein Herz ...«, hauchte Professor Bistaky, Genetiker aus Mumbai. »Meinen Sie wirklich, dass ...«

»Ich meine, dass der Junge und das Mädchen sich gegenseitig beeinflussen und aufeinander reagieren, ja. Und zudem hören Sie nur einen Herzschlag, da es nur ein Herz gibt. Werte Kollegen, ich bin mir zu hundert Prozent sicher, dass wir eine Sensation geschaffen haben. Wir gehen stark davon aus, dass auch das Herz des Jungen deutlich verkleinert ist, allerdings kann ich das erst nach der Geburt eindeutig bestätigen. Er lag bei sämtlichen Ultraschalluntersuchungen immer so dicht hinter ihr, dass wir es nicht erkennen konnten. Dennoch bin ich mir sicher, dass sie es sind: das Zwillingspaar mit einem Herz und einer Seele!«

»Und sie sind überlebensfähig?«

Cornwall nickte. »Wir gehen stark davon aus, ja.«

Einen Augenblick lang herrschte Stille im Konferenzraum, doch dann hörte Cornwall das scharfe Einatmen Doktor Changs – der Älteste ihrer Runde und zeitgleich der Mann mit dem größten Respekt und Einfluss und – vermutlich Grund der beiden ersteren Tatsachen – Hauptinvestor dieser Forschungen.

»Doktor Cornwall«, begann er, seine Stimme klang gestochen scharf und erzeugte einen unangenehmen Knoten in Cornwalls Magen. »Sie sind Mitglied unserer weltweiten Forschungsgruppe – einer geheimen Organisation, die versucht, das Wesen des Menschen in zwei Körper aufzuteilen, um zukünftig Krankheiten oder andere Gebrechen heilen zu können.«

»Ich kenne den Sinn unserer Miss …«, wollte Cornwall verärgert unterbrechen, doch Doktor Chang ließ ihn nicht zu Wort kommen.

»Dann wissen Sie auch, dass wir vor einer gelungenen In-vitro-Fertilisation und einer genetischen Veränderung alle Thesen und Wirkungen dieser Veränderungen erforscht haben wollten.«

»Ja, aber …«

»Das ist noch nicht geschehen, Doktor Cornwall! Wir haben bis jetzt nichts als theoretische Thesen darüber aufgestellt, was geschehen könnte, wenn Zwillinge mit einem Herz und einer, wie Sie es nannten *Seele*, das Licht der Welt erblicken. Wir wissen rein gar nichts über die Konsequenzen! Sie haben ohne unsere Zustimmung gehandelt, Cornwall!«

Cornwall biss sich auf die Unterlippe. Die Wut, die in seinem Bauch aufstieg, durfte er nicht herauslassen. Er wusste selbst, dass seine Handlungen eine Gratwanderung darstellten. Also musste er sich die teilweise berechtigte Kritik schweigend anhören.

Noch einmal atmete Doktor Chang tief durch und schob seine kleine, runde Brille hoch. »Sie können von Glück sprechen, dass das Alter der Zwillinge zu weit fortgeschritten ist, um eine Abtreibung zu veranlassen. Außerdem schätzen wir Ihr Können, Doktor Cornwall, sodass Sie zudem Ihre Anstellung in unserer Forschungsgruppe behalten dürfen. Doch bevor wir keine ausführliche Forschung betrieben haben, werden die Zwillinge nach ihrer Geburt getrennt. Zudem werden Sie keine weiteren Versuche diesbezüglich starten.«

Cornwall riss frustriert die Augen auf und starrte irritiert zu Doktor Chang, der sich von seinem Platz erhoben hatte und Untersuchungen der Mutter mithilfe seines Tippers im Hologramm aufrief.

»Aber warum?«

»Sie sprachen von Leiden der Mutter, Doktor Cornwall. Unerklärliche Beschwerden – hier steht Atemaussetzer, Herzstillstand, Bewusstseinsstörungen. Alles ausgelöst durch die Energie der Zwillinge. Und das, obwohl sie noch nicht einmal auf der Welt sind. Nach den Unterlagen zu urteilen, wird die Mutter die Geburt höchstwahrscheinlich nicht überleben, ist das richtig? Wusste die Mutter, welchen Gefahren Sie sie aussetzten?«

»Ja, sie wusste über sämtliche Risiken Bescheid. Sie ist Teil meines Forschungsteams. Wir haben Ihre Einverständniserklärung. Sie wusste von Anfang an, welche Gefahren es birgt. Aber-«, Cornwall schluckte und kämpfte gegen das Gefühl der Panik, die ihn übermannte. Die Mutter der Zwillinge, Mary Grey, war der Grund, warum er überhaupt so weit gekommen war. Sie hatte ihn gedrängt, diesen Schritt zu wagen, sie wollte den Durchbruch für die Wissenschaft versuchen, in dem Wissen, es womöglich nicht zu überleben. Es durfte nicht sein, dass ihr Opfer umsonst wäre!

»Doktor Cornwall! Ihren Wissensdurst schätzen wir sehr. Und glauben Sie, auch ich würde gerne erfahren, welche Energien die beiden entwickeln werden. Und wenn unsere Berechnungen und Vermutungen der Wahrheit entsprechen, handelt es sich um eine Art dunkle Energie, die wir bisher nur aus der Astrophysik kennen und schon dort nicht einordnen können. Hier – in unmittelbarer Nähe bedeutet dies eine uneinschätzbare Gefahr und kein Institut dieser Welt ist spezialisiert, um …«

»Natürlich gibt es kein Institut, das auf diesem Gebiet spezialisiert ist. So etwas gab es noch *nie*! Unsere Behauptung, dass dunkle Energie im Mikrokosmos wirken könnte, hat bisher noch kein Mensch aufgestellt!«, schrie er und verstand nicht, wieso die anderen so verbohrt waren. Als verspürten sie vor allem Neuen mehr Angst als die Freude, es zu erkunden.

»Wie oft ist in dem Krankenhaus der Strom ausgefallen, seitdem die Mutter dort ist?«

Cornwall stutzte aufgrund der Frage und seufzte.

»Wie oft?«, wiederholte Doktor Mayer seine Frage.

»Seit den letzten Wochen mindestens zwei Mal am Tag«, gab er zerknirscht zu.

»Gab es sonst noch Vorkommnisse in den letzten Wochen, die außergewöhnlich waren?«

»Ich … Ja. Herzschrittmacher spielten verrückt, zwei Defibrillatoren sind explodiert und einige andere Dinge …«

Stille.

»Die beiden müssen nach ihrer Geburt schnellstmöglich getrennt werden. Sie dürfen sich niemals begegnen. Denn ich vermute, sie werden sich gegenseitig suchen, immerhin sind sie eins. Doch solange wir nicht einschätzen können, was genau bei einer Vereinigung der beiden geschieht, müssen wir das verhindern. Wir müssen sie zunächst getrennt untersuchen, weiter Nachforschungen darüber anstellen, welche Kräfte auf diese Kinder einwirken. Ist es ein Magnetfeld? Elektrische Impulse? Oder gar wirklich dunkle Energie, wie Sie in Ihren Unterlagen anhand der Genetik und Astrophysik ausgerechnet hatten? Solange wir nicht genau wissen, aus welchen Gründen die Umwelt so deutlich auf die beiden reagiert, dürfen wir sie nicht in die Nähe des anderen lassen. Haben Sie das verstanden, Doktor Cornwall?«

Er hatte das Gefühl, sein Herz würde brechen, als er kaum merklich nickte. »Ich habe verstanden.«

# 1

JEN

*18 Jahre später*

»Jennifer! Hast du an den Müll gedacht? Und vergiss nicht, heute Nachmittag dein Kleid vom Schneider abzuholen. Ach, und wenn du schon mal in der Innenstadt bist, kannst du mir ja aus der Apotheke meine Tabletten mitbringen!«

Ich sprang die letzten Stufen des Mehrfamilienhauses hinunter, meine Schultasche um die Schulter gehängt. In der einen Hand balancierte ich vier Bücher, in der anderen die Mülltüten, gleichzeitig bejahte ich die Fragen meiner Mutter, die durch den gesamten Hausflur hallten.

»Du bist ein Schatz! Danke!«

»Wo wärst du nur ohne mich?«, murmelte ich leise, während ich den Müll in die schwarze Tonne vor dem Haus warf. Schon kam mit quietschenden Reifen ein kleiner rosafarbener Renault Twingo neben mir zum Stehen. Ich öffnete die Tür und ließ mich grinsend auf den Beifahrersitz meiner besten Freundin fallen. »Du solltest wirklich zärtlicher mit deiner Rennsemmel umgehen. Ich weiß nicht, wie lang diese Kiste deinen Fahrstil noch mitmacht.«

Trixie grinste breit und klopfte liebevoll auf das pinke Plüschlenkrad. »Keine Angst, mein kleiner

Twingo hält 'ne Menge aus. Der ist unverwüstlich. Und, weißt du endlich, mit wem du auf den Ball gehst?«

Ich stöhnte. In zwei Wochen fand der alljährliche Winterball unserer Schule statt und sowohl Finn als auch Maximilian hatten mich gefragt, ob ich ihre Begleitung sein wollte. Doch ich konnte mich nicht entscheiden. Ich mochte Finn. Sehr sogar. Seit der ersten Klasse zählte Finn zu meinen besten Freunden. Das Problem bestand nur darin, dass der große, schlanke Junge mit den halblangen, dunkelbraunen Haaren mittlerweile mehr von mir wollte, als mir lieb war. Und das noch viel größere Problem zeigte sich darin, dass ich überhaupt nicht wusste, wie ich diese Tatsache klarstellen sollte, ohne ihn zu verletzen. Außerdem gab es immer noch diesen kleinen, klitzekleinen Funken in meinem Herzen, der meinte, dass Finn doch der Eine für mich sein könnte.

Und Maximilian war Maximilian. Der Traum eines jeden Mädchens in meiner Klasse: Perfekte Körpergröße, muskulös, wellige sandfarbene Haare, wahnsinnig schöne Zähne und dieses Lächeln, bei dem alle weiche Knie bekamen. Alle, bis auf Trixie. Sie konnte ihn nicht ausstehen. Dies war der Grund, warum ich mich noch nicht für ihn entschieden hatte. Trixie betitelte Max als Arschloch und träumte immer davon, dass sie eines Tages Brautjungfer von Finn und mir werden würde.

»Eigentlich ist es doch total egal, mit wem ich auf den Ball gehe. Ich meine, es geht ja nur um den Winterball!«

Trixie rollte mit den Augen, während sie ihre Rennsemmel schneller als erlaubt durch den Morgenverkehr schlittern ließ. »Du weißt sehr wohl, dass es *nicht* egal ist. Mann, Jen! Versprich mir, dass du dich bis Ende der Woche entschieden hast!«

15

In drei Tagen war Freitag. Das sollte doch zu schaffen sein, oder nicht? »Ich versuche es«, willigte ich zerknirscht ein und schlug eines der Bücher auf, die ich mitgenommen hatte.

»Ich frage mich, wann du endlich diesen blöden Tolstoi zur Seite legst und anfängst, gute Bücher zu lesen.«

Ein Schmunzeln legte sich auf mein Gesicht, doch ich bemühte mich erst gar nicht, ihr zu antworten. Mit Trixie über Bücher zu diskutieren, war hoffnungslos. Für sie gab es nur zwei Grundsätze, um ein Buch lesenswert zu finden: Entweder enthielten sie Sexszenen oder blutige Horror-Zombie-Figuren. Alle anderen Bücher fand sie sinnlos – typisch für Trixie. Das konnte ich ihr mit *Anna Karenina* einfach nicht bieten. Denn selbst wenn ich das Buch schon zum fünften Mal las, hatte ich immer noch keine Szene gefunden, die Trixies Geschmack entsprechen würde. Allerdings könnte ich vermutlich eine Woche lang nicht mehr schlafen, würde ich Trixies Horror-Geschichten lesen.

»Brauchst jetzt nicht so schweigsam zu sein.«

»Oh Trixie! Ich *lese*!«, konterte ich genervt, als ich plötzlich ihre Faust in meinem Oberarm spürte. »Aua!«

»Was ist?«

Ich klappte das Buch zu und richtete meine gesamte Aufmerksamkeit auf meine Freundin. »Okay, du hast gewonnen. Ich höre auf, zu lesen. Aber das nächste Mal musst du mich nicht gleich hauen. Der Schlag war echt hart!«

Trixie sah kurz irritiert zu mir herüber. »Welcher Schlag?«

Na toll. Jetzt stellte sie sich extra dumm. »Du hast mir gerade in den Oberarm geboxt.«

Doch Trixie verzog ihr Gesicht und schüttelte energisch den Kopf, wobei ihre schwarzen Locken wild durch die Luft flogen. »Nein, habe ich nicht.«

Ich fasste an meinen Arm und spürte immer noch den Druck ihrer Faust. Das würde mit Sicherheit einen riesigen blauen Fleck geben. »Ja, klar ...«, murmelte ich, denn auf so eine Diskussion hatte ich wirklich keine Lust.

Ich liebte Trixie. Wirklich. Doch manchmal benahm sie sich echt seltsam.

Trixie parkte ihren Twingo in die letzte Parklücke an der Schule und sah mich prüfend an, während ich den Sicherheitsgurt löste. »Ich habe dich wirklich nicht geschlagen, Jen.«

»Ist ja auch egal. Lass uns gehen. Da vorne wartet Finn«, beendete ich das Thema und winkte unserem Freund zu.


»Musst du nach der Schule arbeiten, oder hast du heute frei?«

Ich stellte mein Tablett mit dem Teller Nudeln zwischen Finn und Trixie ab und quetschte mich auf den freien Stuhl in ihrer Mitte. »Also, gleich nach der Schule darf mich die liebe Trixie zum Schneider fahren, weil ich mein Kleid abholen muss. Und abends habe ich dann noch eine kurze Schicht im Pub. Allerdings nur ein oder zwei Stunden. Dafür werde ich das Wochenende auf der Hütte aushelfen müssen. Paul meinte, es hätte sich eine Touristengruppe aus Amerika angekündigt. Und die wollen wohl in erster Linie feiern und nicht Ski fahren.«

Finn zog eine Grimasse. »Wieso kommen die zu uns zum Skifahren? Die haben doch selber genügend Berge.«

»Wieso fahren Allgäuer nach Japan zum Skifahren?«, konterte Trixie und zielte damit auf Finns Bruder ab, der tatsächlich vor wenigen Wochen besage Reise mit seinem besten Freund unternommen hatte. Finn grinste.

»Tja, es wird immer Menschen geben, die ich nie verstehen werde. Und mein Bruder zählt definitiv dazu. Egal, sollen wir dir heute Abend Gesellschaft leisten?«

Ich hob die Augenbraue. »Was? Im Pub? Willst du an einem Dienstag ausgehen?«

Finn zuckte mit den Schultern und schaufelte sich eine Gabel Nudeln in den Mund. »Ich finde, Dienstag ist ein perfekter Tag zum Ausgehen. Da bekommt man zumindest noch einen Sitzplatz. Was denkst du, Trixie?«

Trixie kicherte. »Dienstag ist der neue Freitag«, bestätigte sie.

»Na gut, wenn ihr wirklich möchtet. Dann habe ich zumindest ein wenig Arbeit. Letzte Woche war es echt langweilig, zwei Stunden lang drei Gäste zu bedienen«, während ich diese Worte sprach, fiel mein Blick auf Maximilian, der sich einen Tisch schräg gegenüber von uns ausgesucht hatte, und mir ein kurzes, aber herrlich strahlendes Lächeln schenkte.

»… machst dann Fahrdienst, oder Jen? Jen? Erde an Jennifer!«

»Was? Habt ihr etwas gesagt?« Nur widerwillig löste ich mich von Maximilian, der sich mit seinen Freunden unterhielt, gleichzeitig auf seinem Smartphone herum wischte und immer wieder sein helles Lachen erklingen ließ.

Trixie stöhnte. »Du bist furchtbar, Jen. Was findest du nur an diesem Macho?«

18

»Ich finde gar nichts an ihm. Außerdem ist er kein Macho«, erklärte ich und hörte beinahe Trixies Augenrollen. Sie hatte mir, seitdem er mich gefragt hatte, ob ich mit ihm auf den Winterball gehen möchte, zu jeder bestmöglichen Gelegenheit Gründe erläutert, wieso Maximilian a, ein Macho, b, ein übler Bad Boy und c, absolut ungeeignet für mich war. Doch er gefiel mir einfach, und das schon sehr lange, da konnte Trixie noch so oft dagegen sprechen.

»Wir wollten im Übrigen gerade von dir erfahren, ob du uns heute Abend dann nach Hause fährst. Du wirst sowieso nichts trinken, wenn du arbeitest, oder?«

»Wenn du mir deine Rennsemmel leihst, gerne.« Ich schob mir die letzten Nudeln in den Mund und schnappte mir gleichzeitig meine Schultasche, den Teller und meine Bücher. »Ich verlasse euch, Leute. Ich will noch kurz in die Bücherei ein wenig lesen. Wir sehen uns in Chemie.« Damit verließ ich meine beiden Freunde und balancierte ziemlich unbeholfen zwischen den Stühlen und Tischen der überfüllten und viel zu kleinen Schülermensa hindurch.

»Warte doch, Jen!« Finn war mir nachgeeilt, nahm mir völlig selbstverständlich meinen Teller und die Bücher ab, räumte den Teller auf den dafür vorgesehenen Tellerwagen und lief neben mir her.

»Ich wollte noch mit dir sprechen … Alleine«, begann er und an seiner Art, wie er nervös durch seine strähnigen Haare fuhr und meinem Blickkontakt auswich, wusste ich bereits, worüber er sprechen wollte.

Kaum war die schwere Tür der Schulbibliothek zugefallen, die zeitgleich sämtliche Geräusche der anderen Schüler verschluckte, blieben wir stehen und

Finn lehnte sich mit einem traurigen Lächeln an die Wand.

»Es geht um den Winterball. Jen. Du musst nicht mit mir zusammen dorthin gehen. Ich wollte ... Also ich möchte dir sagen ... Also es ist okay, wenn du mit ihm gehst.«

Das Gefühl, das seine Worte auslösten, konnte ich kaum beschreiben. Man könnte es als eine Mischung zwischen Dankbarkeit, Trauer, schlechtem Gewissen, Vorfreude und Liebe zu Finn bezeichnen.

»Aber«, setzte ich daher an, doch Finn unterbrach mich.

»Deine Augen leuchten immer, wenn du ihn siehst, Jen. Dein Blau beginnt dann immer so zu strahlen, als bestünde es aus Wasser, das vom Sonnenlicht reflektiert wird. Oh Mann, das klang bescheuert ... Ich meine, du siehst glücklich aus. Mich hast du noch nie so angesehen. Aber das ist okay, Jen. Wirklich.«

Konnte einem gleichzeitig ein Stein vom Herzen fallen, während es brach?

»Ich weiß gar nicht, was ich davon halten soll«, gab ich ehrlich zu.

»Du solltest Danke sagen und versuchen, Maximilians Herz für dich zu gewinnen. Und jetzt lasse ich dich lesen. Wir sehen uns.« Er hauchte mir noch einen kurzen Kuss auf die Wange und ließ mich allein in der Bibliothek zurück.

Dort stand ich nun. Mit einem leichten, angenehmen Kribbeln auf meiner Wange sah ich meinem besten Freund hinterher und fragte mich, ob diese Entscheidung nicht der größte Fehler meines Lebens war.

# 2

## CORNWALL

»Was soll das heißen, Sie haben ihn verloren? Ist Ihnen eigentlich klar, was das bedeuten kann?«

Doktor Mc Shield fuhr sich nervös über die Nasenwurzel und sah unschlüssig zwischen Cornwall und Professor Link hin und her. »Ich … Nein. Aber … Er ist achtzehn Jahre alt. Er tut das, worauf er Lust hat und …«

»Es ist mir egal, worauf er Lust hat. Ihre Aufgabe war es, ihn im Auge zu behalten, was immer er macht! Immer! Wie kann er denn plötzlich verschwunden sein?«

Doktor Mc Shield lächelte schüchtern. »Na ja, er haut öfters ab. Dadurch, dass er das Geld seiner Eltern dank goldener Kreditkarte nach seinem eigenen Ermessen nutzen darf, ist das auch irgendwie nachvollziehbar. Vor allem da seine Eltern nie da sind, um ihm Einhalt zu gebieten. Letztes Jahr ist er mit seinen Freunden zum Surfen nach Australien geflogen – mit gefälschten Ausweisen. Und im Sommer fuhr er dann mit zwei anderen Jungs in die Rocky Mountains zum Klettern. Ich habe ihn immer wieder gefunden.«

Professor Links Blick ließ nichts Gutes vermuten. »Das heißt, es ist nicht das erste Mal, dass Sie ihn aus den Augen verloren haben? Oh Cornwall! Sie haben eine Niete eingestellt!«

Doktor Mc Shield hielt den Atem an, doch Cornwall konnte ihm in diesem Fall nicht helfen. »Ich möchte doch sehr bi-«

»Wie lautete Ihr Auftrag?«

»Ich kenne meinen Auftrag. Aber ich habe ihn bisher immer…«

»Sie sollten ihn gar nicht erst aus den Augen verlieren, Mc Shield! Haben Sie überhaupt eine Ahnung, was passieren könnte, wenn die beiden aufeinandertreffen?«

Cornwall legte beruhigend die Hand auf Professor Links Schulter. »Nun wollen wir nicht gleich den Teufel an die Wand malen. Er erlebt gerne Abenteuer in der Welt. Doch wie hoch ist die Wahrscheinlichkeit, dass ein achtzehnjähriger Surfer sich in diesem kleinen Ort in Deutschland wiederfindet? Sehr gering, nicht wahr? Doch ich bitte Sie dringlich, ihn aufzuspüren, Doktor Mc Shield. Wir wissen nicht, was bei einem Aufeinandertreffen der beiden geschehen wird. Stellen Sie einen Suchtrupp zusammen, checken Sie die Flughäfen, durchforsten Sie sämtliche Passagierlisten. Sie müssen ihn finden! Haben Sie mich verstanden?«

»Ja, Sir. Entschuldigen Sie mich. Ich werde mich sofort an die Arbeit machen. Ich finde ihn. Versprochen.«

Cornwall seufzte, nachdem Mc Shield sein Büro verlassen hatte, und sein Blick flackerte unruhig zu Professor Link.

»Sie haben definitiv einen Idioten eingestellt, Cornwall.«

Doch Cornwall prustete. »Der Fehler fand bereits viel früher statt, Link. Wir haben für Liam die falschen Adoptiveltern ausgewählt …«

## 18 Jahre zuvor

... »Mary, es ist alles geregelt. Die Kinder werden in guten Händen sein.«

Mary wuchtete ihren enormen Bauch von der einen Seite des Bettes auf die andere und lächelte Cornwall gequält an. »Wirklich Steven?«

Er nickte. »Das Mädchen kommt in eine wunderbare Familie Namens Peters nach Deutschland. Der Vater arbeitet in einem deutschlandweiten Vertrieb, finanziell gut aufgestellt, die Mutter gelernte Bankkauffrau. Ich durfte ihr Aufnahmegespräch verfolgen, sie wirken überaus freundlich. Sie werden deine Tochter sicherlich sehr liebevoll behandeln. Der Junge kommt in eine Familie direkt hier in New Haven. Professor Chang hat sie ironischerweise auf seiner Geschäftsreise in China kennengelernt. Sie heißen Gordon, er ist Immobilienverwalter und international tätig, sie Hausfrau. Also kann sie sich ausreichend um den Jungen kümmern.«

Mary stöhnte und legte die Hand auf ihren Bauch. Cornwall beobachtete die Bewegung unter ihrer Bauchdecke und schluckte ergriffen. Dort befanden sich die Zwillinge. Die Einheit. Das Wunder ihrer Wissenschaft, das er bald trennen musste.

»Oh, ich hoffe so sehr, dass die beiden glücklich werden. Steven, versprich mir, dass du auf sie achtgibst! Bitte!«

Ganz vorsichtig legte Cornwall seine flache Hand auf Marys Bauch und spürte die intensiven Stöße von innen. Tränen verschleierten ihm die Sicht und sein eigenes Herz zog sich schmerzhaft zusammen, allein bei dem Gedanken, die beiden bald hergeben zu müssen. Dennoch nickte er und lächelte zuversichtlich. »Ich verspreche es, Mary. Ich passe auf sie auf.«

## 3

## JEN

»Hey Jennifer. Gut, dass du endlich da bist. Heute ist die Hölle los. Vor zwei Stunden ist eine Gruppe junger, amerikanischer Typen aufgetaucht und seitdem geht es rund. Sie haben Durst, könnte man meinen.« Paul, der Inhaber des Pubs, füllte gerade sieben Bierkrüge auf und reichte mir zeitgleich die schwarze Schürze mit dem orangefarbenen Logo des Pubs darauf. Sein gehetzter Blick und die roten Flecken in seinem runden Gesicht verrieten mir, dass er ziemlich unter Stress stand. Tatsächlich war für einen Dienstagabend einiges los. Neben den unüberhörbaren, feiernden Amerikanern nutzten auch viele einheimische Gäste Pauls Happy-Hour-Angebote und warteten auf ihre Burger und Cocktails. Finn und Trixie hatten sich gerade so den letzten freien Tisch ergattern können. Doch da weder Ferien, Feiertag oder Wochenende war, hatte Paul neben dem Koch keine weitere Kraft angestellt, was bedeutete, dass er bis zu diesem Zeitpunkt völlig alleine zwischen Bar und Tischen herum jonglierte.

»Hier. Das Bier für die Amis. Kannst du die gleich mitnehmen?« Schon drückte er mir das volle Tablett mit den Bierkrügen in die Hand und ich machte mich sofort auf den Weg.

Kaum war ich am besagten Tisch angekommen, durfte ich zunächst eine Reihe besoffener Anmachsprüche über mich ergehen lassen. Einer der Typen fand meine weißblonden Haare wunderschön, ein anderer meinte, ich sähe mit meiner hellen Hautfarbe und diesen Haaren aus wie ein Engel, der andere erklärte mir, er hätte in ganz Amerika noch nie so ein hübsches Mädchen gesehen, und so weiter und so fort. Innerlich rollte ich mit den Augen, doch nach außen zeigte ich mein höflichstes Lächeln und verteilte ihre Getränke. Schließlich handelte es sich um Touristen aus Amerika, die hatten gewiss Trinkgeld, das ich zu gut für mein Studium im nächsten Jahr gebrauchen konnte.

Als ich den letzten Bierkrug dem Letzten in der Runde reichen wollte, zuckte ich zusammen. In dem Moment, als sich unsere Fingerspitzen berührten, bekam ich eine Art Stromschlag und mein Herz verkrampfte schmerzhaft. Der Typ begann zu lachen und seine tiefe, dunkle Stimme erzeugte einen Schauer auf meinem Rücken.

»Die neue Bedienung scheint geladen zu sein«, scherzte er auf Englisch und richtete seinen wackeligen, betrunkenen Blick auf mich.

Diese Augen … Ich schluckte und fragte mich augenblicklich, wieso das Licht über ihrem Tisch plötzlich so flackerte. Oder bildete ich mir das nur ein?

Schließlich riss ich mich aus meiner Starre und lächelte erneut. »Ich bin sogar sehr geladen, liebe Herren. Also seid freundlich zu mir, dann bringe ich vielleicht später nochmal etwas.« Mit diesen Worten kehrte ich zurück an die Bar, wo bereits die nächsten Getränke darauf warteten, an die Tische gebracht zu werden. Zeit, darüber nachzudenken, was gerade geschehen war, blieb mir keine, doch das störte mich kaum.

Nach einer Stunde schenkte ich mir selbst ein großes Glas Apfelschorle ein und winkte Trixie und Finn entschuldigend zu, die ihre gefüllten Cocktailgläser zurück schwenkten. So viel zu meinem Plan, gemütlich mit ihnen zusammenzusitzen, weil sowieso nichts los sein würde …

Plötzlich torkelte ein sichtlich betrunkener Amerikaner an uns vorbei – vermutlich suchte er die Toiletten. Allerdings bezweifelte ich, dass er noch allein pinkeln konnte. Vermutlich schaffte er es kaum, seine Jeans selbständig zu öffnen. Momentan versuchte er, sich aufzurichten, taumelte dann, als er mich sah, mit einem schrägen Grinsen hinter die Bar.

Ich stemmte meine Hände gegen seinen Brustkorb. »Nein, hier sind keine Toiletten«, erklärte ich auf Englisch. »Hey! Wollt ihr eurem Freund nicht helfen?«, rief ich dann in die Richtung seiner Freunde und Oh, Wunder! – sie hatten mich gehört.

In einem ähnlichen Torkelgang wie der Erste schwankte nun der Typ, bei dem ich vorher diesen elektrischen Schlag bekommen hatte, zu uns und schnappte sich mit einem spitzbübischen Grinsen, das definitiv mir galt, den Oberarm seines besoffenen Freundes. So versuchte er, ihn hinter sich herzuziehen, dass ich kaum mein Lachen verkneifen konnte.

»Oh Mann. Wer nichts verträgt, sollte es sein lassen«, murmelte ich leise, als mir plötzlich der Typ direkt gegenüberstand und tief in meine Augen sah.

Schon wieder überkam mich dieses extrem seltsame Gefühl. Es fühlte sich so an, als würde sich mein Körper auflösen. Ich spürte mich kaum mehr. Extrem gruselig!

»Es ist unhöflich, in einer anderen Sprache zu lästern«, erklärte er langsam, wobei ich mich schwer konzentrieren musste, um ihm überhaupt zuzuhören.

Nur widerwillig riss ich mich von diesen hellblauen, leicht schrägen Augen los und lächelte, bevor ich meinen vorhin gemurmelten Satz ins Englische übersetzte.

Ein Grinsen überspannte seine schmalen Lippen und ich hätte diesen Typen, wäre er nicht so besoffen gewesen, glatt schön gefunden. »Beim nächsten Mal trinkst du mit, Elektro-Girl, versprochen? Dann sehen wir ja, wer mehr verträgt. Man sagt, Bedienungen seien ziemlich trinkfest.«

»Sagt man das? Tut mir leid, dafür musst du dir ein anderes Versuchskaninchen aussuchen. Ich passe. Und jetzt bring deinen Freund auf die Toilette, bevor ein Unglück geschieht.«

Der Typ lachte dunkel und torkelte mit seinem Kumpel zu den Toiletten. Dabei stießen sie immer wieder aneinander und rempelten sämtliche Tische und Stühle an.

»Aua«, stöhnte ich und hielt irritiert meine Seite. Als hätte ich denselben Schmerz gefühlt, den sich der Typ eben zugezogen hatte, während er fast über eine Stuhllehne geflogen war. Seltsam … Womöglich stand ich so unter Stress, dass ich mir schon Phantomschmerzen einbildete! Schmerzen, die die anderen in ihrem Rausch nicht mehr spüren konnten!

»Oh, verdammt! Jetzt ist das Kassensystem zusammengebrochen! Ich werde noch verrückt! Jen, ich weiß, du hast morgen Schule und solltest nach Hause, aber denkst du, du könntest heute ausnahmsweise etwas länger bleiben? Wenn das System nicht bald hochfährt, müssen wir den kompletten Abend Rechnungen abtippen!«

Ich seufzte und betrachtete das erneut flackernde Licht. Paul sollte wirklich seine Stromverbindung kontrollieren, das war doch nicht normal! »Du kannst dich auf mich verlassen, Paul. Aber ich muss Finn und

Trixie Bescheid geben, denn eigentlich wollte ich sie später nach Hause fahren.«

Nachdem ich zwei weitere Tische bedient hatte, setzte ich mich kurz zu meinen Freunden und grinste, als ich Trixies glasige Augen sah. Jep, sie durfte definitiv nicht mehr fahren!

»Heeeey! Na, was sagten wir? Dienstag ist der neue Freitag! Voll die Stimmung heute!«

Ich sah mich um und betrachtete die entspannten, ruhigen Gäste und den grölenden Tisch der Amerikaner. »Stimmung macht eigentlich nur ein Tisch. Aber ja, es ist ganz schön was los.«

Finns Hand legte sich auf meine und ich sah Sorge in seiner Miene aufblitzen. »Brauchst du Hilfe? Sag Bescheid, wenn wir euch helfen können.«

»Oh ja! Ich würde auch gerne helfen! Zum Beispiel dabei, mit diesem heißen Ami zu flirten! Das übernehme ich liebend gerne für dich!«, mischte sich Trixie ins Gespräch ein und deutete auf den strohblonden Amerikaner, der eben wieder zurück an seinen Platz wackelte. »Mann, ich will echt zu gerne wissen, was der vorhin zu dir gesagt hat. Ich konnte es ja bis hierher an den Tisch knistern hören«, erklärte sie und ich spürte einen unangenehmen Schauer auf meiner Haut. Denn ja, ich hatte es auch knistern gehört, allerdings real und nicht aufgrund zwischenmenschlicher Sympathie. Es hatte wirklich geknistert!

»Der Typ ist mir total unheimlich«, gestand ich daher. »Aber zurück zu deiner Frage, Finn. Ich muss länger arbeiten als gedacht. Wenn ihr also bald nach Hause wollt, müsst ihr euch dummerweise ein Taxi nehmen.«

Trixie klopfte Finn schwungvoll auf die Schultern. »Ach was! Wir bleiben natürlich bis zum Schluss hier. Nicht wahr, Finniboy?«

»Oh Trixie! Wie viele Cocktails hast du getrunken?«

»Frag nicht!«, konterte Finn und rollte mit den Augen. »Man sollte es sein lassen, wenn man es nicht verträgt.«

Ich grinste. »Ich habe genau dasselbe vorhin dem Typen erklärt.«

Finn strahlte mich an, als hätte ich soeben eine Liebeserklärung von mir gegeben und ich ermahnte mich innerlich zu Vorsicht bei meiner Wortwahl. Ich wollte ihn nicht verletzen. Nicht Finn. Er sollte sich nicht in mich verlieben.

»Also, ich muss dann mal weitermachen. Wir sehen uns.«

Mit diesen Worten stand ich auf und ging zunächst meine Runde, um neue Bestellungen anzunehmen. Schon spürte ich einen warmen, festen Händedruck an meinem Hintern.

»Baby! Du gefällst mir immer besser!«, lallte ein Amerikaner in seinen dunklen Bart hinein und versuchte, mich an ihn zu ziehen. Verdammt! Der Kerl war stark!

Beinahe hätte ich mein Gleichgewicht verloren, als der blonde Typ von vorhin neben mir stand und mich von seinem Kumpel fortzerrte.

Schon wieder bekam ich diesen elektrischen Stoß und ich taumelte jetzt erst recht.

»Alles okay?« Seine tiefe Stimme vibrierte in meiner eigenen Brust und ich trat einen Schritt zurück.

Abstand. Ich benötigte Abstand. Warum auch immer.

»Ähm, ja. Danke dir«, stammelte ich und verfluchte das Zittern in meiner Stimme.

Der Typ lächelte schief und ich spürte erneut, wie der Blick seiner hellblauen Augen direkt durch meine hindurch in mein Herz wanderte.

»Du solltest wirklich mit mir etwas trinken, Elektro-Girl. Du bist äußerst faszinierend«, erklärte er.

»Danke. Kein Bedarf«, antwortete ich schnell, ignorierte das Kribbeln, das seine Worte in meinem Innersten auslösten, und zwängte mich an ihm vorbei, ohne ihn zu berühren. Als ich schleunigst hinter die Bar trat, trank ich mein Glas Apfelschorle in einem Zug aus.

Was war das für ein Kerl? Und was genau stellte er mit mir an? Und weshalb fühlte ich mich so vollkommen hilflos in seiner Nähe? Vielleicht war er ein Hypnotiseur. Oder ein Magier. Jemand, der in das Bewusstsein anderer Menschen eindringen konnte …

»Hey, Jen. Gute Neuigkeiten, die Kasse funktioniert wieder. Eine Baustelle weniger!«, grinste Paul und ich hob meinen Daumen als stumme Zustimmung.


Um ein Uhr Nacht streckte ich mich und atmete tief durch, nachdem die letzten Gäste den Pub endlich verlassen hatten. Was für ein Abend!

Die Luft des Pubs stank so nach Bier und Schnaps, dass ich selbst das Gefühl hatte, völlig betrunken zu sein.

»Ich danke dir von Herzen, liebste Jen! Du hast echt was gut bei mir! Vor allem, weil du mich am Wochenende gleich nochmal rettest!«

Paul gehörte nicht nur der Pub in unserem Ortskern, sondern bewirtete an den Wochenenden auch eine gemütliche Holzhütte mitten in den Bergen, die von Skifahrern und Wanderern sehr gerne besucht wurde. Da sie für das Wochenende einen Meter Neuschnee in den Bergen angekündigt hatten, warteten ideale Bedingungen auf die Wintersportler, was zeitgleich eine volle Hütte bedeuten konnte.

»Hast du nicht gesagt, es hätte sich eine Gruppe Amerikaner angemeldet? Waren das dieselben?« Ich verzog mein Gesicht, als ich auf den mittlerweile sauberen Tisch deutete, an dem bis vor wenigen Minuten noch das Bier schwamm, Glasscherben herumlagen und einzelne, schnarchende Amerikaner dazwischen ihren Rausch ausgeschlafen hatten.

Paul verzog sein Gesicht und fuhr sich über seine Glatze. »Ich vermute es zumindest. So oft verirren sich Amerikaner nicht zu uns.« Er hielt inne und klopfte mir auf die Schultern. »Zumindest wissen wir so, was auf uns zukommt«, meinte er lachend. »Und jetzt verschwinde ins Bett. Du musst morgen schließlich in die Schule!«

Lachend packte ich meine Jacke und winkte meinen Freunden zu, die bereits an der Eingangstür auf mich warteten. Doch irgendwie konnte ich kaum gerade gehen. Verdammte alkoholgeschwängerte Luft! Ich fühlte mich wirklich betrunken!

»Hey Jen! Wolltest du den Türrahmen mitnehmen?«, kicherte Trixie, als ich tatsächlich mit Vollgas gegen den Rahmen donnerte. Stöhnend rieb ich mir die Schulter und fluchte.

»Alles okay?«, fragte Finn, der perfekte Gentleman, der mir gleichzeitig seinen Arm anbot.

Eigentlich war überhaupt nichts okay, doch das musste ich Finn nicht unbedingt unter die Nase reiben. Er sorgte sich sowieso ständig um mich. Daher schloss ich nach mehreren Versuchen meine Winterjacke und trat mit meinen beiden Freunden an die frische Luft, atmete tief durch – und sah plötzlich Sternchen.

»Ohhhh, was zum …« Ich kniff die Augen fest zusammen, öffnete sie erneut und bemühte mich, einen klaren Blick zu bekommen – vergeblich.

»Was ist denn los, Jen?«

Wenn ich das nur wüsste. »Keine Ahnung. Ich glaube, ich habe zu viel gearbeitet. Lasst uns heimfahren«, murmelte ich und taumelte zu Trixies Twingo, als ein unangenehmes, flackerndes Blaulicht in meinen Augen brannte und kurze Zeit später ein Polizeiwagen direkt neben dem Twingo zum Stehen kam. Na, super! Bestimmt hatte Finns Bruder mal wieder Streifdienst. Immer - fast immer - gerieten wir drei in Niclas' Polizeikontrolle, wenn wir beim Feiern waren. Als würde Finns Bruder uns auflauern, nur um uns irgendwann in die Zelle stecken zu können. Obwohl ich ihm das eigentlich nicht zutraute. Diesbezüglich glich Niclas seinem Bruder extrem: Er war fürsorglich, liebevoll und immer hilfsbereit. Ein Polizist, wie man ihn sich wünschte.

»Na, wer will denn in diesem Zustand noch Auto fahren?«

Finn stöhnte, als Niclas die Scheibe des Polizeiwagens herunterließ und uns einen tadelnden Blick zuwarf. »Verzieh dich, Niclas! Jen hat gearbeitet und keinen Schluck Alkohol getrunken!«

Ich erkannte den forschenden, ungläubigen Blick unter seiner kantigen, schwarz umrandeten Brille und konnte es ihm momentan nicht einmal verübeln – ich fühlte mich wirklich betrunken und ich sah mit Sicherheit auch so aus.

»Wer´s glaubt«, murmelte er, stieg allerdings aus, nachdem keiner von uns Anstalten machte, mich vom Fahren abzuhalten. Ich entriegelte das Auto und öffnete schwankend die Tür.

»Hey! Das ist mein Ernst! Jen! Du bist sturzbetrunken! Das sieht sogar ein Blinder!«

»Aber ... Isch hab nix getrunken! Ehlisch ... Ischschwör!«, erklärte ich, obwohl meine Zunge mir nicht wirklich dabei half, meinen Worten Glauben zu schenken. Sie lag plötzlich bleischwer in meinem Mund und weigerte sich, auch nur ansatzweise verständliche Sätze zu formen. Was war denn nur los mit mir?

Niclas sprach wenige Worte zu seiner Kollegin und trat anschließend mit einem Alkoholtester auf mich zu. »Pusten«, forderte er mich monoton auf und ich stöhnte verärgert.

»Mann! Ich hatte n´ Glas Apflscholle!«, schimpfte ich, folgte aber seinen Anweisungen und füllte meinen gesamten Lungeninhalt in das Röhrchen.

Niclas blickte auf die Anzeige und sah mich zweifelnd an. »Eins Komma acht«, erklärte er und formte eine Schale mit seiner Hand. »Autoschlüssel.«

Ich starrte die Anzeige völlig perplex an. Wie konnte denn das sein?

Plötzlich fiel mir der strohblonde Amerikaner wieder ein. Er und seine Sprüche, er wolle so gerne mit mir einen trinken gehen und ich kapierte, was mir geschehen war.

»Dieser Idiot!«, zischte ich und fasste mir an die Stirn. Wie konnte ich nur so dumm sein? Nachdem mich Finn, Trixie und Niclas fragend ansahen, begann ich meine Vermutung zu erklären. »Dieser Ami muss mir was innie Apfelscholle gekippt habn. Er wollte imma, dass ich mittrank. Was für´n Aschooooch!«

Niclas klopfte mitfühlend auf meine Schultern und ich funkelte ihn wütend an – Mitgefühl konnte ich im Moment nicht brauchen. Mir wäre dieser Amerikaner mit diesem blöden, breiten Grinsen lieber, dann hätte

ich etwas, auf das ich einschlagen könnte! Obwohl …
Aktuell sah ich sogar Niclas und Finn doppelt, da
würde ich diesen Ami garantiert nicht mit meiner Faust
treffen. Trotzdem! Was für ein Idiot! Arsch!

»Oh Jen. Du musst aufpassen, wo du dein Getränk
abstellst. Am besten du trinkst aus Flaschen mit
Schraubverschluss. Zum Glück hat er keine
K.o.-Tropfen verwendet, sondern nur extrem
Hochprozentiges. Aber tut mir leid, in diesem Zustand
darf ich dich nicht fahren lassen.«

Finn murrte genervt, doch Trixie hüpfte vergnügt auf
und ab, wobei ihre dunklen Locken fröhlich mit
hüpften. »Heißt das, du fährst uns nach Hause, Nici?
Das wäre so mega cool«, schwärmte sie und Finn rollte
mit den Augen, was ich ebenfalls versuchte, nur dass
mir daraufhin so schwindelig wurde, dass Finn mich
auffing.

‚Mega cool' zählte definitiv nicht zu den ersten
Assoziationen, die mir in Verbindung mit *von der Polizei
nach Hause gebracht* einfielen. Niclas schien es ähnlich zu
gehen. Doch schließlich öffnete er die hintere Autotür.
»Steigt ein. Aber wehe, ihr kotzt mir das Auto voll!«

## 4

# CORNWALL

»Haben Sie schon eine Spur?« Cornwall saß in seinem Büro, tippte seine eben angefangene Email weiter und wartete gespannt auf die Antwort von Doktor Mc Shield.

»Leider nein. Nach einem Besuch in seinem Elternhaus habe ich einen Blick in seinen Kleiderschrank geworfen. Wenn ich daraus wirklich ein Urteil schließen darf, würde ich behaupten, dass er keine wärmeren Gefilde aufgesucht hat. Einer meiner Kollegen hat Liams Computer mitgenommen und versucht, sein Passwort zu knacken. Möglicherweise finden wir dort Informationen über seinen Aufenthaltsort.«

Cornwall biss sich auf die Unterlippe, um das Schimpfwort, das dort bereits lag, wieder zu schlucken. Hätte er diese Mission geleitet, hätte er zuallererst Computerdaten ausgewertet, was eine Aufgabe von zwei Minuten wäre. Doch es zählte zu Mc Shields Problem und er würde ihm die nötige Zeit geben und sich nicht einmischen. Andererseits ... Mit einem Ohr lauschte er weiter Mc Shields Versuchen, Liam zu finden, während er gleichzeitig diverse Social Media Plattformen öffnete – Facebook, Instagram, Snapchat. Dann gab er den Namen Liam Gordon ein und hielt den Atem an, als sich sein Profil öffnete.

»Snowboarden in den Alpen«, las er, darunter ein Bild von Liam mit seinem Board am Flughafen in München. Ein weiteres Foto zeigte ihn und seine

Freunde im Münchner Hofbräuhaus. Auf einem anderen Bild stellte er einen Schnee-Engel dar, im Hintergrund die Berge.

Cornwall hielt den Atem an und rief sein geographisches Wissen auf. Die Alpen – das war ja ein weitläufiger Begriff, es musste ja nicht unbedingt bedeuten, dass …

Ein Foto von Liam vor einem Pub. Cornwall musterte das Autokennzeichen eines kleinen Fiats, das unbeabsichtigt mit auf das Foto geraten war, und gab die Buchstaben in einer Suchmaschine ein.

Verdammt!

Ausgerechnet dieses kleine Dorf hatte er sich ausgesucht! Das konnte doch nicht möglich sein!

»Soll ich meinen Bericht online stellen oder damit warten, bis ich erste, richtige Erkenntnisse habe? Was meinen Sie, Doktor Cornwall?«

»Was? Ach so, nein, ich würde warten, bis Sie einen Anhaltspunkt gefunden haben. Sie sind ja auf dem richtigen Weg. Wir werden Liam bald gefunden haben. Danke für Ihre Mühen«, log er und minimierte sicherheitshalber seinen eigenen Fund.

»Alles klar. Ich danke Ihnen, Doktor Cornwall. Ich melde mich, sobald es Neuigkeiten gibt.«

Cornwall nickte stumm und öffnete das Bildschirmfenster erneut, als Doktor Mc Shield sein Büro verlassen hatte.

Liam war bei Jennifer.

In unmittelbarer Nähe.

Was sollte er nur tun?

Natürlich wusste er, was seine Kollegen von ihm verlangen würden. Er sollte erstens, diese Information umgehend weiterleiten. Und zweitens, würde er intervenieren müssen und dafür Sorge tragen, dass

Liam unverzüglich die Alpen wieder verließ. Am besten ohne eine Möglichkeit, sie zuvor auch nur einmal getroffen zu haben.

Doch wollte er das auch?

War es nicht sogar Schicksal, dass die beiden nach achtzehn Jahren endlich aufeinandertreffen konnten? Und wäre es nicht viel spannender, den beiden mit kontrolliertem Abstand dabei zuzusehen, was geschehen würde?

Cornwall spürte das Kribbeln in seinen Fingern, während er mit dem Cursor der Maus immer wieder das zarte Gesicht Liams vor dem Pub umkreiste. Nach achtzehn Jahren hätte er nun endlich die Gelegenheit, zu erforschen, was es genau bedeuten könnte, ein Herz und eine Seele zu sein. Reale Beobachtungen anstatt das Ausrechnen möglicher Formeln und Vermutungen.

Diese Chance durfte er sich nicht entgehen lassen! Außerdem wusste er offiziell von nichts. Und er würde eingreifen können, sollte die Situation aus dem Ruder geraten.

Mit wild pochendem Herzschlag schloss er die Social Media App und starrte lange Zeit auf seinen nun schwarzen Bildschirm.

Liam und Jen befanden sich am selben Ort.

Ein Herz und eine Seele.

Fast vereint.

## 5

JEN

»Oh Gott! Ich habe solche Kopfschmerzen! Der Mathe-Unterricht in der letzten Stunde hat mir echt den Rest gegeben«, stöhnte ich und ließ meinen Kopf auf Trixies Schulter fallen. Die sah allerdings ebenfalls nicht sonderlich fit aus. Ihre dunkle Haut wirkte heute extrem bleich, sie trug ihre wilden Locken brav zusammengebunden und steckte für ihre Verhältnisse in unmöglichen Klamotten. Ein Hoodie und eine farblose Jeans kamen für Trixie eigentlich nur dann infrage, wenn sie auf dem Sofa saß oder krank war. Offensichtlich hatten die Cocktails bei ihr ordentlich zugeschlagen.

»Ich gehe nie wieder mit dir an einem Dienstag aus. Vor allem dann nicht, wenn du sagst, es sei nichts los.«

»Ich dachte, du fandest den Abend so mega cool. Vor allem die Heimfahrt?«, scherzte Finn, der in diesem Augenblick neben uns aufgetaucht war und Trixie amüsiert in die Seite kniff.

»Erinnere mich nicht daran! Gott! Ich war so peinlich! Ich will gar nicht wissen, was dein Bruder jetzt von mir denkt!«

Was Finn nicht wusste, war, dass Trixie schon seit Jahren auf seinen Bruder stand. So richtig. Sie bekam normalerweise, sobald sie ihn sah, wildes Herzklopfen, glasige Augen und wusste von einem Moment auf den anderen nicht mehr, wie sie ihr sonst so vorlautes Mundwerk benutzen sollte. Am gestrigen Abend hatten ihr die Cocktails wohl oder übel dabei geholfen, diese Angst zu überwinden, denn sie hatte die gesamte Autofahrt ununterbrochen gequasselt.

»Das kannst du ihn gleich selbst fragen. So wie es aussieht, verfolgt er uns zurzeit.«

Tatsächlich stand gegenüber unserer Schule Niclas in seiner Polizeiuniform und winkte uns zu, was bei Trixie zu einem peinlich berührten Aufschrei und bei Finn zu einem genervten »Mmmpfh!« führte.

»Oh Gott! Loch im Erdboden, wo bist du? Lass mich verschwinden! Bitte! Sofort!«

»Hey Niclas! Ist dir langweilig?«, begrüßte ich ihn und nahm mit einem Schmunzeln wahr, wie seine Augen besorgt zu Trixie huschten, bevor er mich ansah.

»Du weißt schon, dass es echt peinlich ist, vom Bruder in Polizeiuniform abgeholt zu werden?«

»Und du weißt schon, dass du achtzehn Jahre alt bist und dich langsam auch so benehmen solltest? Außerdem hole ich dich ja nicht ab. Hey, Trixie – geht's dir nicht gut? Und geht es dir wieder besser, Jen?«

»Uns geht es den Umständen entsprechend, nicht wahr?« Ich grinste und klopfte Trixie auf die Schulter, die sich zu einem verkrampften Lächeln zwang und nervös an ihrem Hoodie herum zupfte. Ja, ich konnte mir vorstellen, wie sehr sie im Augenblick ihre Kleidungswahl verfluchte.

»Was willst du, Nic?«

Niclas verzog peinlich berührt das Gesicht. »Ich habe mich ausgesperrt. Daher muss ich dich wohl oder übel bitten, mir deinen Schlüssel zu leihen.«

»Was hilft dir mein Schlüssel? Du wohnst nicht mehr zu Hause.«

»Ach was, wirklich?«, fragte er sarkastisch und verdrehte die Augen. In diesem Augenblick sah er Finn so ähnlich, dass ich mein Lachen kaum verkneifen konnte. Finn hasste es, wenn er mit seinem Bruder verglichen wurde. Was allerdings nicht häufig vorkam, denn ihnen sah man kaum an, dass sie Geschwister waren. Während Finn glatte, hellbraune, leicht abstehende Haare hatte und lang und dünn gewachsen war, lockten sich bei Niclas die schokoladenbraunen Haare. Von seiner Statur war er deutlich kleiner als sein jüngerer Bruder, doch dafür muskulöser gebaut. Nur an seinen Augen, die hinter der schwarz umrandeten Brille hervorlugten, erkannte man deutlich, dass die beiden verwandt waren – beide hatten diese fast goldenen Mandelaugen. Wunderschön.

»Bei euch zu Hause hängt mein Zweitschlüssel. Den werde ich wohl oder übel brauchen, um in meine Wohnung zu gelangen. Also, leihst du mir deinen Schlüssel?«

Finn nahm seinen Rucksack von den Schultern und kramte in seinen Fächern und ich beobachtete das verkrampfte Schweigen zwischen Trixie und Niclas. Manchmal überkam mich das Gefühl, Niclas empfand ähnlich für sie, wie sie für ihn. Immer wieder huschte ein nervöser Blick zu meiner Freundin und ich konnte beinahe sehen, wie sich Worte in seinem Mund formten, die der dann doch nicht sprach. Dafür, dass er sonst so autoritär und selbstbewusst wirkte, fand ich diese Reaktion echt süß.

Plötzlich fiel mein Blick auf die Bushaltestelle, die sich gegenüber von unserer Schule befand, und ich riss erschrocken die Augen auf.

»Das gibt's doch nicht. Schon wieder diese Amerikaner!«

Niclas drehte sich um und betrachtete nun ebenfalls die Gruppe von etwa zehn jungen Männern, die allesamt in Ski-Montur an der Bushaltestelle standen und auf den Bus zu warten schienen.

»Sind das die, die dir gestern Alkohol ins Getränk gekippt haben? Soll ich sie darauf ansprechen?«

»Bloß nicht! Ich muss die Typen am Wochenende nochmal bedienen. Da kommt ein Polizist nicht so gut.«

Finn reichte Niclas seinen Hausschlüssel und stierte finster zu den Amerikanern herüber. »Ich habe echt kein gutes Gefühl dabei, wenn du die Kerle noch einmal bedienen musst. Vor allem, oben in der *Holzhütt´n*. Wer weiß, was die mit dir anstellen möchten.«

»Oh, Finn. Jetzt übertreibst du wieder. Erstens: Ich habe nicht vor, denselben Fehler ein zweites Mal zu begehen. Ich trinke nur noch aus einer Flasche und die stelle ich so ab, dass niemand drankommt. Und zweitens: Ich bin da oben nicht allein.«

Finn sah trotzdem nicht glücklich aus und hob seine Schultern. »Wie du meinst. Dein Auto steht in der Schubertstraße, oder Trixie? Ich habe heute Morgen den letzten Parkplatz ergattert und dein Twingo war noch nicht da.«

Die Schubertstraße befand sich zwei Blocks von unserer Schule entfernt und wurde von sämtlichen Schülern als Zweitparkplatz genutzt. Da der Fußmarsch von dort allerdings bestimmt fünf Minuten dauerte – was für Schüler an einem hektischen Morgen einer halben Ewigkeit glich – war diese Straße gleichzeitig verhasst wie beliebt. Trixie stöhnte. »Jepp. Wir waren heute etwas spät dran«, erklärte sie und ich konnte mein Grinsen nicht verbergen.

»Wir sind immer spät dran, Trixie. Mach´s gut, Finn! Ciao, Niclas!« Ich verabschiedete die beiden mit einer kurzen Umarmung und zog Trixie hinter mir her, die schwach ihren Arm zum Gruß ausstreckte.

»Danke! Danke, dass du mich gerettet hast! Verdammt, wieso trage ich ausgerechnet heute so beschissene Klamotten? Ich bin nicht einmal geschminkt! Das ist doch zum Kotzen, dass genau an so einem Tag Niclas vor mir stehen muss. Ich könnte sterben!«, heulte sie, nachdem wir außer Hörweite von Finn und Niclas waren.

»Ach Trixie. Ich glaube, er mag dich trotzdem. Außerdem bist du auch ungeschminkt sehr hübsch«, fügte ich lächelnd hinzu. Ich fand Trixie wirklich wunderschön. Ihre tiefschwarzen Korkenzieherlocken und ihr dunkler Teint, den sie ihrem Vater, der aus Kuba kam, verdankte, sahen einfach unschlagbar sexy aus. Diese Haare waren auch oft der Grund, wieso sie, trotz ihrer geringen Körpergröße, immer und überall auffiel. Die Haare und ihr vorlautes Mundwerk natürlich. Selbst wenn ich ein gutes Stück größer als sie war, nahm man immer zuerst Trixie wahr. Außerdem besaß sie Kurven, von denen ich nur träumen konnte. Ich wäre mit der Hälfte von Trixies Oberweite schon glücklich, auch wenn sie selbst ihren Busen mehr als einmal verflucht hatte.

»Das sagst du nur, weil du meine beste Freundin bist. Aber egal, ich höre es trotzdem gern. Oh Mann, ich glaube der Ami-Typ hat dich erkannt. Sollen wir die Straßenseite wechseln?«

Ich richtete meinen Blick auf die Gruppe und spürte sofort seinen Blick auf mir ruhen. »Dafür ist es jetzt wohl zu spät«, murmelte ich und versuchte, mir meinen Ärger nicht anmerken zu lassen.

Schließlich trat der Typ aus seiner Gruppe heraus und mir entgegen. »Hey Elektro-Girl!«

»Hey Arschloch«, begrüßte ich ihn auf Deutsch, doch an seiner Mimik erkannte ich, dass er mich trotzdem verstanden hatte. Da zeigte sich mal wieder, egal, welche Sprache man sprach, Schimpfwörter wurden immer verstanden! Doch auch wenn ich normalerweise selten Leute beschimpfte, in dem Fall schämte ich mich nicht dafür.

»Okay, das war nicht nett. Du gehörst wohl zu den Menschen, die nur nett sind, solange sie sich Trinkgeld erhoffen, oder?«

Ich prustete verärgert aus. »Ich bin nur so lange nett, bis man mir ungewollt Alkohol in mein Getränk mischt, um mich betrunken zu machen.« Ich rieb mir über die Arme, um das unangenehme Kribbeln zu verdrängen. Seine Nähe machte mich total verrückt!

»Okay. Und was hat das jetzt mit mir zu tun? Warte mal, denkst du – behauptest du gerade, ich hätte dich gestern abgefüllt?«

Oh Mann, der Kerl hatte wirklich eine extrem lange Leitung! Doch anstatt ihm zu antworten, zog ich Trixie weiter, um zu ihrem Auto zu gelangen. Ich fühlte mich wirklich extrem unwohl in seiner Nähe!

»Hey! Jetzt warte doch!« Bevor ich seine Hand auf meiner Schulter spürte, bekam ich erneut diesen elektrischen Schlag und mein Herz verkrampfte wieder. Als würde es jedes Mal, wenn er mich berührte, für einen Moment aussetzen.

»Aaahhh«, stöhnte ich und der Kerl nahm eilig seine Hand von meiner Schulter und schüttelte sie mit einem erstaunten Gesichtsausdruck aus.

»Verdammt, du bist wirklich extrem geladen! Trägst du einen Elektro-Schocker oder sowas bei dir?«

Als er erneut Anstalten machte, mir nahe zu kommen, trat ich einen Schritt zurück und hob abwehrend meine Arme. »Als würde ich mir absichtlich

Stromschläge erteilen. Keine Ahnung, wieso das geschieht.«

»Ich habe dir nichts in den Drink gekippt«, erklärte er nach einer Pause und ich verzog zweifelnd das Gesicht.

»Ja, wer´s glaubt … Egal, ich bin selbst schuld, dass ich es nicht gemerkt habe. Aber ein Tipp für die Zukunft: Frauen suchen sich gern selbst ihre Getränke aus!« Mit diesen Worten ließ ich ihn stehen und eilte mit Trixie im Schlepptau zu ihrem Twingo.

»Der Typ hat irgendetwas an sich, das ihn extrem sexy wirken lässt, findest du nicht?«

Ich legte meinen Kopf schief und starrte meine Freundin ungläubig an. Hatte sie etwas geraucht? »Äh, nein. Definitiv nein. Ich finde ihn unheimlich. Und er ist ein Arschloch.«

»Ja, gut. Er benimmt sich wirklich wie ein Arsch. Trotzdem … Diese hellblonden Haare und dazu diese Augenfarbe, das zarte Gesicht im Kontrast mit dieser extrem tiefen Stimme. Das hat schon was. Ich finde ihn heiß.«

»Du findest alle Männer irgendwie heiß.«

»Das stimmt nicht. Zum Beispiel finde ich Maximilian überhaupt nicht heiß. Er ist und bleibt ein hochgradiges Arschloch! Dazu dieses schleimige Lächeln, igitt. Oh, wenn man vom Teufel spricht! Der will bestimmt mit dir reden. Ich warte im Auto auf dich, sonst muss ich noch kotzen.« Mit diesen Worten sprang Trixie fort und ließ mich allein auf Maximilian warten, der mir im selben Augenblick hinterherrannte und dabei meinen Namen rief.

»Hey Jen! Ich habe auf dich gewartet. Also … Auf dem Schülerparkplatz. Bis ich gemerkt habe, dass euer Auto dort gar nicht steht. Na ja, dann bin ich losgerannt.

Und bin jetzt ganz schön außer Atem ... schön, dass du noch da bist.«

Ich konnte mein Lächeln gar nicht abstellen. Er stotterte so süß! Und das nur, weil er mit mir sprechen wollte. Er hielt dabei seine bunt gestrickte Bommelmütze in den Händen, knotete sie von einer in die andere Hand und schenkte mir wieder dieses wunderschöne Lächeln, das seine schönen weißen Zähne zum Vorschein brachte.

»Ja, ich bin noch da«, erklärte ich, da er offenbar vergessen hatte, was er eigentlich von mir wollte.

»Ja, genau. Das bist du. Ich, äh ... Also ich wollte dich noch fragen, ob du dich entschieden hast. Ich spreche vom Winterball ... Der ist ja bald. Also, ...«

»Ich möchte wahnsinnig gern mit dir zusammen auf den Winterball gehen«, unterbrach ich sein Stammeln.

Maximilian sah mich ungläubig an. »Wirklich?«

Ich lächelte und genoss das angenehme Kribbeln in meinem Magen. »Wirklich.«

Im Augenwinkel sah ich, wie der Bus an uns vorbeifuhr und spürte den finsteren Blick des Amerikaners auf mir ruhen. Er wirkte beinahe eifersüchtig. Doch im Moment interessierte mich der Typ überhaupt nicht. Es zählte nur Maximilian. Die Tatsache, dass ausgerechnet er schüchtern herumstotterte, weil er mit mir auf den Ball gehen wollte, erzeugte Herzklopfen und Gänsehaut zugleich.

»Oh, wow. Schön. Na, dann ... Dann lass ich dich jetzt gehen. Trixie wartet bestimmt schon auf dich. Wir sehen uns.«

Ich grinste vermutlich wie ein Honigkuchenpferd, als ich mich neben Trixie ins Auto setzte, die jedoch nur ein grimmiges Stöhnen von sich gab. »Das war ja so klar.«

»Was?«

Trixie startete den Wagen und trat wie immer das Gaspedal kräftig durch. »Dass er dich um den Finger wickelt. Das Stottern hat er sicherlich stundenlang vor dem Spiegel geübt.«

Ich starrte Trixie entrüstet an. »Ich dachte, du wartest im Auto auf mich?«

»Das habe ich ja! Ich ließ lediglich die Autotür offen. Und er hat echt übel übertrieben mit seinem – ich bin so nervös, weil ich mit Jen auf den Ball gehen möchte!« Sie verstellte ihre Stimme und stotterte theatralisch, was mich auf die Palme brachte.

»Vielleicht ist er wirklich nervös, weil er mich mag? Was ist denn daran so schlimm?«

Trixie stöhnte. »Wenn er es erst meinen würde, hätte ich ja nichts dagegen. Dann kann er von mir aus stottern, so oft er möchte. Aber wir sprechen von Maximilian, Jen! Der Kerl hat jede Woche eine neue Flamme an seiner Backe kleben. Willst du wirklich dazu gehören? Seine tausendste Eroberung sein?«

Auf Wiedersehen Schmetterlinge im Bauch! Herzklopfen, leb´ wohl! Mit hängenden Schultern drückte ich mich in Trixies Beifahrersitz und verbarg mein Gesicht in den Händen. Tief in meinem Innersten wusste ich, dass Trixies Worte der Wahrheit entsprachen. Maximilian zählte definitiv nicht zu der Sorte Männer, die nervös wurden, weil sie ein Mädchen um ein Date baten. Und natürlich wollte ich nicht nur eine seiner unzählig vielen Eroberungen sein. Ich wollte die Eine sein. Die einzige Eine.

»Du meinst, es war ein Fehler, ihm zuzusagen?«

»Sprichst du vom Ball? Jen, du kennst meine Meinung. Ich finde immer noch, dass Finn viel besser zu dir passt. Aber hey – es geht nur um einen Ball. Das sagtest du doch letztens selbst, nicht wahr? Das ist kein

Eheversprechen. Solange du weißt, auf wen du dich einlässt, ist das schon okay.«

Nein, ich wusste nicht, auf wen ich mich einließ. Genau das zählte eben zu meinem größten Problem. Doch es handelte sich nur um einen Ball, daher sollte ich wirklich aufhören, mir unzählig viele Gedanken darüber zu machen.

»Hey, sollen wir heute Abend einen Film zusammen ansehen?«

# 6

»Hey Jen! Schön, dass du da bist! Bist du gut durch den Schnee gekommen? Also heute schneit es wirklich ohne Unterlass.«

Ich klopfte den Schnee von meiner Jacke, meiner Hose und meinen Stiefeln, nahm die dicke, rote Bommelmütze ab, schüttelte sie aus und trat in die vom Kachelofen beheizte Stube der *Holzhütt´n*. Tatsächlich hatte es bereits früh am Morgen zu schneien begonnen und selbst jetzt, am frühen Abend schien kein Ende in Sicht zu sein. Der gesamte Fußmarsch zur Hütte glich einem Abendsportprogramm – Tiefschneestapfen und Spuren suchen, während der Schnee mir die Sicht versperrt hatte. Eigentlich wäre nun der perfekte Zeitpunkt für eine ausgiebige Dusche und mir graute jetzt schon vor dem Abstieg in der Nacht.

»Ja, ich bin gespannt, wie viel Schnee liegt, wenn wir Feierabend machen.«

Paul klopfte mir auf die Schultern. »Keine Angst, Jen. Sollte zu viel Schnee liegen, werde ich dich auf jeden Fall begleiten. Aber jetzt hänge deine nassen Klamotten an den Ofen und trink mit mir ein Tässchen Glühwein. Noch haben wir die Hütte für uns allein.«

Diesem Angebot folgte ich zu gerne und wenige Minuten später saß ich mit dem Rücken an dem grün gefliesten Kachelofen gelehnt und trank den selbstgemachten Glühwein, der zu meinen

Lieblingsgetränken zählte. Paul bereitete den besten Glühwein weit und breit zu!

»Und? Besser?«

Ich grinste. »Viel besser. Irgendwann muss ich dich doch noch bestechen, um an dein Glühwein-Rezept zu kommen.«

Paul deckte die urigen Massivholztische mit einfachen Tellern und Papierservietten ein und schüttelte lachend den Kopf. »Vergiss es! Das Rezept bleibt mein Geheimnis.« Einen Moment hielt er inne und trat schließlich an eines der kleinen Fenster, um hinauszusehen. »Hörst du das auch? Ich vermute, unsere Ruhe ist gleich zu Ende.«

Ich folgte seinem Blick und hörte sie, noch bevor ich durch die dichte Schicht Schneeflocken eine laut grölende Gruppe auf uns zukommen sah, und seufzte. »Ich frage mich, ob diese Amerikaner auch irgendwann nüchtern sind.«

Paul klopfte mir lachend auf die Schultern. »Oh, Jen! Die Kerle sind Anfang zwanzig und haben Urlaub. Wenn sie nüchtern wären, würde ich mir größere Sorgen machen. Nimmst du sie gleich in Empfang? Dann bereite ich die Kässpatzen vor. Ich bin in der Küche, sollte etwas sein«, erklärte er und verschwand sogleich durch die kleine Holztür, die hinter einer kleinen Bar in die Küche führte.

Schon öffnete sich die Eingangstür und brachte mit den lautstarken Jugendlichen auch einen Windstoß voller Schnee in die Hütte hinein.

»Wow! Ich glaube, wir sollten die Tür schließen, sonst versinken wir auch in der Hütte im Schnee. Alex, mach die Tür zu!«, schrie einer der Kerle und ich grinste, als ich besagten Alex bei seinen Versuchen zusah, die Tür zu schließen.

»Sie klemmt. Warte, lass mich dir helfen«, griff ich schließlich ein und hob die Tür ein wenig aus den Angeln, damit sie ins Schloss fallen konnte.

»Hey, Elektro-Girl! Langsam wird es unheimlich, dass ich immer wieder auf dich treffe. Verfolgst du uns etwa?«

»Glaube mir, ich finde es ebenfalls extrem gruselig. Aber was tut man nicht alles, um Trinkgeld zu bekommen?«, bezog ich mich auf seinen dummen Kommentar vor wenigen Tagen.

Gerade als er zu einer Antwort ansetzte, pfiff der Wind laut durch die Hütte, das Licht begann unruhig zu flackern und ich fühlte einen unangenehmen Schauer über meinen Rücken gleiten.

»Jetzt kommt mit in die Stube. Paul kocht euch bereits etwas zu Essen. Ihr könnt mir eure Jacken geben, dann hänge ich sie am Kachelofen auf.«

Bepackt mit einem Berg von triefend nassen Jacken zeigte ich den Kerlen die Tür zur Stube und hängte die ersten Jacken auf, als ich erneut diesen mittlerweile bekannten, schmerzhaften Stich im Herzen verspürte.

»Oh, fuck! Sorry. Ich wollte nicht … Tut mir leid, ich wollte dir nur beim Aufhängen helfen. Wieso bekommen wir immer diesen elektrischen Schlag, wenn wir uns berühren? Das ist echt strange.«

Ich gab ihm eine Jacke und bestätigte sein Empfinden mit einem Prusten. »Das ist total strange.«

Ein Lächeln stahl sich auf sein Gesicht und in den Augenwinkeln erkannte ich Grübchen. Verdammt! Wieso sahen Grübchen bei Männern immer nur so extrem sexy aus?

»Ich heiße übrigens Liam. Aber ich verzichte darauf, dir die Hand zu schütteln, okay?«

Ich schmunzelte. »Sehr gern. Ich bin Jen.«

Er hob eine Augenbraue. »Jen?«

»Eigentlich Jennifer. Aber niemand nennt mich so.« Schon wieder flackerte das Licht und für ein paar Sekunden herrschte absolute Dunkelheit in der Hütte. Hoffentlich hatten die Schneemassen keine Stromleitung gekappt. Ich hatte sowieso schon wenig Lust, eine feierlustige Gruppe von männlichen Amerikanern zu bedienen. Sie in völliger Dunkelheit zu bewirten, bereitete mir mehr als ein ungutes Gefühl im Magen. Zum Glück erhellte sich der Raum wieder und ich verdrängte meine Sorgen.

»Jennifer. Gefällt mir. Der Name passt zu dir.«

Oh Gott, wollte der Kerl etwa mit mir flirten? Ausgerechnet er?

»Ich habe dir nichts in den Drink gekippt, Jennifer. Das wollte ich nur noch einmal klarstellen.«

Daher wehte also der Wind. Er hatte ein schlechtes Gewissen und versuchte, sich mit Komplimenten bei mir zu entschuldigen. Abwehrend hob ich meine Hand. »Schon gut, ich habe es ja überlebt. Fakt ist, irgendjemand hat mir eine bedeutende Menge an Alkohol untergejubelt und außer euch kam keiner in die Nähe der Bar. Aber egal, ich lebe noch. Danke für deine Hilfe«, beendete ich unser Gespräch, nachdem die letzten Jacken auf den Kleiderbügeln hingen. Ich begann meinen eigentlichen Job und nahm die Getränkewünsche der Kerle auf.

Der Duft von Röstzwiebeln durchströmte die Stube, als Paul mit einer großen dampfenden Schüssel aus der Küche kam und mir selbst lief das Wasser im Mund zusammen.

»So, die Herren. Eine große Portion Kässpatzen für euch! Ich stelle sie einfach in die Mitte und ihr bedient euch selbst, okay? Hat unsere Jen euch schon meinen

Glühwein empfohlen? Allerdings solltet ihr damit vielleicht bis nach dem Essen warten … Egal, guten Appetit euch!«

»Hey Jennifer! Setz dich zu uns und iss mit. Ich lade dich ein. Sieh es als Wiedergutmachung an.«

Mein Magen knurrte tatsächlich beim Anblick der Kässpatzen, doch ich wollte mich ganz sicher nicht zu diesen Typen setzen. Da spürte ich Pauls kräftige Hand auf meiner Schulter.

»Na komm! Ob du jetzt hinter der Bar sitzt und deine Portion isst, oder bei den netten Amerikanern, ist doch auch egal. Ich bezweifle, dass sich heute bei dem Wetter noch andere Gäste auf die Hütte verirren.«

Eigentlich wollte ich wirklich lieber hinter der Bar eine kleine Portion zu mir nehmen, doch Paul ließ nicht locker. »Ich komme später auch dazu. Das hier ist immerhin kein Restaurant, sondern die *Holzhütt´n*. Den Unterschied sollen die Jungs gleich merken. Die beißen dich schon nicht.«

Also nahm ich mir einen Stuhl, setzte mich gegenüber von Liam an den Tisch und lächelte in die Runde. »Schmeckt es euch?«

Der Typ, den Liam beim Eintreten als Alex bezeichnet hatte, saß nun neben mir und zwinkerte mir vielsagend zu. »Seitdem du bei mir bist, schmeckt es sogar noch besser. Wie lautet dein Name? Habe ich das richtig verstanden? Jennifer?«

»Jen reicht vollkommen. Wo seid ihr eigentlich her?«

»Wir kommen aus New Haven. Das liegt in Connecticut. Kennst du New Haven?«, mischte sich Liam ins Gespräch ein.

»Ich habe davon gehört«, murmelte ich Liam meine Antwort zu und studierte im Geiste diverse amerikanische Karten durch, doch ich hatte keinen blassen Schimmer, wo Connecticut oder besser gesagt New Haven liegen sollte. Westküste? Ostküste? Lag es überhaupt am Meer? Dem Namen nach müsste es so sein, oder? Mit meinen achtzehn Jahren hatte ich Europa noch nie verlassen und selbst innerhalb des Kontinents gab es nur wenige Länder, die ich schon bereist hatte. Meine Eltern zählten eher zu der Sorte Menschen, die am liebsten dort ihren Urlaub verbrachten, wo sie sich auskannten. Was in meinem Fall Gardasee in Italien bedeutete. Zudem kam eine Klassenfahrt nach Frankreich und ein Kurztrip mit Trixie nach London hinzu. Das war's auch schon, mehr von der Welt kannte ich nur aus den Medien.

»Keine Sorge, du hast nichts verpasst. Ich hätte keine Lust wegzufahren, würde ich hier in den Bergen wohnen«, schwärmte Alex.

Schon wieder flackerte das Licht und ich rückte sicherheitshalber meinen Stuhl etwas weiter weg von Alex, der mir mit seinem Arm beträchtlich nahegekommen war.

»Kannst du Ski fahren? Oder snowboarden?« Ich spürte erneut Liams Blick auf mir ruhen und verstand nicht, wieso mein Körper so seltsam reagierte. Immerhin hatte er mir eine ganz simple Frage gestellt. Wieso bekam ich also Herzklopfen? Und wieso flackerte dieses bescheuerte Licht andauernd? Als würde es meine eigene Nervosität widerspiegeln.

»Äh, ja. Ich fahre ein wenig Ski. Allerdings mag ich unsere Berge lieber, wenn sie schneefrei sind«, gab ich zu.

»Schade. Sonst hätte ich dich gefragt, ob du uns morgen begleiten möchtest. Wir haben vor, die Teufelsroute zu fahren. Kennst du die?«

Ich starrte Liam eine Zeit lang ausdruckslos an. Natürlich kannte ich die Teufelsroute. Jeder kannte sie. Doch nur Verrückte fuhren diese extrem steile, gefährliche Abfahrt. Sie zählte nicht zu den offiziellen Skipisten, Tiefschneekenntnisse waren daher definitiv erforderlich. Immer wieder gab es Todesfälle von Skifahrern, die ihre Kenntnisse überschätzten und abstürzten. Nie im Leben würde ich die Teufelsroute mit Skiern befahren! Nicht einmal, wenn mir tausend Leben zur Verfügung stünden!

»Ihr wollt morgen die Teufelsroute fahren? Bei dem Wetter? Seid ihr lebensmüde?«

Liam schenkte mir ein breites Lächeln und Alex legte mir - bestimmt nur freundschaftlich und rein zufällig! - seine Hand auf den Oberschenkel. »Liam ist immer lebensmüde«, erklärte er mir und ich schob lächelnd seine Hand von mir fort.

»Das heißt also Nein?«, hakte Liam nach und ich stöhnte.

»Ich hoffe, ihr wisst, was ihr tut. Und nein, ich lebe sehr gerne, weißt du?«, richtete ich meine Antwort an Liam, als schon wieder der Strom ausfiel.

Ein aufgeregtes Raunen wanderte durch die Stube und ich rollte innerlich mit den Augen. Diese Jungs benahmen sich teilweise echt kindisch. Ich rückte meinen Stuhl nach hinten und wollte gerade aufstehen, als ich erneut einen Stromschlag bekam. Liam hatte meine Hand berührt.

»Fuck! Tut dir das auch jedes Mal so weh? Eigentlich wollte ich nur wissen, wo du hingehst«, stöhnte er schmerzerfüllt und ich fasste mir an die Brust.

»Ich wollte Kerzen holen«, presste ich zwischen meinen Zähnen hindurch und wartete, bis sich mein

Puls einigermaßen beruhigte. Wieso bekam ich immer einen Schlag, wenn er mir zu nahe kam?

»Kann ich dir helfen?«

»Bloß nicht!«, fuhr ich ihn an und bereute meine Reaktion im nächsten Moment. Ich klang extrem ängstlich. Wie ein eingeschüchtertes Küken, oder ein Reh, das einem Gewehr gegenüberstand. »Ich steh´ nicht so auf Schmerzen«, fügte ich daher scherzend hinzu und wurde von schallendem Gelächter aus Alex' Mund begleitet.

»Liam schon! Ein lebensmüder Freak, der gerne mit dem Strom spielt. Nicht wahr?«

Ich hörte das Rücken von Stühlen und spürte ihn plötzlich dicht neben mir.

»Wenn der Stromschlag von so einem Mädchen wie dir stammt, stehe ich wirklich auf Schmerzen. Ich liebe deine Haare«, hauchte seine tiefe Stimme gegen mein Ohr und ich erschauderte. Mein Herz trommelte, als würde ich einen Marathon laufen und ich sah plötzlich Blitze vor meinen Augen. Was tat dieser Liam nur? Und wieso machte mein Körper keine Anstalten, sich von ihm abzuwenden? Unbewusst fuhr ich durch meine wasserstoffblonden, dünnen Haare, strich sie hinters Ohr und konnte mich nur auf eines konzentrieren – atmen: ein, aus, ein, aus …

»Also, wo sind denn jetzt die Kerzen?«, riss Liam mich aus meiner Starre und ich schüttelte mich. »Sie sind an der Bar. Aber danke, ich kann das wirklich allein.« Mit diesen Worten ließ ich ihn stehen und stolperte durch den dunklen Raum an die Bar. Ich benötigte dringend Abstand von diesem Liam!

Paul stand dort bereits und zündete die erste Kerze an und ich erkannte Sorge in seinem Blick. »Der Schnee scheint unsere Stromverbindung gekappt zu haben.

Und so wie es aussieht, funktioniert auch unser Notstromaggregat nicht. Es wird wohl dunkel bleiben.«

»Na, super«, seufzte ich und verteilte die ersten Kerzen in der Stube. Ich hätte auf Finn hören und für diesen Abend absagen sollen. Ich hatte von Anfang an kein gutes Gefühl dabei gehabt, diesen Abend hier oben zu bedienen.

»Hey Elektro-Girl! In deinen Adern fließt doch Strom. Kannst du nicht dafür sorgen, dass das Licht wieder leuchtet? Shine for me, Baby!«

Ich stellte eine Kerze in die Mitte ihres Tisches und schenkte Alex ein falsches Lächeln. »Mein Licht würde dich nur blenden, Baby«, konterte ich und erntete Lachen und Applaus von den anderen.

»Sie ist übrigens *mein* Elektro-Girl, Alex!«

»Ich bin niemandes Elektro-Girl, Liam! Wollt ihr noch etwas trinken?«

»Ja, dich«, hauchte ein anderer Typ, der im Gegensatz zu Alex' Vollbart einen gepflegten Kinnbart trug, was erneut mit Lachen quittiert wurde.

»Jungs! Lasst meine Bedienung in Frieden! Sonst schicke ich sie nach Hause und ihr müsst den restlichen Abend mit mir flirten!«, rief Paul zu uns herüber, klopfte dabei auf seinen rundlichen Bauch, fuhr sich zeitgleich durch seine nicht vorhandenen Haare und ich grinste breit. Hatte ich ihm heute schon erklärt, dass er der beste Boss war, den es gab? Das sollte ich schleunigst nachholen.

»War das letztens eigentlich dein Freund?« Liams Stimme klang leise und unscheinbar, passte allerdings überhaupt nicht zu seinem neugierigen Blick. Zudem spielte er immer wieder am Henkel seines Bierkruges herum.

»Sprichst du von Paul?«, fragte ich, da ich wirklich überhaupt nicht wusste, worauf er hinauswollte und warum er Interesse daran hatte. Paul könnte mein Vater sein und zählte ganz gewiss nicht zu der Sorte Männer, die sich für junge Frauen interessierten.

»Der Typ am Mittwoch. Als wir uns an der Bushaltestelle getroffen hatten. Dieser schleimige Kerl mit dem Zahnarztlächeln.«

Ich konnte mein Schmunzeln nicht verbergen, denn seine Beschreibung passte perfekt zu Trixies, wenn sie von Maximilian sprach. Und es stand außer Frage, Liam meinte ganz sicher Maximilian.

»Wieso interessiert dich das?«, überging ich seine Frage.

»Der Kerl ist ein Arschloch.« Erneut dieselbe Aussage, die Trixie gewählt hätte. Allerdings mit einem Hauch mehr Eifersucht gespickt. »Er verfolgt nur ein einziges Ziel. Und das ist Sex.«

Das war ja so klar. Als hätte Liam in den wenigen Sekunden, in denen er Maximilian gesehen hatte, einschätzen können, welche Ziele er verfolgte und welchen Charakter er besaß. Ob er selbst wusste, wie dämlich er klang?

Schließlich lehnte ich mich an die Tischplatte, beugte mich ganz nah zu ihm und zwinkerte ihm verführerisch zu. »Vielleicht verfolge ich ja genau dasselbe Ziel bei ihm?«

An seinen aufgerissenen Augen und dem hektischen Husten erkannte ich, dass ich mein Ziel erreicht hatte: Ich hatte ihn definitiv aus der Fassung gebracht. Grinsend erhob ich mich und sammelte die leeren Bierkrüge ein, um sie aufzufüllen.

Eine halbe Stunde später grölten die Jungs mehrstimmig diverse Lieder, ich vermutete, dass es sich dabei um Sauflieder handelte, denn wirklich verstanden hatte ich kein einziges mehr. Trotz meiner wirklich guten Englisch-Kenntnisse, immerhin war unser Gymnasium eine zweisprachige Schule, sodass ich ehrlich behaupten konnte, fließend englisch zu sprechen. Aber amerikanische Sauflieder? Dazu lallten die Typen zu heftig. Und obwohl ich es niemals gedacht hätte, genoss ich diesen Abend mit zunehmender Stunde mehr. Die Jungs gaben sowohl Paul, als auch mir das Gefühl, Teil ihrer Clique zu sein, ohne dabei ausfällig zu werden. Zumindest, ohne dabei unangenehm ausfällig zu werden. Eigentlich hatte ich hauptsächlich mit Witzen unterhalb der Gürtellinie und unangenehmen Annäherungsversuchen gerechnet, doch nichts dergleichen geschah. Stattdessen tanzte Alex mit Paul durch die Stube. Jacob, ein relativ ruhiger und unscheinbarer Kerl mit blonden, krausen Locken, hatte sich die Gitarre, die hinter der Eckbank an der Wand hing, geschnappt und spielte richtig tolle Countrysongs. Ich saß neben ihm und verfolgte begeistert seine Finger, die immer abwechselnd die Saiten zupften und dadurch diesen typischen Countryklang erzeugten.

»Lust auf einen Tanz, Elektro-Girl?«

Die tiefe hauchende Stimme ließ mich erzittern und ich hoffte, dass Liam aufgrund des schwachen Kerzenlichts meine Gänsehaut nicht sah.

»Tanzen? Mit dir? Liam, ich stehe wirklich nicht auf Schmerzen.«

Doch Liam ignorierte meine Abwehr und hatte bereits meine Hand gepackt. Der übliche Schmerz packte mich und ich versuchte, mich aus seinem Griff zu lösen. Vergeblich, denn Liam hielt meine Hand nur fester und sah mir dabei tief in die Augen.

Langsam, ganz langsam normalisierte sich mein Herzschlag und klopfte schließlich in völliger Ruhe und im Gleichklang zur Musik.

Liam grinste breit. »Na, bitte. Geht doch. Und jetzt komm!« Mit diesen Worten zog er mich in die Mitte der Stube, legte seinen anderen Arm an meine Taille und begann zu tanzen.

Es fühlte sich göttlich an und ich hatte keinen blassen Schimmer, warum. Seine Hand in meiner – das war total irre, denn ich konnte kaum spüren, wo meine Hand endete und seine begann. Ich hätte schwören können, dass sein Herz im exakt selben Rhythmus schlug wie meins, was noch verrückter klang, selbst in meinen Gedanken. Ich tanzte mit ihm zu einer Musik, natürlich bewegten wir uns im selben Takt, doch das hatte rein gar nichts mit meinem Herzschlag zu tun! Oh Gott! Möglicherweise verlor ich in dem Augenblick meinen kompletten Verstand!

Plötzlich flackerte das Licht der Stube wieder auf und begleitete uns während des gesamten Tanzes mit rhythmischem Flackern. An, aus, an, aus. Liams Blick traf meinen und ich spürte sein zartes Lächeln direkt in meinem Herzen. Ob er ähnlich empfand wie ich?

Am Ende des Songs beendete ich den Körperkontakt und zeitgleich erlosch das elektrische Licht.

»Heeey! Ich wusste es doch! In unserem Elektro-Girl fließt Strom! Könnt ihr das nochmal machen?«, rief Alex laut.

Als ob wir für das Flackern des Lichts verantwortlich wären! Lächerlich! Ich wollte mich gerade zurück auf meinen Stuhl setzen, als ich Liams tiefe Stimme direkt an meinem Ohr fühlte. »Was hast du gerade gespürt?«

Diese Frage verwirrte mich. »Na, ich habe mit dir getanzt«, log ich, da ich ganz gewiss nicht vor Liam meine seltsamen Gedanken von vorhin breittreten wollte.

»Sonst nichts?«, hakte Liam nach und er wirkte extrem verwirrt.

*Doch! Ich habe sogar so viel gespürt, dass ich dich am liebsten nie wieder loslassen würde. Mein ganzer Körper kribbelt und ich kann kaum noch atmen. Obwohl ich keinen blassen Schimmer habe, warum!*

»Hast du zu viel getrunken, Liam?«, fragte ich stattdessen.

Liam schüttelte seinen Kopf. »Nicht mehr als du. Glaube mir, ich habe mich deinetwegen beherrscht. Ich mag es nämlich nicht, wenn man mir unterstellt, ich würde anderen Alkohol ins Getränk mischen. Ob betrunken oder nicht.« Er seufzte und fuhr sich verlegen durch die hellblonden Haare, die aufgrund der Mütze, die er vorher getragen hatte, in alle Richtungen abstanden. »Ist ja auch egal. Danke für den Tanz.«

»Hey! Ich dachte, ihr wolltet das nochmal machen! Tanzt uns den Stromtanz!«

Ich grinste breit und wedelte mit meinen Armen über den Lampenschirm. »Hokuspokus … Licht, geh an!«, zauberte ich lachend und verzog mein Gesicht, da sich – wer hätte es gedacht? - nichts tat. »Tja, sorry. Ich glaube, ich habe den richtigen Zauberspruch vergessen.«

# 7

»Wie meinst du das, du hast nicht gespürt, wo du aufhörst und er anfängt?«

Trixie saß auf meinem Bett, ein Bein im halben Spagat von sich gestreckt, das andere angezogen, und lackierte ihre Zehennägel in einem knalligen Pink. Ich hatte aufgegeben, sie zu fragen, wieso man im Winter farbige Zehennägel benötigte, noch dazu als Single. Trixie wollte wohl jederzeit bereit sein. Nachdem sie mich mit einer Tüte Croissants und Brezeln und zwei Coffee-to-go-Bechern für ein gemütliches, ausgedehntes Frühstück überrascht hatte, saß ich nun mit meiner halben Brezel auf dem Teppich, sah ihr beim Nägel-Lackieren zu und erzählte ihr vom gestrigen Abend.

»Keine Ahnung, wie ich das beschreiben soll. Es fühlte sich an, als gehöre er zu mir. Als wäre er ein Teil von mir. Klingt verrückt, oder?«

Trixie wechselte ihre Beinstellung und tauchte den Pinsel in die Lackfarbe ein. »Ich finde eher, das klingt verliebt.«

»Was? Nein! Ich bin ganz bestimmt nicht verliebt!« *Und wenn, dann in Maximilian und nicht in einen lebensmüden, wildfremden Amerikaner, der hauptsächlich betrunken ist,* fügte ich in Gedanken hinzu. Obwohl das nicht stimmte, denn er war an diesem Abend definitiv nicht betrunken gewesen. Im Vergleich zu seinen Freunden hatte er schon beinahe nüchtern gewirkt.

Trotzdem. Ich verliebte mich doch nicht in einen Wildfremden!

»Hast du dir vorgestellt, wie es wäre, ihn zu küssen? Ja oder nein?«

Wütend funkelte ich Trixie an. Das war die falsche Frage. Auf jeden Fall!

»Jen?«

»Na gut, ja. Ja, ich habe mir vorgestellt, ihn zu küssen. Aber das bedeutet gar nichts, das habe ich mir bei Finn auch schon einmal vorgestellt. Und bei Maximilian. Und …«

Trixie schraubte das Nagellack-Fläschchen zu und seufzte, als sie mich mit skeptischen Blicken durchbohrte. »Hat dein Herz wild geschlagen, als du es dir vorgestellt hast? Wurdest du nervös? Kribbeln im Bauch?«

Ich schwieg. Das war eindeutig die bessere Option, als auf ihre Fragen zu antworten.

»Na bitte. Du bist in ihn verliebt.«

»Nein, das bin ich nicht! Der Kerl ist mir unheimlich. Und ich glaube, ihm geht es genauso.«

»Er ist auch in dich verliebt? Na, das wäre doch wunderbar.«

»Nein. Oh Mann, Trixie! Ich bin mir ziemlich sicher, dass er, wenn überhaupt, nur zum Spaß mit mir geflirtet hat. Das meinte ich aber gar nicht. Ich glaube, dass er beim Tanzen ähnlich gefühlt hat. Und diese Stromschläge sind auch völlig seltsam. Hast du so etwas schon einmal gehört?«

»Sind das richtige elektrische Schläge?«

Ich nickte und schüttelte mich, als ich mich daran erinnerte.

»Das ist echt krass. Ich werde das mal googeln. Wer weiß, vielleicht gibt es eine völlig banale Erklärung dafür. Zum Beispiel, dass eure Schuhsohlen statisch aufgeladen sind oder so. Das würde allerdings nicht dein Herzklopfen und deine Vorstellung eines Kusses erklären. Wobei wir wieder bei meiner These wären und du einfach nur verknallt bist.«

Das war ich nicht! Ganz sicher nicht. Ich zählte nicht zu der Sorte Mädchen, die sich sofort beim ersten Blick in einen Typen verknallten. Schon gar nicht in aussichtslose Fälle wie Liam, der in wenigen Tagen zurück in die USA fliegen würde. Doch mein Blick zu Trixie zeigte mir, dass jeglicher Widerspruch vergeblich war – sie hatte ihr Urteil bereits gefällt.

»Ist ja auch egal. Ich werde ihn sowieso nie wiedersehen, also hat sich das erledigt«, beendete ich das Thema, stand auf und sah aus meinem Zimmerfenster. Unsere Wohnung befand sich im zweiten Stock und ich hatte normalerweise eine perfekte Sicht auf unsere angrenzenden Berge. Die Alpen direkt vor meiner Nase. Normalerweise. Denn heute sah ich keine fünf Meter weit. Immer noch schneite es ohne Unterlass und ich erinnerte mich mit Grauen an den schrecklichen Abstieg in der Nacht.

»Wie du meinst. Und wieso hat dich Finn gestern abgeholt? Das musst du mir schon noch genauer erklären.« Trixie grinste in mein verblüfftes Gesicht, da ich ihr ganz bewusst nichts von Finn erzählt hatte. »Er hat mir gestern Abend geschrieben, dass er noch zu dir fährt. Wieso verschweigst du mir das eigentlich?«

Ich legte meine Stirn an die kalte Fensterscheibe und schoss die Augen. »Ich verschweige dir grundsätzlich Dinge, die Finn betreffen, weil du dir jedes Mal, wenn ich von ihm spreche, Hoffnungen machst, ich könnte mich doch noch in ihn verlieben.«

Trixie stakste, die Zehen angehoben, auf ihren Fersen zu mir herüber und sah mich mit diesem Du-hast-doch-gar-keine-Ahnung-Blick an.

»Hast du dir noch nie Gedanken darüber gemacht, dass sich Finn vielleicht ebenfalls Hoffnungen machen könnte?«

»Aber er ist mein bester Freund, Trixie! Ich will ihn nicht einfach aus meinem Leben ausschließen, nur weil ich nicht dasselbe für ihn empfinde!«

Trixie hob unschlüssig ihre Schultern. »Also, warum musste dich Finn gestern noch abholen?«

Ich ließ mich erneut auf meinen Teppich sinken, schloss die Augen und rieb mir über die Arme. »Keine Ahnung. Ich glaube, ich habe eine Panikattacke bekommen. Normalerweise habe ich keine Angst im Dunkeln, du kennst mich, Trixie. Doch der Abstieg gestern – mir wird immer noch ganz anders. Das war so … seltsam.«

»Du zitterst ja, Jen! Hey! Was ist denn geschehen?«

Ich konzentrierte mich auf meinen Atem und verdrängte dieses bescheuerte Gefühl der Panik in mir. »Paul hatte mir angeboten, mich zu begleiten, doch ich wollte das nicht. Er hatte ja noch genug zu tun, um die Hütte aufzuräumen. Außerdem waren die Amerikaner nur wenige Minuten zuvor losgegangen und grölten so laut, dass ich mich allein an ihrem Lärm orientieren konnte. Also schnappte ich mir meine Stirnlampe und kämpfte mich allein durch den Schnee. Wie gesagt, das war nicht wirklich schlimm – die Spuren der Amerikaner sah ich noch deutlich vor mir, sie waren ständig in Hörweite, es hätte alles gut gehen sollen. Aber dann geschahen so seltsame Dinge. Ich wurde von Schneebällen getroffen, ohne einen Schneeball zu sehen, ich spürte Tritte an meinen Beinen und stolperte über nicht vorhandene Hindernisse. Ich spürte Hände auf meinen Schultern, obwohl niemand da war. Oh Mann! Trixie! Ich glaube eigentlich nicht an Geister, aber gestern Nacht hatte ich wirklich das Gefühl, von Geistern umzingelt zu sein. Das war so schrecklich!« Ich zitterte tatsächlich am ganzen Körper und vermied es, meiner Freundin in die Augen zu sehen, da ich mir so schon dämlich genug vorkam. »Irgendwann konnte ich nicht mehr weitergehen. Ich habe es nicht mehr geschafft, ein Bein vor das andere zu setzen. Da rief ich Finn an und bat ihn, mir entgegenzulaufen. Ich hätte den Weg alleine nicht geschafft.«

Trixie saß nun neben mir auf dem Teppich und tätschelte liebevoll meinen Oberschenkel. »Das klingt wirklich nach einer ausgeprägten, schrecklichen Panikattacke. Oh Gott, du Arme! Ich stelle mir das furchtbar vor! Und was ist dann geschehen? Ich meine, es hat doch gewiss eine Zeit lang gedauert, bis Finn bei dir ankam, oder?«

Ich verzog meinen Mund zu einer Grimasse und ignorierte meine flammenden Wangen – ja, ich schämte mich. Ich schämte mich gewaltig. »Das ist es ja. Kaum hatte ich mein Telefonat beendet, kam wenige Augenblicke später Liam zurück und fragte mich, ob es mir nicht gut ging. Na ja, ihn anzulügen, war sinnlos, ich saß ja wie ein Häufchen Elend im Schnee und zitterte ähnlich wie jetzt. Er weigerte sich, mich allein zu lassen, und wartete mit mir gemeinsam auf Finn. Tja, und natürlich waren seit dem Zeitpunkt sämtliche unheimliche Wahnvorstellungen verschwunden. Als hätte es sie nie gegeben. Und ich kam mir richtig blöd vor, dass ich extra Finn gebeten hatte, zu kommen.«

»Ach, Süße. Für eine Panikattacke muss man sich doch nicht schämen. Schon gar nicht mitten in der

Nacht, bei starkem Schneefall, allein in den Bergen. Ich finde, deine Angst war berechtigt und Finn war dir sicher nicht böse, oder?«

»Nein, vermutlich nicht. Aber vielleicht hast du Recht mit deiner Annahme, dass er sich jetzt doch wieder Hoffnungen macht.«

»Ja, das könnte passieren. Egal, ich verstehe dich. Bei so etwas wäre Finn auch meine erste Wahl gewesen. Der ruhige Fels in der Brandung. Und, wie hat Liam auf Finn reagiert? Hält er ihn auch für ein Arschloch?«

Natürlich hatte ich Trixie von Liams Bemerkung über Maximilian erzählt, was sie mit einem freudigen Quietschen und einem »Ich liebe diesen Typen!« quittiert hatte.

»Nein, ich glaube nicht. Sie haben sich jedenfalls recht gut unterhalten, als wir zu dritt den Heimweg antraten. Aber, oh Mann – ich will gar nicht mehr daran denken! Hoffentlich war das meine erste und letzte Panikattacke!«

»Vielleicht solltest du in Zukunft, wie alle jungen Frauen, darauf verzichten, nachts allein durch die Gegend zu wandern?«, zwinkerte Trixie mir zu, stand auf und blickte auf ihr Smartphone, das neben der Gebäck-Tüte und meinen unzählig vielen Büchern auf dem großen, massiven Schreibtisch lag. Ich hing stattdessen meinen eigenen Gedanken nach. Ich wollte nicht zu der Sorte Mädchen zählen, die sofort Angst verspürte, wenn sie allein war.

»Hey! Die Mädels in unserer Klasse haben eine Gruppe erstellt und posten jetzt gegenseitig ihre Winterball-Kleider. Angeblich, um dafür zu sorgen, dass keine das gleiche Kleid wie eine andere trägt. Sollen wir mitmachen?«

Ich stand auf, öffnete meinen chaotischen Kleiderschrank und grinste breit. »Aber nur, wenn wir uns in richtig schreckliche Outfits stecken. Immerhin habe ich mein Kleid bereits und werde es garantiert nicht umtauschen, nur weil Susanna oder Marie das gleiche tragen.«

In der nächsten Stunde stellten wir meinen Kleiderschrank auf den Kopf und kombinierten Sommerkleider mit Accessoires aus der Faschingskiste und andersherum. So trug ich unter anderem ein uraltes Indianerkleid zusammen mit roten High Heels, meinem türkisfarbenen Seidenschal und Trixie steckte in einem einfachen Neckholderkleid, das sie mit einer Federboa, glitzernden Ketten und knalligem Lippenstift kombinierte. Ich hatte schon ewig nicht mehr so gelacht. Aktuell trug ich einen schwarzen Bleistiftrock meiner Mutter, dazu ein Leopardentop und weiße Lederstiefel – alles in allem sah ich eher aus wie eine Frau, die ihren Körper verkaufte, als ein Mädchen im Abschlussjahr, das auf den Winterball ging. Trixie lachte sich schlapp, als ich dazu noch passende Bewegungen formte, während sie mich dabei fotografierte.

»Oh, das ist so geil! Jen! Das müssen wir in die Gruppe stellen! Das und dein erstes Outfit. Und dazu schreiben wir, dass wir noch etwas unschlüssig sind, welches von den beiden wir anziehen wollen. Was hältst du davon?«

Ich betrachtete mein Prostituierten-Outfit und schüttelte mich. »Vergiss es! Ich verschicke niemals ein Bild von mir in solchen Klamotten! Dann poste lieber das mit dem zugeknöpften Hemd und dem Pullunder. Das fand ich auch ziemlich genial!«

»Dein hochgeschlossenes Anna Karenina-Kostüm? Okay, wenn du unbedingt willst.«

»Anna Karenina war alles andere, als …«

Trixie hob ihre Hand. »Schon gut, schon gut – keine Tolstoi-Belehrung, bitte! Na gut, komm her, suchen wir die besten Bilder aus und dann stellen wir sie online!«

Ich setzte mich neben Trixie auf mein Bett und scrollte lachend durch die Fotogalerie ihres Smartphones, als mir plötzlich eiskalt wurde. Ein Schleier legte sich über meine Augen und ich spürte einen schmerzhaften Stich in meinem Herzen.

Was war denn das? Was geschah mit mir?

»Alles okay, Jen? Jen?«, fragte mich Trixie und ich spürte noch ihren Arm auf meiner Schulter, doch ich konnte nicht mehr reagieren.

# 8

Ein Grollen. Ich drehte mich um und blickte über meine Schulter hinweg zum Gipfel des Berges. Ein Knacken, ein Reißen. Eine weiße Masse bewegte sich, Staub und weißer Nebel wirbelten auf, wurden immer größer und größer, verwandelten sich in einen gewaltigen Teppich. Das Dröhnen und Rauschen wurden lauter, Äste krachten, Tannen knickten um, als wären sie Streichhölzer, doch die Masse bewegte sich unweigerlich weiter. Sie riss alles mit sich, was ihr im Weg stand.

Einen Augenblick lang hörte ich nur das leise Pochen meines Herzens. Schnell, atemlos, unaufhaltsam. Poch-poch, Poch-poch, Poch-poch. Als ich realisierte, was dieser wandelnde, mörderische Teppich darstellte, schrie ich, so laut ich konnte, doch jeglicher Klang wurde vom gewaltigen Donnern der Masse verschluckt.

»Verschwindet! Fahrt los! Sofort! Wir müssen hier weg! Verdammte Scheiße! Fuck!«

Noch einmal sah ich zurück, blickte auf die riesige Schneewand, die sich nur noch wenige Meter hinter mir ihren Weg bahnte, dann stürzte ich in die Tiefe – immer geradeaus, kein weiterer Blick zurück. Ich musste hier fort, wenn ich überleben wollte. Das Rauschen wurde wilder, das Ächzen intensiver, ich atmete den dichten Nebel aus eiskaltem Schnee ein und aus und betete um Geschwindigkeit. Nur ein kleines bisschen schneller als die Lawine! Mehr wünschte ich gar nicht. Ich rauschte vorbei an Tannen, die sich im selben Augenblick verneigten und schließlich verschwanden, ich hörte das Geräusch von zerbrechendem Holz, schanzte über Haufen, über Berge, immer geradeaus. Immer weiter, immer schneller. Und wenn ich mir sämtliche Knochen dabei brechen würde – egal, ich musste schneller sein als die weiße Welle hinter mir. Ich musste es schaffen, musste …

Ein ohrenbetäubender Schlag traf meinen Hinterkopf. Kräftiger als jeder Hieb, den ich jemals zuvor bekommen hatte, und ich wirbelte durch die Luft.

Schnee, wohin ich sah. Lichtpunkte und Dunkelheit. Schwarz, weiß, schwarz, weiß. Ich hatte keine Kontrolle mehr über meinen Körper. Flog nach oben, nach unten, drehte mich immer wieder im Kreis, vorbei an Ästen, an Bäumen. Schnee in meinem Mund, Schnee in den Augen, Schnee in meiner Kleidung. Ich hörte das Rauschen, das Dröhnen, spürte die gewaltige Kraft der Lawine in mir und um mich herum. Bis ein erneuter Schlag auf meinen Hinterkopf eine gänzliche Schwärze in meinem Kopf erzeugte.

Nichts war mehr von Bedeutung. Ob ich mich bewegte, ob ich weiter getragen wurde, ob ich in den Tiefen des Schnees verschwand, ob ich erfrieren oder ob ich ersticken würde – all das zählte nicht mehr. Stille umgab mich. Schwarze, friedliche, eiskalte Stille.

\*\*\*

»Jen! JENNIFER! Oh, mein Gott! Jetzt sprich doch mit mir! Was ist denn los? Antworte mir! Jen! Das ist nicht lustig! JEN! Wenn du nicht sofort die Augen öffnest und mir irgendein Lebenszeichen gibst, rufe ich den Notarzt! Mann, du machst mir Angst! Jen!«

Kälte durchdrang meine Adern, während Trixies Stimme vom Dunkel meiner Umgebung verschluckt wurde, ohne dass ich darauf reagieren konnte. Schwarze, nasse Kälte. Mein Herz gefror zu Eis. Nur langsam und schwach pochte es in meiner Brust. Erinnerungen spielten sich wie kleine Videofilme vor meinem inneren Auge ab und versuchten, mein Herz zu wärmen.

»Guten Morgen, Prinzessin Kämpferin! Na, wie geht es dir heute?«

Ich grinste Doktor Müller breit an und umarmte ihn stürmisch. Ich kannte ihn quasi mein Leben lang, er gehörte beinahe zur Familie.

»Ich will heute nicht schon wieder Fahrrad fahren!«, murrte ich genervt und schleuderte die dummen Kabel aus der Hand der Krankenschwester.

»Ach, komm schon, Prinzessin. Gute Sportler müssen auch immer wieder trainieren«, erklärte mir die Schwester, doch ich stierte sie giftig an. Sie hatte absolut kein Recht dazu, mich Prinzessin zu nennen! Das durfte nur Doktor Müller!

Dummerweise schlug er sich in diesem Augenblick auf die Seite seiner Kollegin. Blöde Erwachsene! »Jen, komm schon. Ich setze mich auf das andere Fahrrad und wir starten ein Rennen. Wer schneller ist.«

»Das geht doch gar nicht! Die Fahrräder haben ja nicht mal Räder!«, lachte ich vergnügt, ließ allerdings nun doch die Kabel an meiner Brust befestigen.

»Wieso muss eigentlich nur ich diese Übung machen? Mein Freund Finn durfte noch nie im Krankenhaus Fahrrad fahren! Und der fährt sogar schon ohne Stützräder!«

Doktor Müller lächelte und fuhr mir durch das Haar.

»Das liegt daran, dass du ein ganz besonderes Herz hast, Prinzessin Jen. Du weißt doch, dein Herz ist ...«

*»Ja, ich weiß«, unterbrach ich ihn stöhnend. Ich zählte zu den sogenannten Wunderkindern. Das erklärten mir meine Eltern, meine Großeltern und sämtliche Ärzte, seitdem ich angefangen hatte, selbstständig denken zu können. Meinem Herzen fehlte quasi eine Hälfte. Normalerweise konnte ein Mensch mit solch einer Krankheit nicht leben. Nur mit mindestens drei Operationen im Babyalter hätte ich eigentlich eine geringe Chance haben dürfen, zu leben. Aber ich lebte. Ohne Operationen. Die Ärzte erklärten, meine rechte Herzseite sei angeblich anders angeordnet, als das normale Herz bei anderen Menschen – Klappen funktionierten anders, Muskeln bewegten sich anders. Vor allem pumpte es für die Ärzte aus unerklärlichen Gründen genügend Luft und Blut in meinen Bauch, in meine Beine, meine Arme, dass es mir an nichts fehlte. Deshalb bezeichneten sie mich als Wunderkind. Und deshalb musste ich alle paar Wochen ins Krankenhaus, um auf dem Fahrrad mit den blöden Kabeln zu radeln. Ich musste regelmäßig meinen Puls messen lassen, was allerdings meine Mutter zu Hause erledigte. Und zwei Mal im Jahr knipsten die Ärzte ein Foto von meinem Herzen. Das Gerät sah überhaupt nicht aus wie ein Fotoapparat, sondern wie ein gruseliger Metallarm, der leuchten konnte, doch was verstand ich schon von diesen Geräten?*

*Solange ich später wieder mit Finn spielen konnte …*


»Jen! Jen, hörst du mich? Ich bin´s, Finn. Trixie hat mich angerufen und ich bin sofort zu dir gekommen. Hey … Du bist ja ganz kalt. Trixie! Hol noch eine zweite Decke! Wie lange braucht eigentlich dieser beschissene Notarzt? Jen! Kannst du uns hören? Spürst du meine Hand? Drück zu, wenn du kannst … Oh Mann, was genau habt ihr denn gemacht? Wieso reagierst du denn nicht?«

72

»Ihr Puls ist ganz schwach. Meinst du, jetzt, nach achtzehn Jahren führt ihr Herzfehler doch noch zu diesen Problemen, von denen Jen immer erzählt hat?«

Ein Seufzen. »Ich weiß es nicht. Wann kommen ihre Eltern von der Arbeit heim? Wissen sie Bescheid? Hey, Jen! Du kannst doch nicht einfach von einem Augenblick auf den anderen zusammenbrechen! Du bist jetzt schon zehn Minuten nicht mehr ansprechbar! Das geht doch nicht! Und wieso bist du denn so verdammt kalt? Verdammt, Jen! Du machst mir Angst! Bitte, bitte reagiere doch! Irgendwie!«


Schwarz, dieses eiskalte Schwarz! Mein Kopf schmerzte so sehr und ich fühlte meine Beine kaum. Tausende kleine Nadelstiche, Eiszapfen, die sich in mein Herz bohrten. Mir war so eiskalt! Die mir bekannten Stimmen, die undeutlich und verschwommen an mein Ohr drangen, erwärmten mich nicht. Und keine der Erinnerungen trug dazu bei, dass die Kälte verschwand.


*»Wieso gibt es eigentlich keine Fotos von dir, als ich in deinem Bauch war, Mami?«*

*Ich spürte die Hand meiner Mutter an meinem Nacken, sie kraulte ihn ganz sacht und ich könnte glatt schnurren wie eine Katze – ich liebte dieses Gefühl, wenn ihre Fingernägel ganz leicht über diese empfindliche Haut kratzten.*

*»Das liegt daran, dass du niemals in meinem Bauch warst, mein Schatz.«*

*»Das verstehe ich nicht. Ich dachte, Babys wachsen immer im Bauch ihrer Mama und kommen dann auf die Welt?«*

*Ich hörte das Lächeln meiner Mutter. »Das stimmt. Du warst auch in dem Bauch einer Mutter – deiner leiblichen*

Mutter. Doch die ist leider bei deiner Geburt gestorben. So bekamen wir das große Glück und durften dich adoptieren.«

»Ado-Was?«

Nun nahm mich meine Mutter fest in den Arm und küsste meinen Hinterkopf. »Manchmal können ein Mann und eine Frau keine eigenen Kinder bekommen, so sehr sie es versuchen. Dein Papa und ich gehörten zu dieser Sorte. Aber wir haben uns immer schon ein Kind gewünscht. Da kamst du auf die Welt – allein, ohne Mama und ohne Papa. Dies war der Moment, der uns zeigte, du bist unser fehlendes Puzzleteil, auf das wir schon viele Jahre gewartet hatten. Unser Kind.«

Ich lehnte an der Brust meiner Mutter und dachte nach. Viele Informationen, die ich nicht verstand, außerdem wusste ich gar nicht, welches Gefühl mich gerade durchströmte.

»Aber ... Wenn ihr euch doch ein Kind aussuchen durftet, wieso habt ihr dann mich genommen? Ihr hättet doch auch ein anderes Kind wählen können, eins mit einem ganzen Herzen, eins, das nicht so oft ins Krankenhaus muss.«

»Oh, mein Schatz. Du bist und bleibst die perfekte Wahl für uns. Du bist unsere Tochter, Jen. Vergiss das nie! Wir lieben dich, selbst mit einem halben Herzen, oder vielleicht gerade wegen deines halben Herzens. Du bist etwas ganz Besonderes! Weil du unsere Tochter bist. Weil du unser größtes Geschenk bist!«

Ich spürte eine innere Wärme in mir aufsteigen und kuschelte mich ganz fest in die Arme meiner Mutter. Meiner einzig wahren Mutter.


Mein Herz begann zu schlagen. Langsam, schwach, doch ich spürte es. Es kämpfte gegen die Eiseskälte an. Es wollte leben. Es wollte –

»Aaaahhhhh!«, stöhnte ich und füllte die Lungen voll mit frischem Sauerstoff.

Luft! Ich brauchte Luft! Dann öffnete ich die Augen.

# 9

## CORNWALL

»Doktor Cornwall! Ich erwarte eine ausführliche Erklärung von Ihnen. *Sofort*!«

Cornwall hielt die Luft an und setzte eine betretene Miene auf, als er durch den Bildschirm in die zehn Gesichter der anderen Professoren blickte, die allesamt per Videokonferenz auf seine Auslegung warteten, weshalb sich Jens Gesundheitszustand so drastisch verschlimmert hatte. Nur leider wusste er überhaupt nicht, was er dazu sagen sollte. Nicht, dass er nicht wüsste, was geschehen war, doch diese Information gab er sicherlich nicht weiter.

»Werte Kollegen, ich werde Ihnen gerne alle Informationen per Mail zukommen lassen, die ich von dem zuständigen Krankenhaus erhalten habe. Ich habe gerade eben mein Telefonat mit Doktor Müller, ihrem behandelnden Herzchirurgen beendet. Die Vermutung der Ärzte vor Ort, dass sich der Ductus Arteriosus nach so langer Zeit geschlossen hätte, wurde nicht bestätigt. Ihre Organe werden daher noch ausreichend mit Sauerstoff und Blut versorgt. Allerdings wäre dies meine letzte Diagnose gewesen, die ich gestellt hätte, da sie, wie wir alle wissen, unter keinem hypoplastischen Linksherzsyndrom leidet. Dennoch schlägt ihr Herz langsamer und schwächer als gewöhnlich. Doktor Müller spricht von Symptomen einer deutlichen Unterkühlung. Ihre Körpertemperatur ist besorgniserregend niedrig und die Ärzte suchen immer noch nach möglichen Ursachen und zeitgleich nach Lösungen dafür. Hin und wieder erlangt sie ihr Bewusstsein, spricht dann allerdings sehr verwirrt«, erklärte er in einem möglichst ruhigen Tonfall, knetete dabei seine Hände unter der Tischplatte so fest ineinander, dass er bald einen Abdruck seiner Fingernägel auf den Handflächen bekommen würde, wenn er nicht sofort damit aufhörte.

»Wie erklären Sie sich diese körperliche Reaktion? Und haben Sie Liam endlich gefunden? Meinen Sie, er hat etwas mit dieser Reaktion zu tun?«

Cornwall wusste nur zu gut, wo sich Liam aufhielt – dieser verdammte Idiot! Doch dies würde er seinen Kollegen ganz sicher nicht unter die Nase reiben. Er wäre seinen Job schneller los, als er bis zehn zählen könnte. Nein, mit diesem Wissen müsste Cornwall selbst zurechtkommen. Und zeitgleich hoffen und beten.

»Ich weiß es nicht, Professor Link. Ich gehe davon aus, dass ihre Gesundheit von seiner abhängig ist. Ihre gesamte Kindheit beobachteten wir dasselbe Phänomen. Hatte er die Grippe, bekam sie ebenfalls Grippe und andersherum. Daher müssen wir davon ausgehen, dass auch Liam ähnliche körperliche Leiden aufweist wie Jen. Und nein, Doktor Mc Shield hat ihn bis zu diesem Zeitpunkt noch nicht gefunden. Fakt ist, dass er sein Snowboard und Winterkleidung eingepackt hat. Wir müssen daher davon ausgehen, dass er mit seinen Freunden zum Snowboarden gefahren oder geflogen ist.«

»Und dass er unbedingt ärztliche Hilfe benötigt«, fügte Doktor Prozowski hinzu und Cornwall nickte.

Nein, Liam brauchte mehr als nur ärztliche Hilfe. Er benötigte ein Wunder. Und eine Ohrfeige, dieser Idiot!

»Doktor Mc. Shield erklärte bei unserem letzten Treffen, dass Liam häufiger zu waghalsigen, manchmal sogar lebensbedrohlichen Missionen aufbricht. Ist das richtig, Doktor Cornwall?«

Cornwall hob unschuldig die Arme. »Es zählte nicht zu meinem Aufgabengebiet, Liam zu beobachten, sondern Jen. Liam fiel in Mc. Shields Aufgabengebiet. Aber ja, er liebt das Abenteuer.«

Dies war die Untertreibung des Jahrhunderts. Allerdings wusste Cornwall, dass es zu nichts führen würde, hätte er seine wahren Gedanken über Liam offenbart. Liam war ein verwöhntes, reiches, einsames Einzelkind, ein lebensmüder Irrer, der immer wieder das Risiko suchte. Diesen speziellen Kick, um so womöglich die Leere in seinem Inneren zu füllen. So erklärte es sich Cornwall zumindest. Er selbst wusste nämlich nicht, warum man sonst ohne Sicherung einen Überhang in fünfzig Meter Höhe klettern musste, oder mit dem Mountainbike durch die Schluchten der Rocky Mountains radeln wollte und es gleichzeitig noch filmte. Warum man mit gefälschten Pässen in Länder reiste, die politisch nicht ungefährlich waren. Oder warum man eben mit dem Snowboard bei höchster Lawinenstufe eine Teufelsroute fuhr. Denn genau das war geschehen, sollte er den deutschen Medien glauben, die er interessiert verfolgt hatte, seitdem beide Schützlinge in Deutschland waren. Wenn Liam nur wüsste, dass er bei jeder Aktion nicht nur sein Leben, sondern auch das Leben seiner Schwester in Gefahr brachte! Doch das wusste er natürlich nicht. Dafür hatten sie – diese wunderbare Vereinigung der besten Wissenschaftler - gesorgt! Zum tausendsten Mal fragte sich Cornwall, wie sich das Leben der beiden entwickelt hätte, hätten sie von Anfang an gewusst, wer sie waren und warum. Doch diese Frage würde nie beantwortet werden.

»In Ordnung, Doktor Cornwall. Wie sieht Ihr weiterer Plan aus?«

Cornwall atmete tief durch und versuchte, zuversichtlich zu lächeln. »Ich fliege noch heute Nachmittag nach Deutschland. Somit kann ich Jen intensiv betreuen und begleiten. Doktor Mc. Shield hält dabei die Stellung hier in New Haven und natürlich werde ich täglich mehrmals meine Untersuchungsergebnisse im Portal online stellen. Viel mehr kann ich momentan nicht tun.«

Professor Prozowski nickte und Cornwall sah, wie er seine Unterlagen zusammenklappte. »Ich wünsche Ihnen viel Erfolg und einen guten Flug. Sollte wirklich Liam derjenige sein, der in Not geraten ist, hoffe ich, dass wir ihn bald ausfindig machen. Bevor es zu spät ist.«

»Das hoffe ich auch«, hauchte Cornwall, bevor er die Videokonferenz mit einem Mausklick beendete.

*Oh, Liam,* dachte er, *wehe, du stirbst in dieser verdammten Lawine!*

## 10

JEN

»Hey, Süße. Du bist ja wach. Wie geht es dir?«

Es dauerte lange, bis sich mein Blick schärfte und ich Trixie an meinem Bett sitzend erkannte. Langsam hob ich den Kopf und sah mich um. Wo war ich nur? Auf jeden Fall nicht in meinem Zimmer. Und was piepte ständig neben meinem Ohr? Schläuche, Kabel, sterile weiße Wände, das sah eindeutig nach …

»Wieso bin ich im Krankenhaus?« *Und wieso ist es in diesem Zimmer so kalt?*, fügte ich in Gedanken hinzu und zog die große weiße Decke bis zu meinem Hals.

»Oh, Jen. Du bist wirklich bei Bewusstsein. Mein Schatz!« Ich fühlte die Hand meiner Mutter in meiner und sie beugte sich zu mir herunter, küsste meine Stirn, meine Wangen und meine Lippen.

Offenbar war ich krank. Schwerkrank. Ich schwenkte meinen Blick durch das Zimmer und erkannte meinen Vater, der am anderen Ende des Raumes in einem Sessel schlief, und Finn, der gerade zur Tür hineinkam. Okay … Vielleicht war ich sogar todkrank? Wenn sogar mein Vater, der sich normalerweise auf einer Geschäftsreise befand, hier war?

»Was ist denn passiert?«

Meine Mutter strich mir die Haare aus dem Gesicht und ich erkannte Tränen in ihren Augen. »Kannst du dich denn an nichts erinnern? Du bist gestern in deinem Zimmer zusammengebrochen. Von einem Moment auf den anderen hast du dein Bewusstsein verloren. Und als du dann zu dir gekommen bist, hast du nur komplett wirres Zeug geredet.«

Es dauerte ewig, bis ich die gesprochenen Worte meiner Mutter aufgenommen und verarbeitet hatte. Als ich sie endlich verstand, kapierte ich trotzdem nicht, wieso ich deshalb im Krankenhaus lag. Und warum es so verdammt kalt im Zimmer war!

»Dein Herz schlägt extrem langsam, außerdem kühlt dein Körper aus unerklärlichen Gründen aus«, beantwortete Finn meine ungestellte Frage, setzte sich an das Bettende und drückte sanft mein Bein. »Hey, Jen.« Er sah furchtbar aus. Augenringe, gerötete Augen, die Haare standen in alle Himmelsrichtungen ab. Völlig fertig, als hätte er seit Wochen nicht geschlafen.

»Hey Finn.« Eigentlich wollte ich ihm erklären, er solle nach Hause gehen, sich hinlegen und schlafen, anstatt sich um mich zu sorgen, doch mein Hirn produzierte diese Worte nur im Geist, der Rest meines Körpers schien eingefroren zu sein. Eingefroren …

Da erinnerte ich mich.

Schnee … Massen von Schnee! Diese Kälte, diese Dunkelheit. Das pure Eis!

»Ich muss hier raus! Wieso findet mich niemand? Oh, mein Gott! Ich sterbe! Verdammter Mist! Fuck!« Ich schrie aus Leibeskräften, schlug mit meinen Armen um mich, doch meine Mutter hielt mich fest und drückte mich an sich.

»Oh nein, es geht schon wieder los«, hörte ich Trixie murmeln, doch ich konnte mich nicht darauf konzentrieren. Ich musste hier raus! Sofort!

»Jen, Schätzchen. Du bist hier, bei uns. Es ist alles gut. Du stirbst nicht. Wir haben dich gefunden. Du bist bei uns. Spürst du mich, Jen?«

Wieso verstanden sie mich nicht? Sahen sie denn den Schnee nicht? Fühlten sie die Kälte etwa nicht, die mich umgab? Ich musste hier raus! Sofort! Meine Lungen brannten, als würde ich pures Eis einatmen und ich riss mich aus der Umklammerung meiner Mutter. »Ich muss hier raus! Verdammt!«

»Könntest du mir bitte den Arzt rufen, Finn? Ich glaube, sie braucht noch eine weitere Infusion.«

Wenige Minuten später sah ich eine Frau im weißen Kittel, die irgendeine Flüssigkeit in einen Infusionstropf spritzte. Kurz darauf fielen mir die Augen zu, ohne dass ich irgendwie Einfluss darauf nehmen konnte, und ich driftete fort. In eine eiskalte, dunkle Welt.

»… Spürhunde hatten heute Morgen angeschlagen. Wenige Minuten später konnte das Team der Bergrettung einen jungen Mann im Alter von zwanzig Jahren befreien. Er war bei Bewusstsein, wurde allerdings trotzdem mit dem Hubschrauber in die Notfallklinik geflogen, da er mehrere Knochenbrüche erlitten hatte und zudem der Verdacht einer Gehirnerschütterung bestand. Von der letzten vermissten Person fehlt allerdings immer noch jede Spur. Dazu führen die Wettervorhersagen zu einem immensen Zeitdruck bei den Bergrettern, da von weiteren Schneefällen in den nächsten Stunden ausgegangen werden muss. Mittlerweile sind fünfzig Einsatzkräfte ununterbrochen dabei, den Verschütteten aufzuspüren, doch eine reelle Überlebenschance sinkt von Stunde zu Stunde. Wir informieren Sie, sobald es Neuigkeiten gibt. Doch nun schalten wir live zu meinem Kollegen Thomas Jahntsche, der den Leiter der Bergrettung sprechen durfte …«

Ich blinzelte. Einmal. Zweimal. Und sah das flackernde Licht eines uralten Röhrenfernsehers im Zimmer. Davor saßen Finn und mein Vater, die beide ausdruckslos die grellen Bilder verfolgten. Trixie und meine Mutter befanden sich nicht im Zimmer. Knochenbrüche … Schneefall … Verschüttete Person …

Plötzlich riss ich die Augen auf und starrte das unscharfe Bild im Fernseher an. Es zeigte eine riesige Lawine und katapultierte mich zurück an den Berg. Dieses Grollen. Diese Masse an Schnee. Mein Versuch, vor ihr zu fliehen.

»Wo war das? Was ist da passiert?«, schrie ich voller Panik und sah, wie Finn sein Gesicht verzog, bevor er den Fernseher ausschaltete.

»Oh Mist. Ich dachte, du schläfst. Jen.« Die traurigen Augen gefielen mir überhaupt nicht.

»Was ist passiert?« Ich konnte meinen wilden Herzschlag kaum kontrollieren, immer wieder sah ich die gewaltigen Schneemassen vor meinem geistigen Auge und spürte, wie sie mich schmerzhaft mit sich rissen.

»Jen. Mäuschen, beruhige dich. Du bist in Sicherheit, du liegst nicht dort. Auch wenn es bei uns in der Nähe geschehen ist, hat das nichts mit dir zu tun«, erklärte mein Vater mit seiner ruhigen aber bestimmten Stimme. Nur, dass es nicht stimmte. Ich lag dort im Schnee. Ich konnte es fühlen! Ich wusste es!

»Nochmal: Was. Ist. Passiert?«

Finn seufzte und kam auf mich zu. Dann nahm er meine eiskalte Hand und tätschelte sie sanft. »Diese Gruppe Amerikaner, die du auf der Hütte bedient hast, erinnerst du dich an sie? Sie sind gestern die Teufelsroute gefahren. Jedenfalls wollten sie es wohl. Doch ein Schneebrett hat sich gelöst und den gesamten

Hang mit sich gerissen. Acht Personen waren weit genug entfernt und konnten sich rechtzeitig in Sicherheit bringen. Eine Person wurde gerade eben gefunden und eine weitere wird noch vermisst. Voll scheiße, ich weiß. Vor allem, weil du sie ja kennst. Zumindest ein bisschen. Deswegen wollten wir dir erst einmal nichts davon erzählen.«

Lawine? Teufelsroute? Liam! Oh mein Gott! Meine Gedanken überschlugen sich, während meine Lungen immer noch brannten, als würde ich ersticken. Ersticken in der Eiseskälte.

»Ich muss dahin! Ich muss helfen! Ich muss-«

»Du musst gar nichts, Jen. Außer wieder gesund werden. Fünfzig Experten suchen nach ihm, du brauchst dich nicht zu sorgen. Außerdem kannst du sowieso nichts tun«, widersprach mein Vater, doch das stimmte nicht. Aus irgendeinem Grund wusste ich genau, dass ich helfen musste! Und – obwohl es noch verrückter klang – ich wusste, ich würde sterben, wenn ich es nicht tat.

»Diese Lawine … Ich war … Ich muss …«

»Sollen wir nochmal einen Arzt holen?«, fragte Finn meinen Vater und er nickte, noch während ich ein lautes, gedehntes »Neeeiiin!« aus meinen Lungen presste.


Die Tür öffnete sich und hinter Finn trat ein Mann um die fünfzig ins Zimmer, der statt eines weißen Kittels und Messinstrumente in einem roten Kapuzenpulli steckte, einen unordentlichen gefleckten Dreitagebart aufwies und dessen leicht ergrauten Haare in sämtliche Richtungen abstanden, als hätte er es versäumt, sich zu kämmen.

»Guten Tag, Mister Peters. Hallo Jen, mein Name ist Steven Cornwall. Ich entschuldige mich für mein schlechtes Deutsch. Ich wurde von Doktor Müller gebeten, mir Ihren Fall anzusehen. Ich bin Herzchirurg aus den Vereinigten Staaten, spezialisiert auf dem Gebiet hypoplastisches Linksherzsyndrom.« Nachdem er meinem Vater die Hand gereicht hatte, trat er an mein Bett, berührte meinen Arm und riss erschrocken die Augen auf, sodass ich dunkle Sprenkel in seinen grauen Iriden erkennen konnte. »Du meine Güte! Du bist ja eiskalt!«

Mein Vater stellte sich neben ihn und schob seine Brille auf die Nase – eine Angewohnheit, die er immerzu wiederholte, wenn er nervös war. »Ihre Temperatur sinkt seit gestern Morgen stetig, ohne dass wir Einfluss darauf nehmen können. Haben Sie eine Ahnung, was mit ihr geschieht? Benötigt sie ein Spenderherz?«

Doktor Cornwall zog die Augenbrauen hoch und sah mir prüfend in die Augen. »Ich habe eine Vermutung, an was es liegt, ja. Doch ein neues Herz benötigt sie nicht. Noch nicht. Wie geht es dir, Jen? Oder soll ich dich Jennifer nennen?«

»Jen ist perfekt, danke.« Ich unterdrückte das Zittern in meiner Stimme und lächelte ihn an. Zum ersten Mal fühlte ich mich wohl in der Anwesenheit eines Arztes. Ob das daran lag, dass er mir nicht sofort irgendeine einschläfernde Substanz in meinen Infusionstropf mischte, oder dass er nicht aussah wie ein Arzt, konnte ich nicht beurteilen, doch trotzdem war mir dieser Mann auf Anhieb sympathisch.

»Hast du Schmerzen, Jen?«

»Ein bisschen Kopfschmerzen. Ab und zu verspüre ich einen Stich in meinem Bein. Aber ansonsten geht es mir gut«, meinte ich, als mein Vater deutlich den Kopf schüttelte.

»Nein, dir geht es nicht gut, Jen. Doktor Cornwall, sie spricht sehr wirr, andauernd von Schnee, Eis und Kälte, davon, dass sie raus muss. Dass man sie finden soll, dass sie sterben würde. Gerade eben vor wenigen Minuten ist es wieder geschehen. Ich weiß nicht, wie wir darauf reagieren sollen«, erklärte mein Vater dem Arzt, als wäre ich nicht anwesend, als würden sie von irgendeinem fremden Fall sprechen, nur nicht von mir.

Doch zum Glück ging Doktor Cornwall nicht auf das Gespräch ein, sondern wandte sich weiter an mich. »Woraus sollen wir dich denn retten?«

Ich schloss meine Augen, spürte erneut diese Dunkelheit, diese Kälte, schmeckte den Schnee und wusste, dass ich bald ersticken oder erfrieren würde.

»Ich muss hier raus! Bitte helfen Sie mir, Doktor! Ich darf nicht in dem Schnee bleiben!«

»Sehen Sie! Es geht schon wieder los! Jetzt ist sie quasi ganz wo anders! Vorhin hat sie behauptet, sie läge in dieser Lawine begraben. Haben Sie unsere Nachrichten verfolgt? Vermutlich nicht, wenn Sie aus Amerika angereist sind. Nun ja, gestern sind …«

»Ich habe die Nachrichten verfolgt, Mister Peters. Es handelte sich um eine amerikanische Reisegruppe. Dies wurde sogar in unseren Medien berichtet. Haben sie denn mittlerweile alle vermissten Personen geborgen?«

»Nein, eine Person wird noch vermisst. Die Chancen stehen schlecht«, murmelte mein Vater und ich spürte einen schmerzhaften Stich in meinem Herzen.

»Ich muss dahin! SOFORT! Ich will hier raus!«

»Das meinte ich, Doktor Cornwall. Sie denkt, sie sei die vermisste Person, die dort begraben ist. Ich weiß nicht, wie ich ihr helfen kann. Wie ich ihr klarmachen kann, dass sie in Sicherheit ist.«

Doktor Cornwall nahm sich einen Stuhl, schob ihn direkt an mein Bett und beobachtete mich eine Zeit lang schweigend. Wahrscheinlich prüfte er, wie verrückt ich von einer Skala von null bis zehn war und ob ich eine Zwangsjacke benötigte. Doch dann sprach er völlig unerwartet ganz andere Worte.

»Mister Peters, und Sie – ich habe gar nicht gefragt, wer Sie sind, tut mir leid.«

Finn grinste schief. »Ich bin Finn. Hi …«

»Okay, Finn. Darf ich Sie beide bitten, das Zimmer kurz zu verlassen? Ich möchte ein paar Worte mit Jen alleine sprechen. Wäre das in Ordnung?«

Völlig verdattert starrte mein Vater von mir zu Doktor Cornwall und wieder zurück, dann zuckte er mit den Schultern. »Na gut, wie Sie wollen. Komm Finn, suchen wir Trixie und meine Frau in der Cafeteria. Wir kommen in etwa zehn Minuten wieder, ist das in Ordnung?«

»Das wäre perfekt. Vielen Dank.«

Doktor Cornwall wartete, bis Finn die Tür hinter sich schloss und setzte sich dann erneut auf den Stuhl direkt neben dem Bett.

»Und du meinst, du kannst ihn finden?«

Eine einfache, aber völlig absurde Frage für einen Arzt. War er überhaupt ein Arzt?

Ich nickte. »Ich muss hier raus! Ich sterbe!«, flehte ich und fand zum ersten Mal Zustimmung meiner verwirrten Worte im Nicken des Doktors.

»Ich weiß. Das ist mir sehr wohl bewusst. Ich weiß nur nicht, wie ich dich hier unbemerkt herausbekomme. Kannst du laufen, Jen?«

Okay … Er war ganz sicher kein Arzt, so viel stand nun fest. Doch was war er dann? Ein Psychopath? Ein Mörder? Und warum vertraute ich ihm dennoch? Denn mein Körper hatte sich noch während meiner Gedanken aufgerichtet und ich streckte meine eiskalten Beine aus der Decke hervor. »Ich denke schon«, erklärte ich stockend und rang gleichzeitig um Luft. Atmen! Ich brauchte dringend Luft!

»Jen, du benötigst Sauerstoff. Sonst brichst du noch zusammen, bevor wir den Eingang erreicht haben. Mist! Wie soll ich das schaffen, bevor deine Eltern zurückkommen? Hast du hier ein Sauerstoffgerät?«

Ich schüttelte den Kopf und wunderte mich immer mehr über diesen Mann.

Er fluchte erneut. »Das gibt es doch nicht! Da machen sie ständig Herzkontrollen und vergessen, dir reinen Sauerstoff zu verabreichen! Was ist das nur für ein Krankenhaus? Shit, die Zeit wird knapp.«

»Ich muss raus! Ich sterbe!«, jammerte ich und der Doktor nickte zustimmend.

»Ich weiß.«

Er blickte durch das Zimmer und blieb bei einem Rollstuhl hängen, der wohl noch von einem ehemaligen Patienten dort stand. »Dann müssen wir improvisieren. Jen. Ganz wichtig: Versuche, ruhig zu atmen. Spar dir deinen Atem auf, okay? Und verhalte dich jetzt bitte unauffällig. Ich werde dich im Rollstuhl durch das Krankenhaus fahren und hoffen, dass wir niemandem begegnen. Ich bringe dich zum Unglücksort. Und – ich sehe deine unausgesprochene Frage – nein, das ist gewiss nicht im Sinne der Ärzte in diesem Krankenhaus. Doch die haben keine Ahnung. Vertraust du mir?«

Ich nickte schwach, denn ja, ich vertraute ihm zu hundert Prozent. Warum auch immer.

»Also los. Retten wir dein Leben!«

# 11

## CORNWALL

Cornwall trommelte unruhig auf das Lenkrad des Leihwagens, während er durch die schneeverwehten Straßen fuhr. Er hatte sich aus gutem Grund für ein Allrad-Modell entschieden, sonst wäre er, der überhaupt keine Ahnung vom Fahren bei Schnee hatte, völlig aufgeschmissen und läge vermutlich schon im Straßengraben. Immer wieder schielte er nervös zu Jen herüber, die zusammengesunken und zitternd mit dem Kopf an das Fenster gelehnt neben ihm saß, und begann zu beten. Lange würden sie nicht mehr überleben, dies sah er ihr an. Verflucht! Hoffentlich würden sie rechtzeitig kommen.

»Sie sind kein Herzchirurg, oder?«, unterbrach ihn Jens hauchende, feine Stimme aus seinen Gedanken und er verzog das Gesicht.

»Nein, nicht wirklich. Tut mir leid, dass ich dich angelogen habe.«

»Was sind Sie dann? Und wieso glauben Sie mir?«

Cornwall kaute auf seiner Unterlippe, die seit seinem Flug nach Deutschland komplett blutig gebissen war, und schmeckte erneut den bitteren Eisengeschmack. »Ich bin schon ein Arzt. Chirurgische Tätigkeiten kenne ich auch. Allerdings befasse ich mich seit vielen Jahren hauptsächlich mit dem Thema Genetik. Und ich muss dir nicht glauben, Jen, ich weiß, dass du Recht hast.«

Jen hustete und drehte sich langsam zu ihm. Cornwall erkannte dieselben hellblauen, schrägen Augen wie bei Liam, ein ähnliches zartes Gesicht und lächelte traurig. Es wäre so schön gewesen, hätte er die beiden seit ihrer Geburt gemeinsam begleiten können. Zusammen. Als das, was sie waren. Doch stattdessen musste er nun um ihrer beider Leben kämpfen.

»Warum?«

Cornwall wusste nicht, was er auf diese einfache Frage antworten könnte. Am liebsten hätte er ihr die Wahrheit erzählt. Alles – wer sie waren, welche Rolle er dabei spielte. Er hätte ihr auch liebend gerne von ihrer Mutter erzählt, von Mary. Doch das durfte er nicht. Seine Arbeit unterlag der Pflicht zur Verschwiegenheit – er durfte mit niemandem darüber sprechen, schon gar nicht mit Jen. Leider.

»Vertraust du mir, Jen?«, fragte er daher erneut und erkannte ein schwaches Nicken.

»Gut. Okay, dann musst du mir einfach glauben, dass ich aus für dich unerklärlichen Gründen weiß, dass wir die Person finden müssen, wenn du überleben willst. Ist hier drüben der Parkplatz, von dem aus wir diesen Hang erreichen?«

Jen zitterte am ganzen Leib, doch Cornwall erkannte ihr Nicken und wollte gerade auf den Parkplatz fahren, als sich ein Mann in Feuerwehr-Uniform in den Weg stellte und seine Hand ausstreckte. Cornwall ließ die Scheibe herunter.

»Tut mir leid, dieser Parkplatz ist gesperrt. Schaulustige sind nicht willkommen.«

»Hören Sie zu, Sir«, erklärte Cornwall und zwang sich zu einem Lächeln, was aufgrund der schwindenden Zeit nicht einfach für ihn war. »Wir können helfen.

Meine Kollegin hier weiß, wo sich der Verschüttete befindet. Lassen Sie uns bitte durch.«

Der Feuerwehrmann neigte seinen Kopf und sah durch das Fenster an Cornwall vorbei, Cornwall erkannte allein in seinem Gesichtsausdruck die Zweifel. Er selbst konnte es ihm nicht einmal verübeln, denn woher sollte man wissen, dass dieses dünne, zitternde Mädchen wirklich helfen konnte?

»Ich meine es ernst. Dieser Parkplatz ist gesperrt.«

»Und ich meine es ebenfalls ernst, Sir.« Cornwall griff nach Jens Hand, suchte ihren Puls und erschrak, als er nur noch ein schwaches, extrem verzögertes Pochen erfühlte. »Bitte, die Zeit wird knapp. Und ich schwöre bei meinem Leben, wir können helfen! Lassen Sie uns durch!«

Der Mann stöhnte und wusste offenbar nicht, wie er mit ihnen umgehen sollte. Schließlich nahm er sein Funkgerät und erklärte seinen Kollegen die Sachlage. Doch sein Gesichtsausdruck verhieß wenig gute Nachrichten, als er sich erneut zu ihnen wandte.

»Tut mir wirklich leid. Ich darf Sie nicht durchlassen.«

Cornwall wollte schreien. Verdammt! Wieso verstand er nicht, dass Jen helfen konnte? Dass sie die Einzige war, die wirklich helfen konnte? Was sollte er nun tun? Sollte er einfach Gas geben und hoffen, der Feuerwehrmann würde rechtzeitig zur Seite springen? Doch obwohl dieser Mann ihnen gerade den Rücken zuwandte, sah es nicht so aus, als würde Cornwall an ihm vorbeikommen.

»Fahren Sie zwei Blocks weiter«, unterbrach Jens brüchige Stimme seine verzweifelten Gedanken.

»Was?«

Jen drehte sich langsam zu ihm um und deutete auf ein großes Bauernhaus am Ende der Straße. »Dort drüben können Sie parken. Der Garten der Mayers liegt direkt am Berg«, erklärte sie und Cornwall wendete mit durchdrehenden Reifen seinen Mietwagen. Wenige Sekunden später stand er in der Einfahrt des Bauernhauses, direkt vor einem Kuhstall, ohne einen für ihn erkennbaren Weg zum Berg, doch Jen schien sich bestens auszukennen und ihm blieb nichts anderes übrig, als ihr zu vertrauen, zu hoffen und zu beten.

# 12

Sobald das Auto stand, öffnete ich die Tür und stolperte kraftlos nach draußen. Ich ignorierte das Brennen in meiner Brust, das Zittern meiner Beine und kämpfte mich durch den Garten der Meyers zum Berg. Ich spürte mich immer intensiver, meine eiskalten Beine, den schmerzenden Kopf und ich wusste, nur wenige Meter trennten mich von – tja, von wem eigentlich? Von mir selbst? Von meinem zweiten Ich, das gerade dabei war, zu sterben? Gerne hätte ich intensiver darüber nachgedacht, doch mein Kopf ließ nur wenige Gedanken zu und die meisten beinhalteten nur folgende Worte: Ich muss hier raus! JETZT!

»Jen? Jennifer? Was machst du hier?« Die Stimme kannte ich. Irgendwoher. Nachdem ich die Frage zweimal in meinem Geist wiederholte, kapierte ich zudem, dass sie auf Englisch gestellt worden war. Langsam drehte ich mich zur Seite und sah in das Gesicht von – wie hieß er noch? Irgendetwas mit A … »Alex?«, hauchte ich geschwächt und schon hatte er sich in meine Arme geworfen. Ich spürte das Zittern seines Körpers und fragte mich, ob er genauso fror wie ich. Doch als ich ein lautes Schluchzen hörte, wusste ich, dass sein Zittern nicht von der Kälte herrührte.

»Liam … Sie können ihn nicht finden. Oh mein Gott, Jen! Er wird erfrieren! Liam! Wird sterben! Oh mein Gott!«

Es fiel mir unheimlich schwer, seine von Schluchzen unterbrochenen Worte zu verstehen. Wieso sprach er ständig von Liam? Waren es doch noch zwei Menschen, die vergraben im Schnee lagen? Denn ich lag doch dort … Oder?

»Tut mir leid, Alex. Ich muss gehen. Ich muss hier raus! Sonst erfriere ich!«

Ich hörte nur leise die Stimme von Cornwall, der sich ebenfalls auf Englisch mit Alex unterhielt, doch ich stapfte und stolperte weiter. Ich musste mich finden! Ich bekam kaum noch Luft! Ich musste - diesen verdammten Berg hoch! Ich blinzelte ein paar Mal gegen die Sterne an, die in mein Sichtfeld traten, bemühte mich, ruhig zu atmen, und taumelte, als der Anstieg durch den Tiefschnee begann. Schritt für Schritt, ohne auf den Schnee zu achten, der mir in die Stiefel tropfte und meine Leggins, die mir irgendjemand im Krankenhaus angezogen haben musste, durchnässte. Immer weiter, immer vorwärts.

»Entschuldigung! Was tun Sie hier? Sie haben hier nichts verloren! Wer hat euch beide hier herauf gelassen? Bitte verlassen Sie umgehend diesen Hang!«

Ich hob meinen Kopf und sah nur noch verschwommen einen Bergretter, der mich extrem verärgert angaffte. Kein Wunder, ich trug nur eine dünne Jacke und Stiefeletten zu meinen Leggins und dem Bleistiftrock, den ich mit Trixie zusammen angezogen hatte, und war dabei, einen steilen Hang durch den Tiefschnee hinauf zu stapfen. Noch dazu einen Hang, von dem sich vor einem Tag eine riesige Lawine losgelöst hatte. Wäre ich Bergretter, ich würde mich für vollkommen durchgeknallt halten!

»Sie weiß, wo er sich befindet!«, erklärte Cornwall an meiner Stelle und ich nickte ihm dankbar zu, denn er klang definitiv kompetenter und autoritärer, als ich es jemals könnte. Obwohl ich mich fragte, wen Cornwall mit »Er« meinte.

Allerdings beeindruckten diese Worte den Bergretter keineswegs. »Bitte verlassen Sie diesen Hang! Wir haben soeben eine Meldung einer weiteren Lawinengefahr erhalten. Wir müssen die Suche leider einstellen. Kommen Sie mit mir, ich helfe Ihnen! Es reicht eine Person, die ums Leben kam.«

»Neeeiiiin!«, schrie ich verzweifelt und schloss die Augen. Sie durften die Suche nicht einstellen! Auf keinen Fall! Ich war doch so nah dran! Verzweifelt ließ ich mich auf die Knie sinken und hörte nur noch meinen eigenen Herzschlag. Extrem langsam, extrem schwach. Würde es so enden? Mein Leben? Würde ich hier – mitten im Hang unseres Hausberges sterben? Ausgerechnet ich, verschüttet im Schnee? Ich spürte vereinzelte Schneeflocken auf meinem Gesicht landen und hörte im Hintergrund eine verzerrte Stimme, die meinen Namen rief. Doch ich achtete nicht mehr darauf. Es zählte nur noch mein Herzschlag. Die letzten Töne, bevor mein Leben enden würde.

Plötzlich hielt ich inne. Dieser Herzschlag …

Er befand sich außerhalb dieses Körpers! Ich spürte ihn deutlich vor mir! Ich öffnete meine Augen, sah den steilen Hang hinauf, an dem im selben Moment gerade etwa zehn Bergretter hinabstiegen, die sich gegenseitig an einem Seil festhielten. Dort musste ich hin! Ich stand auf, kämpfte mich hinauf, Schritt für Schritt, Atemzug für Atemzug und ignorierte die Rufe des Bergretters, die Stimme Cornwalls. Ich ignorierte den Schnee, der mir eisig ins Gesicht peitschte und gleichzeitig in meinen Lungen brannte. Es zählte nur noch mein Herzschlag! Das leise Pochen, das immer näherkam.

»Du bist doch Jennifer Peters? Ich kenne dich aus der Bücherei! Du musst unbedingt diesen Hang verlassen! Es herrscht äußerste Lawinengefahr! Für die vermisste Person besteht keine Hoffnung mehr. Kanntest du ihn?« Die Gruppe der Bergretter trat an mich heran, doch ich schüttelte meinen Kopf, drückte den Arm von Herrn Kaballus, Leiter unserer örtlichen Bibliothek, zur Seite und kämpfte mich weiter.

»Ich lebe noch!«, stockte ich. Mehr Erklärungen konnte ich nicht liefern, da ich selbst spürte, dass dies nicht mehr lange der Fall sein würde.

Immer wieder tauchten schwarze Flecken vor meinen Augen auf und ich kämpfte gegen Ohnmachtsgefühle und den Drang, mich hinzulegen und zu schlafen, an. Ich musste weiter! Meinem Herzschlag folgen!

Als ich an einer umgeknickten Tanne stehen blieb, hielt ich inne und lauschte. Plötzlich krampfte mein Herz zusammen und ich verspürte einen Stich, wie tausend Elektroschläge zusammen. Ich fiel zu Boden und presste mein Gesicht in den eisigen Schnee. Meine Hände kratzten an der Oberfläche, als käme ich damit irgendwie in die Tiefe, doch dazu fehlte mir jegliche Kraft.

»Hier«, wimmerte ich leise. »Hier werde ich sterben.« Schließlich schloss ich meine Augen.

# 13

## CORNWALL

»Hier muss es sein! Bitte helft mir! Uns bleiben nur noch Minuten! Wenn überhaupt!« Cornwall hörte sein eigenes Echo, als er die Bergretter zu Jen kommandierte. Drei der zehn Bergretter folgten seiner Aufforderung und stachen mit der Lawinensonde, einem langen Stab, vorsichtig in den Schnee hinein. Als sich die dritte Person jedoch zu Jen wandte, die mittlerweile ohnmächtig im Schnee lag, griff Cornwall ein.

»Du kannst ihr nicht helfen. Hilf den anderen lieber beim Suchen! Ich passe auf das Mädchen auf«, kommandierte er, kniete sich nun selbst neben Jen und berührte ihre eiskalte Hand. Einen Puls an ihrem Handgelenk fühlte er nicht mehr.

Cornwall schloss die Augen und betete zum Universum. Liam und Jen durften nicht sterben! Nicht jetzt! Nicht aufgrund einer beschissenen Lawine! Sie durften nicht …

»Das ist doch nicht zu fassen! Ich glaube, hier liegt wirklich jemand! Norbert! Klaus! Holt eure Schaufeln! Kathy! Ruf die anderen zu uns! Wir müssen uns beeilen! Wahnsinn! Wie hat sie das gemacht?«

Cornwall hielt den Atem an und ballte seine Hände zu Fäusten. Liam lag wirklich dort. Im schlimmsten Fall einige Meter unter ihnen, doch er befand sich tatsächlich genau dort, wo Jen ihn geortet hatte. Sie hatte ihn gefunden. Jetzt musste es nur noch rechtzeitig gewesen sein.

»Kann ich mithelfen?«, fragte er, als ihm schon jemand eine kleine, leichte Schaufel in die Hand gedrückt hatte.

»Stetig und vorsichtig graben. Schicht für Schicht, immer mit dem Wissen, dass sich hier ein Mensch befindet, der in Lebensgefahr schwebt.«

Cornwall nickte kurz, sah den anderen ein paar Mal zu und versuchte, es ihnen gleichzutun. Schicht für Schicht trugen sie den Schnee ab und Cornwall staunte, dass immer noch kein Boden in Sicht kam und er fragte sich, wie viel Schnee hier tatsächlich lag.

»Ich glaube, ich habe ihn! Da blitzt etwas Türkises heraus! Könnte eine Jacke sein.«

Cornwall sah zu dem stämmigen Bergretter, der sich nun hinkniete und trat selbst zurück zu Jen. Er wollte auf keinen Fall im Weg stehen.

»Jen! Sie haben ihn gefunden, hast du das gehört? Gib jetzt nicht auf! Hörst du mich, Jen? Ein paar Minuten noch ... Bitte!«

JEN

Schwarze Stille. Schwarze, eiskalte Stille. Ich dachte immer, es würde sich friedlich anfühlen, wenn man stirbt. Ich hatte mir ein warmes, helles Licht vorgestellt, vielleicht sogar meine Großmutter, die am Ende des Tunnels im Licht stand und mit einem herzlichen Lächeln im Gesicht auf mich wartete. Engelsmusik im Hintergrund. Irgendwie so etwas. Auf jeden Fall ein Gefühl, willkommen zu sein.

Stattdessen spürte ich nichts als Kälte. Schwarze, eisige Kälte. Statt einer Musik hörte ich leise Stimmen. Doch die Stimmen, die ich hörte, klangen vorwurfsvoll, murmelnd und überhaupt nicht herzlich. Dazu diese schrecklichen Schmerzen! War ich in der Hölle gelandet? Gab es sie wirklich? Möglicherweise hätte man die Kirchen aufklären müssen, denn ein Fegefeuer wäre mir im Augenblick bedeutend lieber gewesen als diese schreckliche Kälte! Dazu diese Dunkelheit! Meine Gedanken wanderten zu Trixie und Finn und leises Bedauern machte sich in meinem Herzen breit. Ich hätte so gerne mehr Zeit mit ihnen verbracht, hätte mich noch gerne verabschiedet. Ich dachte an meine Eltern und daran, was sie nun wohl fühlen würden, wenn ihre einzige, lang ersehnte Tochter mit nur achtzehn Jahren starb. Langsam öffnete ich die Augen und philosophierte, wie das überhaupt möglich war. Ich dachte, man hätte nach dem Tod keinen Körper mehr? Wie also konnte ich bitte meine Augen öffnen?

Andererseits hatte ich mich auch in allen anderen Dingen getäuscht. Außerdem – wer hätte es gedacht? - hatte es zu nichts geführt – Dunkelheit, wohin ich sah. Schwarze, eiskalte, schmerzende ... Halt! Da war etwas Blaues! Ganz kurz, ganz schwach, aber eindeutig in Farbe! Ich kniff meine Augen zusammen und konzentrierte mich auf diesen Punkt. Und diese Stimmen, dieses unfreundliche Murmeln, es wurde deutlicher.

Ich hörte das Wort »Schnee« und »Vorsicht!« und das Wort »Hubschrauber«. All dies ergab überhaupt keinen Sinn. Weshalb sollte es in der Hölle einen Hubschrauber geben? Und warum war Vorsicht geboten? Schnee passte jedoch recht gut. Verdammte Eishölle!

Schon wieder blitzte es blau auf. Eine Mischung zwischen Blau und Weiß blendete schmerzhaft in meinen Augen, da dieser kleine Punkt immer größer wurde. Mit dem größer werdenden Farbpunkt stieg auch die Lautstärke an und ich hörte immer mehr Stimmen, mehr Geräusche. Schaben, Kratzen, ein Rauschen, ein Klopfen.

Als die Helligkeit schließlich ganz über mich hereinbrach, zogen sich meine Lungenflügel schmerzhaft zusammen und ich schnappte lautstark nach Luft. Frische, reine, eiskalte Luft.

## LIAM

»Hallo mein Großer. Wir haben von deinem Unfall gehört. Zum Glück ist nichts geschehen. Gute Besserung und pass zukünftig besser auf dich auf! Wenn du etwas brauchst, zum Beispiel mehr Geld für das Krankenhaus, melde dich. Bis bald!«

Ich legte mein Smartphone mit dem Display nach unten zur Seite, damit ich den Bildschirm nicht mehr sehen konnte, und zwang mich, ruhig auszuatmen. Eine kurze Nachricht. Immerhin. Gut, wenn man bedachte, dass die Rettungskräfte mich reanimieren mussten, weil ich kurz davorstand, abzukratzen … Tja, irgendwie hatte ich mir dieses Mal mehr erhofft. Einen Anruf vielleicht. Oder eine einfache Frage, wie es mir ginge. Aber eigentlich wusste ich es besser.

Immerhin schickten sie mir Geld. Beschissenes, verficktes Geld! Ich könnte mir damit den Hintern abwischen, es wäre ihnen egal. Ich wäre ihnen egal!

Ein Klopfen riss mich aus den Gedanken des Selbstmitleids und ich blickte zur Tür.

»Oh, mein Gott! Liam!« Ich hörte ein lautes Schluchzen und schon lag ich in den Armen von Mrs. Baker, Jacobs Mutter. Seine Eltern waren sofort in den nächsten Flieger gestiegen, als sie erfuhren, dass Jacob von einer Lawine erfasst und verletzt wurde. Das wurde mir jedenfalls erzählt. »Du lebst! Mein Gott! Tu das nie wieder! Hörst du? Versprich mir das!«

Trotz meines Neids Jacob gegenüber traten Tränen in meine Augen, denn ich konnte spüren, wie ernst sie ihre Worte meinte.

»Ich verspreche es.«

Mrs. Baker wuschelte durch meine Haare, streifte meine Wange und ich spürte die reine, ehrliche Liebe einer Mutter – leider nicht meiner Mutter. »Oh, mein Junge … Wie geht es dir denn?«

Wie es mir ging? Beschissen! Seit Wochen, seit Monaten. Ich fragte mich immer wieder, warum ich nicht einfach in dieser Lawine gestorben war. Das hätte dieses ätzende, beklemmende Gefühl, das ich jetzt in meiner Brust verspürte, zumindest beendet. Doch ich lebte und hatte noch nicht einmal Knochenbrüche! Ironie des Schicksals, dachte ich sarkastisch, lächelte allerdings Mrs. Baker zu. »Danke, es geht schon. Wie geht es Jacob?«

Mrs. Baker nahm meine Hand und setzte sich zeitgleich auf einen Plastikstuhl, der neben meinem Bett stand. Ich sah Tränen in ihren Augenwinkeln und spürte das Zittern in ihrer Hand, während sie meine fest drückte. »Ach, Jacob ist ein tapferer Junge. Was rede ich da? Mann. Er ist ein tapferer junger Mann. Es geht aufwärts. Erst sah es so aus, als könnte er seine Beine nicht mehr bewegen. Sein linkes Bein hatte über zehn verschiedene Knochenbrüche! Kannst du dir das vorstellen? Aber es wird … Es wird. Beide Beine sind komplett eingegipst und er klagt über schreckliche Schmerzen, da er sich zudem drei Rippen gebrochen hat. Aber das sind ja eigentlich die geringsten Sorgen, nicht wahr, Liam? Ihr werdet wieder gesund! Das ist die Hauptsache! Knochenbrüche können heilen. Ich bin so froh … So unglaublich froh und dankbar, Liam.« Sie wischte sich mit ihrem Ärmel die Tränen von den

Wangen, schniefte laut und schüttelte immer wieder den Kopf. »Ich will mir gar nicht ausmalen, was passiert wäre, hätte dich dieses Mädchen nicht gefunden! Oh Gott, Liam. Tut mir leid, dass ich so weinen muss, aber ... Wir hatten alle solche Angst um dich! Mein Junge! Mein lieber, lieber Junge!«

Ich drehte meinen Kopf zur Seite und blinzelte gegen meine eigenen Tränen an. Ich kannte es nicht, dass sich andere Menschen um mich sorgten. Sie hatten Angst um mich. Echte, ehrliche Angst. Wenn das Mädchen nicht gewesen wäre ... Plötzlich hielt ich inne und wiederholte noch einmal im Geiste die Worte von Mrs. Bakers.

»Welches Mädchen?« Ich selbst dachte seit Tagen nur an ein einziges Mädchen. Diese freche, süße Jen ging mir einfach nicht mehr aus dem Kopf, seit ich ihr damals im Pub zum ersten Mal in die Augen gesehen hatte. Selbst, als ich in dieser Hölle aus Schnee wieder zu Bewusstsein gekommen war, galten meine Gedanken einzig und allein ihr. Ihr, und der Eishölle, aus der ich mich nicht befreien konnte.

Das blanke Grauen umfasste mich, als meine Gedanken zurück zum Berg wanderten. Ich hatte so gehofft, schneller zu sein als die Lawine. Ich hatte gehofft und gebetet – vergeblich. Als ich dann im Schnee aufgewacht war, umgeben von eisiger Dunkelheit, kämpfte ich gegen meine Panik an. Die Angst, ersticken zu müssen, die Erkenntnis, dass ich mich nicht bewegen konnte, dass ich nicht einmal wusste, wo oben und wo unten war, die Schmerzen in allen Gliedmaßen, das langsame Warten auf den Tod. Und dazwischen immer wieder Jen. Warum auch immer.

Ich konnte sie fühlen, riechen, schmecken. Ich hatte das Gefühl, in ihrem Zimmer zu sitzen, obwohl ich überhaupt nicht wusste, wo sie wohnte. Ich hörte ihre Stimme, spürte ihre Angst. Der Gedanke an sie hatte mich am Leben gehalten. Immer wieder wollte ich einfach meine Augen schließen und aufgeben, doch dann sah ich sie erneut vor mir und ich kämpfte weiter. In gewisser Art und Weise hatte sie also wirklich mein Leben gerettet, doch das konnte Mrs. Baker unmöglich wissen.

»Ich weiß leider nicht, wie es heißt. Man hat uns nur erzählt, ein Mädchen hat sich an all den Bergrettern vorbei gedrängt und ihnen gezeigt, wo du begraben liegst. Dabei wäre es selbst beinahe gestorben.«

Ich ließ meinen Kopf ins Kissen sinken und schloss meine Augen. Wieso sah ich plötzlich selbst den Bergretter vor meinem inneren Auge, der eine Hand auf meine Schulter legte und erklärte, ich solle sofort umkehren? Wieso fühlte ich diese Angst und den Drang, schnell weiterlaufen zu müssen? Ich erinnerte mich an ein Gefühl der Hilflosigkeit, an den Zeitdruck. Ich sah den Schneehügel, der sich neben einer umgeknickten Tanne befand und fühlte erneut die Erleichterung, endlich angekommen zu sein.

Was war das nur für eine Erinnerung? Meine gewiss nicht, denn ich lag zwei Meter unter ihnen im Schnee vergraben – das hatte mir zumindest ein Arzt erklärt. Mrs. Baker war die Erste, die mir von einem Mädchen erzählte, das mich gefunden hatte. Woher stammten dann also diese Bilder, an die ich mich erinnern konnte?

»Sie liegt auch hier im Krankenhaus, solltest du sie besuchen und dich bei ihr bedanken wollen«, fügte Mrs. Bakers leise hinzu.

Wollte ich das? Einem wildfremden Mädchen begegnen, das mein beschissenes Leben gerettet hatte? Nein! Ganz gewiss nicht!

Die Einzige, die ich jetzt liebend gerne sehen würde, war Jen. Das Mädchen, bei dem sich mein Herz jedes Mal schmerzhaft zusammenzog, wenn ich es berührte. Jen, die mir bei unserem Tanz zum allerersten Mal das Gefühl verliehen hat, vollständig zu sein. Jen, deren Angst vor dem Abstieg ich selbst gespürt hatte, als wäre es meine eigene gewesen. Ja, ich wollte Jen sehen, denn ich fühlte mich auf unbeschreibliche Art und Weise mit ihr verbunden. Auf eine extrem angenehme Art und Weise. Da konnte mir das andere Mädchen echt gestohlen bleiben. Lebensretterin hin oder her.

»Ja, vielleicht.«

»Hast du schon etwas von deinen Eltern gehört? Sie sind momentan in China, oder? Kommen sie dich holen?«

*Ja klar, sie haben sich sofort in ihren Privatjet gesetzt und sind unter Tränen zu mir geflogen. Seitdem bekomme ich alle zwei Minuten einen Anruf, um zu berichten, wie es mir geht.*

»Sie wissen Bescheid«, erklärte ich einfach. Die restlichen Fragen konnte sich Mrs. Bakers gewiss auch so beantworten, immerhin kannte sie mich und meine Eltern lang genug.

Plötzlich fühlte ich die warme, weiche Hand von Mrs. Baker auf meiner Schulter. »Du bist nicht allein, mein Junge. Vergiss das nie, Liam.«

Ich verzog mein Gesicht zu einem krampfhaften Lächeln, doch mein Herz schmerzte dabei, als handelte es sich um einen Leistungssport. Liam, der Extremsportler – durchgefallen im Sportfach ›ehrliches Lächeln‹. Denn selbst wenn sie es leugnete, wusste es auch Mrs. Baker: Ich war allein. Mutterseelenallein.

»Richten Sie Jacob liebe Grüße von mir aus«, wechselte ich das Thema und Mrs. Bakers verstand meinen Wink mit dem Zaunpfahl, denn sie löste sich von mir, erhob sich langsam und schenkte mir nochmal ein zaghaftes Lächeln.

»Pass auf dich auf, mein Junge. Ich komme später wieder zu dir, ja?«

Ich hob kurz meinen Arm und sah ihr dabei zu, wie sie langsam mit kleinen, trippelnden Schritten den Raum verließ.

Erst danach erlaubte ich mir, zu weinen.


Ein erneutes Klopfen riss mich aus dem Schlaf. Ich blinzelte in das Licht und sah durch das Fenster – offenbar musste ich länger geschlafen haben als vermutet, denn die Sonne ging gerade auf.

»Guten Morgen, Mr. Gordon. Na, wie geht es uns heute?«, bestätigte die Krankenschwester meinen Verdacht zur Tageszeit und ich rieb mir stöhnend den Schlaf aus den Augen.

»Da Sie gestern nicht mehr aufgewacht sind, konnten wir Sie nicht nach Ihren Frühstückswünschen befragen. Ich hoffe, Kaffee und Brötchen mit Marmelade und Honig sind in Ordnung.«

Ich beobachtete das Brett, das die Schwester neben mir auf dem kleinen Tisch abstellte, und mein Magen knurrte, als wollte er selbst antworten.

Die junge Krankenschwester lachte leise. »Okay, das heißt wohl ja. Aber bevor es Frühstück gibt, möchte ich noch gerne Ihren Puls und Ihre Temperatur messen.«

Ich spürte ihre zarte, weiche Hand, die meinen sehnigen, aber noch schwachen Arm ergriff und mit ihren Fingern meinen Puls erfühlte. Dabei sah sie gleichzeitig auf ihre Uhr und ich beobachtete ihr zartes Gesicht. Wie alt sie wohl war? Vermutlich nicht viel älter als ich. Ihre braunen Haare waren mit einem Haargummi zusammengebunden, das Gesicht ungeschminkt. Ich erkannte ein paar Sommersprossen auf der leicht schiefen Nase und betrachtete die schmalen Lippen. Sie bemerkte wohl, dass ich sie anstarrte, und reagierte prompt mit roten Wangen. Das amüsierte mich, denn ich konnte mir absolut nicht vorstellen, dass ich in dieser Krankenhausmontur ansatzweise anziehend auf Mädchen wirkte. Von sexy ganz zu schweigen!

»Okay, perfekt. Alles in Ordnung. Wenn es so weitergeht, dürfen Sie vermutlich bald nach Hause.«

Nach Hause. Was für ein beschissener Gedanke! Wo war das bitteschön? Die riesige Villa, in der jeder meiner Schritte durch die Gänge hallte, weil niemand auf mich wartete? Mit Ausnahme der Reinigungskräfte, deren Namen ich nicht kannte. Nein, ich besaß kein zu Hause. Keine Heimat. Doch ich lächelte freundlich und ließ mir nicht anmerken, wie sehr mich diese Botschaft verängstigte.

»Danke dir. Du kannst mich übrigens gerne Liam nennen. Wie heißt du denn?«

»Ich bin Katja. Freut mich, Liam. Ich wünsche dir einen guten Appetit. Wir sehen uns später.« Sie zwinkerte mir zu und ich könnte schwören, dieses Lächeln genau verstanden zu haben. Oh ja, diese Katja fand mich sogar im Krankenhaus-Kittel sexy.

Ich winkte ihr kurz zu und widmete mich, nachdem Katja weitergezogen war, meinem Frühstück. Schmunzelnd biss ich in das Brötchen, nahm einen großen Schluck Kaffee und stand noch kauend auf, um einen Blick in den Spiegel im Waschbereich zu werfen.

Tiefe, dunkle Ringe zierten meine Augen, meine Wangen wirkten extrem eingefallen, so dass die Kieferknochen markant hervortraten. Die Haare standen in sämtliche Richtungen ab und sahen im Moment eher grau anstatt hellblond aus. Dazu das hellblaue Krankenhaushemdchen, die kleine Infusionsnadel, die noch in meinem Arm steckte – ich kam einem Geist sehr nahe. Rein optisch. Oder einem Zombie. Plötzlich fragte ich mich doch, ob Katja einfach blind war, oder zu der verrückten Sorte Frauen zählte, die tatsächlich auf Geister-Freaks abfuhren. Ich schüttelte mich – schreckliche Vorstellung! Langsam drehte ich den Wasserhahn auf und füllte eiskaltes Wasser in meine Hände. Als ich mir die erste Ladung ins Gesicht spritzte, schloss ich erst einmal die Augen, denn das Gefühl der Kälte hatte mich sofort zurück in die Lawine katapultiert. Die dunkle Hölle aus Schnee und Eis. Nachdem die letzten Sternchen vor meinen Augen verschwunden waren und sich mein Herzschlag wieder einigermaßen normalisiert hatte, schüttete ich mir eine weitere Ladung Wasser über den Kopf und versuchte, meine abstehenden Haare etwas zu glätten. Vielleicht sollte ich nach dem Frühstück lieber gleich unter die Dusche steigen? Ja, das wäre klug. Doch zuerst wollte ich etwas essen. Doch als ich mich zu meinem Bett umdrehte, saß dort Alex, der genüsslich von meinem Brötchen abbiss.

»Alter! Was tust du da?«

Alex hob überrascht die Augenbrauen. »Ach, willst du es noch essen? Es sah so aus, als wärst du schon fertig.«

»Ich habe einmal abgebissen.«

Alex legte das Brötchen zurück auf das Tablett und ich setzte mich neben ihn.

»Sorry, Mann.«

»Schon gut.« Ich schnappte mir mein Frühstück und checkte meinen Kumpel ab – er sah völlig fertig aus. Um ehrlich zu sein, hatte er eine Dusche viel nötiger als ich! Seine sonst leicht lockigen, braunen Haare klebten dunkel und fettig an seinem Kopf, sein normalerweise gepflegter Vollbart sah struppig und zerzaust aus und er roch – na ja so, wie man eben roch, wenn man unbedingt duschen sollte. Er stank fürchterlich! Normalerweise hätte ich ihm diese Tatsachen sofort um die Ohren geknallt, und das weder höflich noch freundlich, doch seine Haltung wirkte so niedergeschlagen, dass ich lieber die Klappe hielt. Ich hatte das ungute Gefühl, dass ich der Grund für sein Erscheinen war.

»Wie geht es dir?«, fragte er schließlich leise und ich hörte sein Zittern in der Stimme.

Ich zuckte mit den Schultern. Alex kannte mich. Er war schon seit dem Sandkasten mein bester Freund und er verstand mich meist ohne viele Worte. Das gefiel mir am meisten an ihm. Ein Seufzen von ihm zeigte mir, dass er meine stumme Antwort verstanden hatte.

»Darf ich dich etwas fragen, Liam?«

Okay, diese Frage klang seltsam. Kombiniert mit der Tatsache, dass Alex mir nicht in die Augen sehen konnte, klang sie sogar extrem seltsam.

»Immer doch.«

Alex drehte sich zu mir und ich konnte fast schon zusehen, wie er die Worte im Mund formte und wieder verwarf, als würde er mit sich ringen, wie er die Frage formulieren konnte. Es wurde immer seltsamer. Denn das entsprach absolut nicht meinem besten Freund.

»Jetzt hau schon raus, Alter!«

»Ich will nur eines wissen, Liam. Aber du musst mir die Wahrheit sagen, okay? Hast ... Hast du das mit Absicht getan?«

Bitte *was*? Wie vom Donner gerührt starrte ich Alex an, das Stückchen Brot in meinem Mund fühlte sich plötzlich an, als bestünde es aus Gesteinsbrocken und ich ignorierte das Rauschen in meinen Ohren.

Alex atmete tief durch, und als er mich erneut ansah, erkannte ich ein feuchtes Glänzen in seinen braunen Augen. »Liam, ich habe dich gesehen. Als dieses Schneebrett sich gelöst hatte, haben wir alle sofort das Weite gesucht und sind losgefahren. Alle, nur du nicht.« Er rieb sich kurz über die Augen, bevor er weitersprach. »Ich habe dich gesehen, Liam. Ich fuhr ganz unten in unserer Formation und habe immer wieder zurückgesehen. Du bist als Einziger stehengeblieben, als hättest du auf die Lawine gewartet. Wolltest du ... Bitte sei ehrlich. Ich bin doch dein Freund! Wolltest du sterben?«

Ich sah den verzweifelten Blick meines Freundes, doch ich wusste nicht, was ich darauf antworten sollte. Wollte ich mich umbringen?

Wieso war ich nicht sofort losgefahren, als ich das weiße Rauschen erkannt hatte? Wieso war ich stehengeblieben?

Ich wusste es nicht.

Ich hatte einfach diese weiße Wolke gesehen und mich nicht mehr bewegen können. Doch wollte ich wirklich sterben?

»Liam ...« Ich spürte die Hand meines Freundes auf meiner, als ich einen Schluck Kaffee trinken wollte, und ich sah ihm in die Augen. Die Trauer, die ich darin erkannte, schnürte mir die Kehle zu. »Du bist mein bester Freund. Ich weiß, dein Leben ist nicht unbedingt perfekt. Deine Eltern sind beschissen.«

»Sie sind nicht einmal meine Eltern«, unterbrach ich ihn und Alex sah mich irritiert an. »Ich habe kurz vor unserem Urlaub Unterlagen meiner Adoption gefunden.« Ich zuckte mit den Schultern und wandte meinen Blick ab. »Keine Ahnung, ob ich mich glücklich schätzen soll, weil ich nicht von diesen bescheuerten Idioten abstamme, oder …«

»Liam! Vergiss deine Eltern! Du hast uns! Deine Freunde! Du bist nicht allein! Sie sind es niemals wert, dass du dein Leben aufgibst!«

»Stopp, Alex! Hör auf! Okay, ich gebe es zu: Mein Leben ist beschissen, das stimmt. Aber denkst du wirklich, ich hätte mir eine Lawine ausgesucht, wenn ich wirklich sterben wollte?«

»Ich weiß es nicht, Liam. Das ist ja nicht das erste Mal, dass du bis an die Grenzen und darüber hinaus gehst. Ich weiß, ich ziehe dich damit immer wieder auf. Meine Scherze, dass du lebensmüde seist, und so weiter. Vor allem vor den Mädchen. Aber in Wahrheit habe ich jedes Mal panische Angst um dich, wenn du solche Aktionen startest. Damals deine Downhill-Aktion mit dem Mountainbike, oder dieser bescheuerte Bungee-Jump mit deinem selbst konstruierten Seil. Dir mag das ja egal sein, ob du stirbst oder nicht. Aber mir ist es nicht egal, Liam!« Alex wischte sich Tränen aus den Augen und atmete stockend aus. »Du hast es diesmal echt übertrieben, Liam.«

Ich ließ mich in das Bett fallen und starrte an die weiße sterile Zimmerdecke. Einige Minuten vergingen, in denen keiner von uns beiden ein Wort sprach und ich hing meinen Gedanken nach.

»Ich wollte nicht sterben«, beendete ich schließlich das Schweigen. »Als ich im Schnee wieder zu Bewusstsein gekommen war und nach und nach kapierte, wo ich mich befand und was das bedeutete, habe ich nichts als die blanke Panik gespürt. Ich wollte raus aus der Hölle! Dann habe ich festgestellt, dass ich mich nicht einmal bewegen konnte, dass die Luft immer dünner wurde und dass ich nach und nach keine Gliedmaßen mehr fühlte. Alex, ich kann dir nicht sagen, warum ich nicht sofort losgefahren bin, aber ich schwöre dir - ich wollte nicht sterben! Und ich will auch nicht sterben!«

Alex legte den Kopf schief und musterte mich einen Augenblick. »Du schwörst es?«

»Ja, verdammt!«

Erst dann atmete er aus, als wäre ihm ein Kilo Steinbrocken vom Herzen gefallen. »Alter! Tu das nie wieder! Ich will gar nicht wissen, was gewesen wäre, hätte Jen dich nicht gefunden.«

Ich hielt inne und spürte schlagartig nur noch meinen leisen Herzschlag. »Moment, was hast du gesagt?«

# 16

»Jetzt warte doch mal, Liam! Du kannst doch nicht einfach… Alter, bleib stehen!«

Alex' kräftige Hand riss mich von der Zimmertür zurück und ich feuerte wütende Blicke auf ihn ab. »Ich muss zu ihr!«, knurrte ich, doch Alex drückte mich zurück auf mein Bett und schüttelte den Kopf.

»Erstens: Jen schwebte ähnlich wie du in Lebensgefahr und ich glaube, das Letzte, was sie benötigt, ist ein Stromschlag, weil du ihr wieder zu nahe kommst. Zweitens: Du hängst noch an einem Infusionstropf, weil du vor zwei Tagen noch unter einer Lawine begraben lagst! Du bist nicht gesund! Drittens: Du trägst ein beschissenes, hellblaues Kittelchen – am Rücken offen, falls es dich interessiert. Willst du Jen wirklich diesen Anblick antun?«

Ich blickte auf dieses blöde Hemd hinunter und schlug mit meiner Faust genervt in das Kissen. »Warum Jen, Alex? Warum sie?« Tausend Fragen sausten durch meinen Kopf und überschlugen sich.

Jen hatte mich aus der Lawine gerettet. Ausgerechnet sie!

Alex setzte sich zu mir und ich fühlte seinen Arm auf meiner Schulter. »Ich habe keine Ahnung, Mann. Sie hat ziemlich verwirrtes Zeug gefaselt. Außerdem kam sie in Begleitung eines Amerikaners. Er schien ganz nett zu sein. Jedenfalls hat er mir Mut gemacht und erklärt, er wüsste ziemlich sicher, dass du noch lebst und dass wir Jen vertrauen sollten.«

Ich zwang mich, ruhig zu atmen, und versuchte, meine eigenen Gedanken zu ordnen. Wieso sah ich denn jetzt selbst das Bild von Alex vor mir, der verzweifelt in meine Schulter weinte, weil ich sterben würde?

Schließlich stand ich erneut auf und hängte den blöden Tropf an einen Ständer. »Alex, ich muss sie sehen. Ich muss sie sprechen. Ich will das verstehen ...« Tatsächlich war es mir diesmal wirklich egal, wie ich aussah, denn ich wollte nur noch eins – bei Jen sein.

Alex hob unschlüssig die Schultern und nickte schließlich. »Wie du meinst. Aber ich komme mit.«


Gemeinsam liefen wir durch den Gang, als die süße Schwester Katja uns entgegenkam und mir ein Lächeln schenkte. »Wow – bist du wirklich schon so fit, um einen kleinen Spaziergang zu unternehmen?«

»Bewegung hat noch nie geschadet, nicht wahr? Wir sehen uns, hübsche Katja«, flirtete ich zurück und erntete ein leises Kichern.

Kaum waren wir um die Ecke in die Richtung der Aufzüge verschwunden, sah ich Alex' Kopfschütteln. »Ich glaube es nicht. Sogar in diesem Aufzug flirtest du mit den Mädchen. Und die stört es nicht einmal!«

Ich grinste breit und als das »Pling« des Aufzugs ertönte, betrat ich mit Alex zusammen den Lift. »Tja, manche Dinge kann ich eben.«

»Und wenn es das Flirten im hässlichsten Krankenhauskittel ist«, beendete Alex sarkastisch meinen Satz.

Als sich die Türen schlossen, zog sich mein Herz schlagartig zusammen. Sterne tauchten vor meinen

Augen auf und die Wände des Aufzuges wanderten auf mich zu. Ich fühlte plötzlich die Eiseskälte, die Dunkelheit und die Enge des Schnees. In meinen Ohren rauschte das Blut und meine Lungen brannten, als befände ich mich nicht in einem gut belüfteten Fahrstuhl, sondern wieder zwei Meter unter der Erde, vergraben im Schnee. Panik flutete mein Herz und ich krallte mich mit geschlossenen Augen an den Griff des Aufzugs. Atmen! Ich musste atmen! Ich bekam keine Luft mehr! Verdammt! Ich musste hier raus!

»Liam! Liam, was ist los? Liam?«

»Pling« Das rettende Geräusch brachte mich in die Gegenwart zurück und ich taumelte atemlos aus dem Aufzug heraus. Im Flur stützte ich mich erst einmal auf den Knien ab und atmete tief durch. Alex stand neben mir und musterte mich mit ernstem Gesicht. »Alles okay?«

Nein, nichts war okay! Ich hatte eine verdammte Panikattacke in einem Aufzug bekommen! Einem Aufzug, der für mindestens zwölf Personen oder ein Krankenhausbett geeignet war! Einem Aufzug mit tageslichtheller Beleuchtung! Das war definitiv nicht okay, das war beängstigend! Verzweifelt sah ich zu meinem Freund, der mir ein schiefes Lächeln schenkte und mit den Schultern zuckte.

»Es ist erst zwei Tage her, Liam. Gib dir Zeit.«

Natürlich war es erst zwei Tage her, das musste aber doch nicht heißen, dass ich ab jetzt zu der Sorte von Menschen gehörte, die in einem verdammten Aufzug in Panik ausbrach!

»Wohin müssen wir gehen?«, fragte ich, um das Thema zu wechseln, und zu meinem Glück ging Alex darauf ein. Er sah sich um und suchte nach den

Nummerierungen der Zimmer. Schließlich deutete er nach links und ging los.

»Dort hinten müsste es sein. Zimmer 2.11. Da, wo der Typ steht«, erklärte er mir und ich betrachtete interessiert einen Mann im Alter von etwa fünfzig Jahren, der mit einem Kapuzenpullover und unfrisierten Haaren vor der Tür auf und ab tigerte. So wie er aussah, musste es sich um Jens Vater handeln – er wirkte verzweifelt und voller Sorgen. Als er den Kopf hob und in unsere Richtung sah, riss er erschrocken die Augen auf und kam auf uns zu gerannt. Irgendwie kam mir der Typ bekannt vor, doch ich wusste nicht, wieso.

»Kennst du den Mann?«, raunte ich Alex zu, der den Kopf schüttelte.

»Kennen wäre übertrieben. Ich habe ihn ...«

»Was macht ihr hier?«, unterbrach der Kerl Alex, doch seine Augen bohrten sich in meine. Er schien beinahe wütend zu sein. Wütend auf mich. Seltsam.

»Sind Sie Amerikaner?«, fragte ich, ohne auf seine Frage einzugehen, und der Mann rollte mit den Augen.

»Nein, ich spreche nur zum Spaß englisch mit euch. Also, was wollt ihr hier unten?«

»Die Frage sollte eher heißen, was wollen Sie hier? Wir möchten einen Krankenbesuch machen. Aber wieso wandern Sie ruhelos vor dem Zimmer unserer Freundin hin und her?«

Der Mann sah mich mit entgleisten Gesichtszügen an. »Freundin?«, dann atmete er tief durch, kratzte seinen schattigen Dreitagebart und stellte sich vor mich, nachdem ich versuchte, mich an ihm vorbei zu drängen.

Ich wollte zu Jen. Und der Typ nervte einfach nur!

»Ihr könnt da nicht rein!«

Ich schlug seine Hand von meiner Schulter. »Ach ja? Sagt wer?«

Plötzlich zischte es und die Neonröhren der Gangbeleuchtung begannen unruhig zu flattern. Der Mann blickte zur Decke, dann wieder zu mir und danach noch einmal nach oben, als sei es irgendetwas Besonderes. Als hätte er noch nie flackerndes Licht gesehen. Was für ein Freak!

»Wahnsinn. Selbst in dieser Entfernung«, murmelte er leise, doch dann schüttelte er sich und streckte mir die Hand entgegen. »Mein Name ist Steven Cornwall. Und ich darf dich leider nicht zu ihr lassen«, erklärte er schließlich mit einem Gesichtsausdruck, als sei er selbst enttäuscht darüber.

»Und wer hat diese beschissene Regel aufgestellt? Haben meine Eltern Sie engagiert?«

Cornwall hob eine Augenbraue und verzog sein Gesicht. »Das glaubst du doch selbst nicht«, murmelte er leise, doch mein Herz setzte einen Augenblick lang aus und alle meine Haare stellten sich auf.

Okay … Dieser Mann kannte definitiv meine Eltern! Den Blick, den er mir vorhin zugeworfen hatte, deutete zudem an, dass er auch mich kannte. Und so wie es gerade aussah, auch Jen.

»Wer sind Sie?«, wiederholte ich erneut, doch Cornwall schüttelte nur den Kopf.

»Du solltest zurück in dein Zimmer gehen. Du benötigst Ruhe, Liam.«

Er kannte also auch meinen Namen. Irgendetwas stimmte nicht. Das konnte ich fühlen. Und dieses Gefühl machte mich wahnsinnig! Dazu flackerte noch ständig dieses bescheuerte Licht, was meinen Puls nicht unbedingt beruhigte.

»Ich will zu ihr! Ich muss sie sehen!«, gab ich ehrlich zu, denn selbst wenn ich es mir nicht erklären konnte, spürte ich ein noch nie zuvor erlebtes Drängen. Ich musste zu Jen.

Cornwall biss sich auf die Lippe und raufte seine Haare. »Liam. Ich darf dich nicht zu ihr lassen. So gern ich es täte, glaube mir. Jen muss sich erholen, sie hat einiges durchgemacht. Sie benötigt Ruhe.«

»Ich will doch nur mit eigenen Augen sehen, dass es ihr gut geht!«

In Cornwalls grauen Augen sah ich meine eigene Verzweiflung blitzen und er verzog seinen Mund zu einem gequälten Grinsen. »Oh Liam. Ich weiß. Aber ich darf dir leider nicht helfen. Es geht ihr bereits besser. Wir kümmern uns um sie. Vertrau´ uns. Außerdem musst du dich erst einmal um dich selbst kümmern. Du siehst auch noch nicht wirklich fit aus.«

Ich schloss für einen kurzen Augenblick die Augen, um meine Gedanken zu sortieren. Ich wollte zu ihr! Dieser verdammte Amerikaner konnte und durfte mich nicht davon abhalten! Schon gar nicht, wenn er so bescheuerte Phrasen wie »Wir kümmern uns um sie, vertrau uns« trällerte! Ich kannte ihn nicht einmal! Gerade als ich beschlossen hatte, mich mit Gewalt an ihm vorbeizuschieben, spürte ich Alex' festen Griff an meiner Schulter. Er kannte mich einfach zu gut. Leider.

»Lass gut sein, Liam. Du hättest keine Chance«, flüsterte er, noch bevor ich auch nur einen einzigen Schritt getan hatte. Dummerweise sprach Alex die Wahrheit. Dieser Cornwall wirkte zwar nicht unbedingt athletisch, allerdings sportlich genug, während ich aktuell den Weg hierher schon anstrengend empfunden hatte. Trotz oder gerade wegen des Aufzugs. Ich hätte wirklich keine Chance, an ihm vorbei zu kommen.

Mit hängenden Schultern drehte ich mich um, zog meinen bescheuerten Infusionstropf hinter mir her und wollte gerade zurück in mein Zimmer kehren, als ich Cornwalls Stimme neben uns hörte.

»Wenn es dir später bessergeht, solltest du mit deinem Freund einen Spaziergang unternehmen. Hier drüben gibt es einen recht schönen Balkon, der mehr einer Dachterrasse gleicht. Er hat eine wunderbare Aussicht ...« Die letzten Worte erklärte er mit einem verschmitzten Grinsen im Gesicht, dann zwinkerte er mir zu und ging zurück, um sich vor Jens Zimmer zu stellen.

## 17

»Na, endlich! Ich dachte schon, wir finden es nie!«

»Ich hätte ja nicht gedacht, dass es in Deutschland noch Menschen gibt, die so schlecht Englisch sprechen.« Nachdem wir zwei Mal nachfragen mussten und uns dennoch drei Mal verlaufen hatten, öffneten wir nun mit einem Ächzen die Balkontür. Dieser große terrassenartige Balkon befand sich offensichtlich im Wintermodus – es gab weder Tische noch Stühle, dafür haufenweise Schnee, der von diversen Schuhabdrücken und Zigarettenstummeln verunstaltet war.

»Vielleicht haben wir aber nur zufällig zwei Personen gefragt, die ein Problem mit rechts und links haben. Mein Dad gehört zu diesen Menschen. Ich habe einmal den Fehler gemacht und bin nach seiner Anweisung und ohne Navi Auto gefahren! Alter, das war der absolute Horror!«

Ich schmunzelte bei Alex' Erzählung. Sein Vater war Literaturprofessor an der Universität, ein typischer Wissensnerd, der auf alle Fragen eine Antwort zu kennen schien. Dass ausgerechnet ein Mann wie er rechts und links verwechselte, klang schon beinahe lächerlich.

Ein Windstoß wirbelte den Schnee auf und ich zog den Reißverschluss der Winterjacke höher. Ich trat an das Geländer und betrachtete mein Umfeld. Das Krankenhaus war U-förmig gebaut, der Balkon befand sich innenliegend in einer der Ecken und hatte eine quadratische Größe. Somit hatte man eine perfekte

Aussicht auf die Gartenanlage des Krankenhauses und zudem auf die Patientenzimmer, die sich auf der gegenüberliegenden Hausseite befanden.

»So, und wo ist jetzt das Zimmer von Jen?«, murmelte Alex, denn wir beide waren uns sicher, dass dieser Cornwall nicht von der verschneiten Gartenanlage gesprochen hatte, als er das Wort *Aussicht* erwähnt hatte.

Ich schloss für einen kurzen Augenblick die Augen und dachte an Jen, als mein Herz einen Satz machte. Mit einem Mal wusste ich genau, wo sie sich befand.

»Du stehst auf der falschen Seite«, erklärte ich Alex und stellte mich an das andere Balkongeländer. »Das dritte Fenster von links muss es sein.«

Alex sah mich an, als hätte ich den Verstand verloren. »Alter! Wir haben uns gerade drei Mal verlaufen, als wir diesen beschissenen Balkon gesucht haben. Woher weißt du jetzt plötzlich, wo ihr Zimmer ist?«

Ich zuckte mit den Schultern. »Keine Ahnung. Ich weiß es einfach.« Das Fenster, das ich meinte, lag wenige Meter gegenüber der Stelle, an der ich stand und ich konnte direkt hineinsehen. Ich sah ein steriles, weißes Krankenbett, einen dünnen, weißen Vorhang, der sich leicht bewegte. Und ich sah sie. Jen. Mein Herz verkrampfte sich, als ich ihr zartes Gesicht in dem weißen Kissenberg erkannte. Sie hatte ihre Augen geschlossen, einzelne Strähnen ihres hellblonden Haares fielen wie weiche Wellen über das weiße Kissen und umrandeten liebevoll ihr schmales Gesicht. Ein Infusionstropf hing an einem Ständer neben ihr am Bett und ich erkannte ihren Freund Finn an der anderen Seite des Bettes, der ihre Hand hielt und keinen Augenblick seinen sorgenden, liebevollen Blick von ihr löste. Ich hatte Finn kennengelernt, als er Jen beim

Abstieg von der Hütte entgegengelaufen kam. Er schien nett zu sein. Dennoch keimte in mir der Drang auf, ihm meine Faust ins Gesicht zu schlagen. Einzig und allein deshalb, weil er bei Jen am Bett sitzen konnte. Weil er ihre Hand halten durfte. Weil er sie liebte. Weil er nicht ich war! Am Bettende saß dieses kleine Mädchen mit den schwarzen Locken, das ich ebenfalls schon zwei Mal in Jens Nähe gesehen hatte. Gewiss war sie eine gute Freundin.

»Oh Mann! Sie sieht ziemlich fertig aus«, holte Alex mich aus meinen Eifersuchtsgedanken heraus und ich seufzte. Wieso machte mich ihr Anblick so fertig? Ich krallte meine Finger um das eiskalte Geländer und konnte meinen Blick nicht von Jen lösen. Das Bild, wie sie dalag, ließ mich an einen gefallenen Engel denken. Jen – ein Engel. Mein Engel … In gewisser Weise war sie genau das, denn sie hatte mein Leben gerettet. Mein verficktes, beschissenes Leben! Und gleichzeitig ihr eigenes Leben riskiert. Wieso hatte sie das getan? Warum hatte sie gewusst, wo ich vergraben lag? Wieso lag sie nun selbst im Krankenhaus? Was fehlte ihr? Meine Fragen überschlugen sich und ich spürte immer stärker diesen einen Drang: Ich musste zu ihr! Dieser Blick vom Balkon aus genügte nicht. Überhaupt nicht. Ich musste sie sehen, von Angesicht zu Angesicht, musste ihre Stimme hören, ich musste sie spüren! Ich brauchte sie!

»Hey, was ist los, Liam?«

Ich kauerte auf dem Boden und fasste an mein Herz. Es pochte wild und zog sich mit jedem Schlag schmerzhaft zusammen. Als würde es mich in dieses Zimmer drängen.

»Keine Ahnung, Mann«, presste ich zwischen meinen Zähnen hindurch und kämpfte mich zurück auf die Beine. »Ich muss zu ihr.«

Als ich erneut zum Zimmer blickte, krümmte sich Jen in ihrem Bett und verzog das Gesicht, als litte sie unter Schmerzen. Alex sah zu mir, dann zu Jen und wieder zurück zu mir. »Sag mal, hat sie gerade genau dasselbe gespürt wie du? Das war ja gerade komplett zeitgleich.«

Ich hob meine Augenbrauen und musterte Alex verwirrt. »Wie meinst du das?«

»Keine Ahnung. Du bist zu Boden gegangen, hast dir an die Brust gefasst und gestöhnt und Jen liegt dort im Bett und macht genau dasselbe. Das ist schon irgendwie seltsam, oder?«

»Alex, wir liegen beide im Krankenhaus. Das liegt daran, dass wir nicht gesund sind. Gewöhnlich geht so etwas mit Schmerzen einher«, erklärte ich genervt, doch Alex rollte mit den Augen. Dann schnappte er meinen Arm, zog mich ans Geländer, sah in Jens Zimmer und zwickte mich schließlich unerwartet fest und schmerzhaft in den Unterarm.

»Aaaaahhh! Verdammt, Alex! Bist du wahnsinnig geworden?«, schrie ich und rieb mir meinen Arm, doch Alex ging gar nicht darauf ein, sondern zeigte zum Fenster.

»Sieh nur!«

# 18

JEN

Das stetige, leise Piepen riss mich aus einem unruhigen, von Albträumen erfüllten Schlaf. Außerdem fühlte ich einen unangenehmen Schmerz an meinem Unterarm. Als hätte mich jemand gezwickt. Langsam öffnete ich ein Auge, dann das zweite und betrachtete die Person an meinem Bettende.

»Hey, Süße. Willkommen zurück im Leben.« Ich sah Trixie eine Zeit lang irritiert an und atmete tief durch. Diese Wohltat, wenn sich die Lunge bis zu ihrer vollkommenen Größe mit frischer Atemluft füllen konnte!

»Finn hat mir dein ›Anna Karenina‹- Buch gebracht und meinte, ich solle dir etwas daraus vorlesen, damit du aufwachst. Es hat wohl geklappt, wie es aussieht«, grinste Trixie und klappte das große, schwere Buch zu, das auf ihrem Schoß lag. Ich sah von Finn, der neben mir auf einem der Plastikstühle saß, zu Trixie zurück und schüttelte ungläubig den Kopf.

»Du hast freiwillig Tolstoi gelesen?«

Trixie grinste. »Na, freiwillig kann man das ja wohl nicht nennen!« Sie deutete dabei auf mich und auf das Zimmer, in dem ich lag. Ein Krankenhauszimmer. Ich schloss die Augen und versuchte mich zu erinnern, warum ich hier war, allerdings vergeblich. »Mach das nie wieder, Jen! Hast du gehört? Dieser Tolstoi ist nämlich echt zum Kotzen!«

»Was ist geschehen? Und – wieso hast du mich eigentlich gerade gezwickt?«

Trixie stand auf, setzte sich zu mir ins Bett und strich meine Haare hinters Ohr. »Gezwickt hat dich niemand, vielleicht hast du das geträumt. Und zu deiner ersten Frage … Tja, das weiß ehrlich gesagt keiner so genau. Du wärst fast gestorben. Erfroren, um genau zu sein. Nur warum, weiß niemand. Dann hast du diesen Liam befreit und seitdem geht es mit dir wieder bergauf. Das kann sich erst recht keiner erklären.«

Erfroren … Diese Worte ergaben irgendeinen Sinn. Irgendwie … Doch meine Gedanken schienen nur äußerst langsam zu arbeiten, daher verzog ich mein Gesicht zu einem Fragezeichen.

Finn lachte leise. »Wie wär's, wenn du von vorne beginnst, Trixie? Willkommen zurück, Jen«, fügte er mit einem Glitzern in den Augen hinzu.

»Danke. Und ja, das wäre wunderbar«, erwiderte ich sein Lachen.

Trixie begann, die Geschehnisse des Samstags zu wiederholen und langsam kehrten die Erinnerungen zurück. »Dieses Nuttenkostüm war grauenhaft!«, lachte ich, als mir auch das wieder einfiel.

»Das war mega sexy«, konterte Trixie, lächelte jedoch nur schwach. »Weißt du auch, was dann geschehen ist?«

Ich schloss die Augen. Plötzlich sah ich die Bilder wieder vor mir. Das Schneebrett, die gewaltige Masse, die auf mich zu kam, und mich fröstelte es.

»Die Lawine«, murmelte ich leise.

»Was genau hast du denn gesehen?«, flüsterte Trixie.

»Ich wurde von einer Lawine mitgerissen. Zuerst dachte ich, ich kann ihr entkommen. Ich fuhr geradeaus, den steilen Hang hinunter, um ein kleines bisschen schneller als die Lawine zu sein. Doch es hatte nichts gebracht. Ich spüre immer noch diesen Schlag, den ich bekommen habe.« Gedankenversunken langte ich an meinen Hinterkopf und zog scharf die Luft ein, als ich die Stelle berührte. »Das war so schrecklich! Diese Kälte, die Dunkelheit und das Gefühl der Machtlosigkeit!«

»Jen«, riss mich Trixie aus meiner Erinnerung. »Du warst die ganze Zeit in deinem Zimmer. Du warst in keiner Lawine.«

Einen Moment lang betrachtete ich meine Freundin völlig irritiert. Doch nach und nach schärften sich auch die anderen Bilder in meinem Geist und ich erinnerte mich an Momente im Krankenhaus, an diesen seltsamen Herzspezialisten, der gar keiner war, und an meinen Versuch, mich aus dem Schnee zu befreien.

»Aber wen habe ich dann in dem Schnee gefunden?«, fragte ich langsam, da ich überzeugt gewesen war, dass ich selbst in diesem Schnee vergraben lag. Das Gefühl, gleich ersticken zu müssen, führte erneut zu einem unangenehmen Schauer.

Trixies Blick wirkte extrem unheimlich. Eine Mischung aus Zweifel, Unglaube und Verwirrtheit. Auch Finn verzog unsicher sein Gesicht. »Es war Liam.«

Was? Was hatte Finn gesagt? Liam? Wieso denn Liam?

Als hätte Trixie meine Gedanken gelesen, hob sie unwissend ihre Schultern und lächelte mit nur einem Mundwinkel. »Ich habe keine Ahnung, was das zwischen euch beiden ist, Jen. Echt nicht. Aber Liam lag in dieser Lawine und du hast ihm das Leben gerettet. Wie auch immer du das gemacht hast.«

Ich fuhr mit meinen Fingern an meine Augen und stöhnte verwirrt. »Aber, ich habe sie erlebt, Trixie. Ich habe die Lawine gesehen, mit meinen eigenen Augen! Ich war doch dort!«

»Du warst mit mir in deinem Zimmer, Jen«, korrigierte sie mich.

»Meinst du etwa, ich habe mir das alles nur eingebildet? Die Kälte? Die Schmerzen? Das Gefühl, zu ersticken?«

Trixie schüttelte den Kopf. »Oh nein, ganz bestimmt nicht. So etwas kann man sich nicht einbilden! Dein Herz hat kaum mehr geschlagen und deine Körpertemperatur hätte der eines Schneemanns Konkurrenz gemacht! Nein, du hast dir das nicht eingebildet, du wärst echt fast gestorben. Laut den Bergrettern hast du genau in dem Moment wieder angefangen zu atmen, nachdem sie Liam aus dem Schnee befreit hatten. Nur weiß ich nicht, warum. Also eigentlich weiß das keiner.«

Diese Informationen überforderten mich. Wieso hatte ich Liam gerettet? Und wieso hatte ich diese Lawine erlebt? Fragen über Fragen schossen durch meinen Kopf und bereiteten mir Kopfschmerzen.

»Wo sind meine Eltern?«, fragte ich stattdessen.

»Sie sind bei der Arbeit. Es ist Dienstagnachmittag, Jen. Du hast fast zwei Tage lang geschlafen.«

Noch so eine Erklärung, die nur schwer in mein Innerstes drang. Für mich war die Welt am Samstag stehen geblieben.

»Und wo ist Liam?«

»Der liegt ein Stockwerk über dir. Aber es geht ihm soweit gut. Sein Gesundheitszustand gleicht eigentlich deinem. Verrückt, oder?«

»Ich verstehe das nicht.«

»Glaub mir, da bist du nicht die Einzige. Aber immerhin bist du jetzt wach, das zählt. Brauchst du irgendetwas? Hast du Schmerzen?«

Ich streckte mich, rollte meinen Kopf im Nacken und spürte ein leises Grummeln im Magen, das die anderen sicherlich auch hören konnten. »Ich glaube, ich hätte jetzt gerne etwas zu essen« Ich grinste und schon hüpfte Trixie vom Bett herunter.

»Das ist ein gutes Zeichen, Süße. Ich hol' uns was. Möchtest du auch etwas, Finn? Kaffee? Cola?«

»Eine Cola wäre super, danke.«

Nachdem Trixie aus dem Zimmer getänzelt war, nahm Finn erneut meine Hand und seine schmalen, langen Finger schlossen sich um meine. Traurige Augen, die gleichzeitig voller Liebe strahlten, bohrten sich direkt in mein Herz und ich schluckte ergriffen.

»Mach das nie wieder, Jen! Versprichst du mir das? Ich hatte solche Angst um dich.« Er schloss einen kurzen Moment die Augen, fuhr sich durch die Haare und atmete hörbar aus. »Ich weiß, dass du nicht dasselbe für mich empfindest wie ich für dich, Jen. Aber das ist mir egal, hörst du? Es ist schon wunderbar, einfach dein Freund zu sein, wirklich – ich bin glücklich damit. Aber bitte mach das nie wieder! Ich kann dich nicht verlieren, Jen! Ich will dich nicht verlieren! Nicht so!«

Tränen versperrten mir die Sicht zu meinem besten Freund und ich wischte sie mir schniefend aus den Augen. »Oh Finn«, schluchzte ich und er schenkte mir ein halbes, trauriges Lächeln.

»Ich dachte wirklich, du stirbst. Einfach so. Ohne Vorwarnung, ohne erkennbaren Grund. Das war die Hölle für mich, Jen. Die absolute Hölle!«

Ich sah die Schneemassen vor meinem geistigen Auge, spürte die Kälte und die blanke Panik, die ich dort empfunden hatte. »Glaub mir, Finn – ich war in der Hölle.«

»Aber wieso? Liegt das an deinem Herzfehler? Meinst du, dass dein Herz jetzt, nach all den Jahren, doch Probleme macht? Immerhin haben die Ärzte einen Herz-Spezialisten aus Amerika kommen lassen.«

Ich prustete aus. »Ja, er ist mit Sicherheit ein Spezialist. Nur welcher, weiß ich noch nicht.« Ich erinnerte mich an seine völlig selbstverständliche Reaktion, als ich ihm erklärte, dass ich in der Lawine begraben sei, dass ich sterben würde. Er hatte genickt, als wüsste er es bereits. Als hätte er gewusst, was mit mir geschah und warum. »Weißt du, wo er ist? Ich würde mich wahnsinnig gerne mit ihm unterhalten.«

Finn deutete auf meine Zimmertür und grinste. »Der steht seit gestern vor deiner Tür und ist fast ununterbrochen am Telefonieren oder damit beschäftigt, Mails in sein Smartphone zu tippen. Scheint ein beschäftigter Mann zu sein.«

»Und wieso vor meiner Tür?«

Finn zuckte unbeeindruckt mit den Schultern. »Er meinte, er müsse kontrollieren, wer zu dir käme.«

Ich ließ meinen Kopf zurück ins Kissen fallen und versuchte, meine Gedanken zu ordnen. Wieso stand ein amerikanischer Arzt vor meiner Tür und überwachte meinen Besuch? Was wusste er? Kannte er Liam? Mein Kopf rollte zur Seite und ich blickte gedankenversunken durch das Zimmer, bis hin zum Fenster, sah hinaus und stockte.

Liam.

Ich fühlte seine Anwesenheit, als würde er direkt vor mir stehen und nicht auf einem Balkon, ein paar Meter von mir entfernt. Mein Herz klopfte laut und deutlich in meiner Brust, und ich nahm nur noch dieses eine Geräusch wahr. Poch-poch, Poch-poch. Alles andere wurde unwichtig.

Liam hob einen Mundwinkel an und ich lächelte schüchtern zurück. Schließlich hob Liam den Arm und deutete mir irgendetwas an, was ich nicht verstand. Er deutete auf seinen Unterarm und auf Alex, der neben ihm stand, doch ich hatte nicht die leiseste Ahnung, was er mir damit sagen wollte.

»Jen? Hörst du mir eigentlich zu? Ist da draußen jemand oder was?«

Ich antwortete nicht auf Finns Fragen, sondern sah unentwegt zu ihm. Liam. Liam, der von einer Lawine verschüttet worden war. Liam, den ich gefunden hatte, in der Absicht, mich selbst zu retten.

Alex deutete mit dem Zeigefinger auf mich und grinste breit. Dann nahm er Liams Arm in die Hände und kniff fest zu.

»Aaaaaahhh!«, schrie ich zeitgleich und hielt mir den Unterarm. Dann erst riss ich erschrocken die Augen auf.

»Jen? Jen? Was ist passiert? Tut dir etwas weh? Soll ich den Arzt rufen?«

Ich ignorierte erneut Finns panische Fragen, sondern sah weiter durch das Fenster. »Was zur Hölle-?«, begann ich und rieb meinen Arm genau an der Stelle, an der Alex Liam gekniffen hatte.

Liam hob unschlüssig die Augenbrauen und seine Arme, als würde er sich dieselbe Frage stellen. Wieso spürte ich seine Schmerzen?

Plötzlich wusste ich, was zu tun war. Ich richtete mich auf, betrachtete den Infusionstropf, der immer noch an meinem anderen Arm hing, sah noch einmal kurz zu Liam und grinste schwach. Dann zog ich die Nadel mit einem Ruck aus meinem Arm, hörte entfernt ein amerikanisches Fluchen, stand auf und suchte meine Klamotten.

»Jen! Kannst du mir bitte antworten? Was zur Hölle tust du denn? Hast du den Verstand verloren? Du kannst doch nicht einfach …«

»Ich muss zu ihm«, unterbrach ich Finns Tirade und eilte, eine Jacke unter dem Arm, aus dem Zimmer.

# 19

## CORNWALL

»Vertrauen Sie mir! Ich habe es unter Kontrolle! Ja …
Das habe ich doch alles schon in meiner Mail
geschrieben.« Cornwall rieb sich stöhnend über die Stirn
und sah aus dem schmalen Fenster, das sich direkt
neben Jens Zimmer befand. Hier hatte er die perfekte
Sicht auf Liam, der dort mit seinem Freund stand und
Jen beobachtete.

»Nein, ich sagte es mehrfach und werde es gerne
wiederholen: Ich wusste nicht, dass sich Liam in
Deutschland aufhielt! Ich flog hierher, um nach Jen zu
sehen. Als sie mir von ihren Beschwerden erzählte, habe
ich einfach eins und eins zusammengezählt. So
schwierig war das nicht. Sie hätten gewiss ähnlich
reagiert, Professor Link!« Er lauschte den erbosten
Worten seines Kollegen, der sich seit geraumer Zeit
verhielt, als sei er sein Vorgesetzter und kein Kollege auf
Augenhöhe. Seit dem Tod Doktor Changs vor zwei
Jahren verhielt sich Link, als hätte er dessen Stellung
eingenommen. Genau deshalb konnte Cornwall
Professor Link nicht leiden. Diese herablassende Art, als
wäre er die wichtigste Person in ihrer Mission. Nur
leider sah Cornwall das überhaupt nicht so. Er selbst
machte hauptsächlich Link und natürlich Doktor Chang
dafür verantwortlich, dass sie seit achtzehn Jahren
immer noch an denselben Fragen herumstocherten,
ohne Antworten zu finden. Und das nur aus purer
Angst, die Kontrolle zu verlieren.

»Auch das sagte ich bereits, aber ich wiederhole es gerne für Sie, Professor: Ich habe es unter Kontrolle. Ich bewache ihre Zimmertür, Tag und Nacht. Er wird nicht in ihre Nähe kommen ... Nein, es gab keine besonderen Vorkommnisse«, log er und dachte gleichzeitig an das Flackern der Neonröhre, als Liam vor Jens Tür stand. Wie gerne hätte er genau dieses Phänomen weiter untersucht. Er wollte Blutbilder der beiden erstellen, in verschiedenen Abständen kontrollieren, und gleichzeitig mit einem Physiker die Ladung untersuchen, die zwischen den beiden definitiv entstand. Er wollte Erklärungen finden, wollte seine Thesen belegen. Doch wie immer stand ihm die Angst des Kontrollverlusts seiner Kollegen im Weg. Und er wäre seinen Job los, würde er erneut auf eigene Faust Experimente starten. Und womöglich Schlimmeres. Er wusste von bestehenden Kontakten zum FBI und rechtssprechenden internationalen Größen, sodass niemand groß Notiz nehmen würde, wenn plötzlich der ein oder andere Doktor von der Bildfläche verschwand ...

»Ja, ich werde sie auch weiterhin beobachten. Es besteht kein Grund zur Sorge.« Cornwall sah erneut aus dem Fenster und grinste, als er beobachtete, wie Liams Freund ihn kräftig in den Arm zwickte. Offenbar verstanden sie schneller, was mit ihnen los war, als seine Kollegen es vermutet hatten. »Professor Link, bitte – Sie wiederholen sich. Nein, ich werde nicht unhöflich, ich spreche Tatsachen aus. Vertrauen Sie mir, ich habe die Situation unter Ko...« Plötzlich wurde Jens Tür von innen aufgerissen und Jen persönlich stolperte mit einer kurzen gemurmelten Entschuldigung an ihm vorbei. Dicht gefolgt von diesem jungen Mann, dessen Namen er vergessen hatte, der ihr schimpfend hinterherrannte.

»Verdammt!«, fluchte er, noch bevor er diesen Gedanken unterdrücken konnte. Natürlich reagierte Professor Link am anderen Ende der Leitung mit einer neuen Salve von Befehlen und Cornwall stöhnte. »Ich habe mir gerade Kaffee über mein Hemd geschüttet, nichts weiter«, log er. »Nein, das war keine Mädchenstimme. Vielleicht haben Sie die Stimme der Krankenschwester gehört, die gerade an mir vorbeigelaufen ist. Sie war der Grund für mein Missgeschick, wenn Sie es genau wissen wollen. Doch ich muss Sie jetzt leider abwimmeln, werter Kollege ... Nein, nochmal: Ich benötige keine Verstärkung, ich habe es unter Kontrolle. Ich schreibe noch heute Abend eine Mail. Auf Wiederhören, Professor Link.« Cornwall beendete, ohne eine Antwort abzuwarten, den Anruf und steckte sein Smartphone in die Jeanstasche. Gleichzeitig rannte er schnellstmöglich in den anderen Flügel des Krankenhauses. Genauer gesagt musste er noch vor Jen diesen Balkon erreichen. Er musste sie aufhalten. Irgendwie.

## 20

JEN

Ich musste mich gar nicht durchfragen, wo ich diesen Balkon finden konnte. Als wäre ich im Krankenhaus zu Hause, wusste ich genau, in welchen Gang ich abbiegen und welche Türen ich öffnen musste, um dorthin zu gelangen. Das war verrückt. Völlig verrückt, denn ich hatte dieses Krankenhaus tatsächlich erst zwei Mal zuvor von innen gesehen – damals, als meine Oma im Sterben lag, und als Trixie ihre Blinddarm-Operation hatte. Ich dürfte mich eigentlich nicht so gut auskennen.

»Jetzt warte doch auf mich, verdammt! Jen! Was ist denn los?« Finn hatte mich eingeholt und versuchte, meinen Arm zu packen, doch ich riss mich los.

»Ich muss zu ihm, Finn. Ich muss zu Liam. Er und ich, keine Ahnung – irgendwas ist da. Ich will das verstehen. Ich muss …«

»Ist okay. Ich weiß, was du meinst«, unterbrach er mich und öffnete mir die Brandschutztür, die zum anderen Flügel führte.

»Danke«, murmelte ich lächelnd und meinte damit nicht nur die aktuelle Situation. Ich war einfach unglaublich dankbar, einen Freund wie Finn zu haben. Er verstand mich, fühlte mit mir und war immer für mich da. Mein bester Freund. Für immer.

Ich öffnete die Terrassentür, und ein eiskalter Windstoß pfiff durch meine geöffnete Jacke, sodass ich scharf die Luft einzog. Doch das Empfinden von Kälte verschwand, sobald ich ihn sah.

Liam.

Langsam drehte er sich zu mir um. Ich fühlte den Blick seiner blauen Augen auf meinen ruhen und er schenkte mir ein offenes Lächeln.

»Jennifer.« Ein einziges Wort, doch darin lagen tausend Gefühle. Ich spürte jedes einzelne davon. Unbändige Freude, Sehnsucht, Unsicherheit, Unwissenheit, Neugier, Angst, Einsamkeit, Hoffnung. All diese Gefühle und noch weitere füllten mein Herz, nur als er dieses eine Wort zu mir sprach.

»Liam«, antwortete ich und trat langsam auf ihn zu, streckte meine Hand nach ihm aus. Ein mittlerweile bekannter Schmerz zuckte durch meine Brust, doch ich ließ seine Hand nicht los. Stattdessen trat ich noch näher an ihn heran. »Wer bist du?« Meine Frage klang hauchend, unwissend und ich sah in seinem Gesicht dieselben Gefühle.

»Wer sind wir?«, entgegnete er und lächelte matt. »Danke«, fügte er nach einer Pause hinzu und ich verzog mein Gesicht zu einem Fragezeichen.

Schließlich grinste er sein breites Grinsen, das diese süßen Grübchen hervorbrachte. »Du hast mein Leben gerettet, Elektro-Girl.«

Ich schüttelte den Kopf und sah in seine Augen, die das gleiche Blau aufwiesen wie der Himmel über uns. »Ich wollte eigentlich nur mein eigenes Leben retten.« Ich atmete tief durch und versuchte, meine Gedanken zu sammeln. »Ich habe sie gesehen, Liam. Die Lawine. Ich habe sie nicht nur gesehen, sondern gehört, gefühlt, ich hatte den Schnee in meinem Mund, spürte die Kälte, alles. Ich war dort.«

Liam kniff seine Augen zusammen und schüttelte den Kopf. »Aber warum?«

Ich legte meine Stirn an seinem Oberkörper ab und schloss die Augen. »Wenn ich das nur wüsste.« In dieser Haltung hörte ich Liams Herzschlag, es fühlte sich fast so an, als würde es exakt im selben Takt schlagen wie meins. Ich fühlte mich so vollständig, als ich hier in dieser Position bei ihm stand, seine Arme auf meinen Schultern liegend. Komplett. Perfekt. Warum auch immer. Und ich wünschte mir, dass dieser Moment für immer anhalten würde.

»Geht auseinander! *Sofort*!«

Cornwalls Stimme hallte über den Balkon und von den Mauern wider. Ich fuhr auf und blickte erschrocken zur Balkontür.

»Das ist keine Bitte! Ihr müsst auseinander!«, wiederholte er seinen Befehl, doch Liam packte meine Hand und umschloss sie mit seiner.

»Warum?«

Cornwall sah auf unsere Hände und ich erkannte eine Mischung zwischen Angst und Faszination, bevor er auf uns zukam. »Weil ich nicht weiß, was noch alles geschehen wird! Seht ihr nicht, was ihr anrichtet? Lasst euch los! *Jetzt*!«

Allerdings presste Liam meine Hand nur noch fester an seine und zog mich schützend in seine Arme. »Zuerst möchte ich Erklärungen hören! So wie es aussieht, haben Sie welche parat!«

Plötzlich fühlte ich Finns Arm auf meinem und ich erkannte Sorge in seinem Blick. »Du solltest ihn wirklich loslassen, Jen. Sieh doch auf den Boden.«

Ich folgte seinem Blick und erstarrte. Der gesamte Schnee, auf dem wir eben noch gestanden hatten, war geschmolzen und floss in kleinen Rinnsalen von uns fort. Als bestünden wir aus heißem Stein oder Feuer. Erschrocken ließ ich Liam los und ging einen Schritt zurück.

»Was? Waren das-? Was ist denn-? Warum?«

Ich sah zu Liam, dann zu Cornwall und zurück zu Liam. Was geschah mit uns? Und was wusste dieser Cornwall?

»Ich erwarte Antworten von Ihnen, Cornwall!«, fauchte Liam gleichzeitig, doch Cornwall hob unschuldig seine Arme in die Luft.

»Zuerst müsst ihr euch trennen! Und damit meine ich nicht diese wenigen Zentimeter! Jen – geh zurück in dein Zimmer! Und du, Liam, ebenfalls! Ich meine es ernst! Ich weiß nicht, was ihr in diesen Sekunden für Schaden anrichtet. Und das hier ist ein Krankenhaus! Kein perfekter Ort, um das auszutesten.«

Ich hatte überhaupt keine Ahnung, wovon Cornwall sprach, doch Finn zog mich von Liam fort, was mir unwillkürlich echte Schmerzen im Herzen bereitete. Ich wollte nicht fort von ihm. Auf keinen Fall!

»Jennifer! Jen! Warte! Bitte! Du kannst doch nicht einfach-«, hörte ich die verzweifelte Stimme von Liam, der offenbar ähnlich empfand wie ich, doch Finn hatte mich bereits zurück in das Gebäude geführt und die Tür zum Balkon geschlossen.

Nach wenigen Metern riss ich mich von Finn los und kämpfte gegen meine Tränen an. »Was soll das denn? Lass mich los! Oh Mann! Wieso hörst du auf einen wildfremden Mann und nicht auf mich?«

»Jen. Hast du gesehen, was passiert ist? Ihr habt innerhalb weniger Minuten fast den gesamten Schnee auf dem Balkon zum Schmelzen gebracht. Das ist doch nicht normal.«

Ich betrachtete das Flackern der Neonröhre über mir und folgte desinteressiert dem regen Treiben in diesem Gang des Krankenhauses. Krankenschwestern rannten eilig hin und her und ich hörte Wörter wie »Notstromaggregat« und »Stromausfall«.

Finn sah mich durchdringend an. »Fragst du jetzt immer noch, warum ich diesem Arzt gehorcht habe?«

Ich riss meine Augen auf. »Was? Du glaubst, das waren wir? Echt jetzt? Das ist doch lächerlich …«

Doch der Blick, den Finn mir zuwarf, sah ganz und gar nicht lächerlich aus. Er meinte es ernst. Richtig ernst.

»Jen. Denk an dein erstes Treffen mit Liam im Pub. Dann auf der Hütte. Und jetzt hier. Was haben all diese Treffen gemeinsam? Und was geschieht jedes Mal, wenn ihr euch berührt?«

Ich starrte meinen Freund eine halbe Ewigkeit schweigend an, die Rädchen in meinem Kopf drehten sich langsam, doch dann breitete sich ein eiskalter Schauer über meinen Körper aus. »Überall fiel der Strom aus. Stromschlag … Oh mein Gott.«

Finn nahm meine Hand und schenkte mir ein halbes Lächeln. »Eben. Ich habe keine Ahnung, warum das so ist, aber ich bin mir sicher, dieser Cornwall weiß es. Und er wird dir helfen. Kommst du jetzt mit zurück in dein Zimmer?«

## 21

# CORNWALL

»Liam, bitte lass uns zurück in dein Zimmer gehen.«

»Bekomme ich dann Antworten von Ihnen?«

Cornwall verzog das Gesicht und beobachtete Liam, der ihn mit einer Mischung aus Verzweiflung und Neugier ansah. Offenbar schien es den beiden wirklich körperliche Schmerzen zu bereiten, wenn sie voneinander getrennt wurden. Allein diese Information hätte Cornwall am liebsten sofort dokumentiert und in verschiedenen Situationen ausgetestet. Er hätte so gerne alle Reaktionen ihrer Körper untersucht, wollte so gerne wissen, was genau mit den beiden geschah.

»Ich sehe mal, was ich dir erläutern kann, ohne selbst in Schwierigkeiten zu geraten«, erklärte er schlicht.

»Das heißt, Sie wissen genau, was mit uns geschieht und warum, stimmt's?«

»Nein und Ja. Doch lass uns gehen, Liam. Bitte.«

Alex, den Cornwall als Liams Freund kennengelernt hatte, legte seinen Arm auf Liams Schulter und murmelte für Cornwall unverständliche Worte in sein Ohr. Daraufhin seufzte Liam und verzog sein Gesicht. »Aber danach will ich zu ihr. Ich muss …«

»Ich weiß«, unterbrach er ihn und öffnete die Balkontür.

Cornwall betrachtete interessiert das Flackern der Lichter im Gang des Krankenhaustrakts und fragte sich, ob noch mehr geschehen war, aufgrund des kurzen Zusammentreffens der beiden. Auf dem Weg zum Balkon hatte er von einem gravierenden Stromausfall im gesamten Trakt gehört und er hoffte inständig, dass keiner der Patienten dadurch leiden musste.

Als sie bei den Aufzügen ankamen, betrachtete er interessiert das Schild »Wegen Stromausfall bis auf Weiteres außer Betrieb« und hörte zeitgleich das erleichtert klingende Ausatmen von Liam.

»Ich nehme sowieso lieber die Treppen.« Er grinste schwach und deutete auf seine Arme. »Schließlich muss ich wieder in Form kommen«, meinte er und Cornwall schüttelte den Kopf. Er konnte sich nicht erklären, wie man selbst in diesem Gesundheitszustand an seine körperliche Fitness denken konnte. Andererseits hatte er möglicherweise nur vergessen, wie es war, jung und athletisch zu sein.


»Guten Tag, werter Kollege.«

Cornwall riss irritiert die Augen auf, als er Liams Zimmer betrat. Dort stand, gekleidet in einen langen, schwarzen Wintermantel mit Pelzkragen, ein großer, dünner Mann. Seine runde, goldumrandete Brille saß schief auf seiner krummen Nase, die noch länger wirkte, seitdem er auf den buschigen Bart verzichtete. Die mausgrauen Haare klebten im exakten Seitenscheitel über dem linken Ohr. Das falsche Lächeln schürte in Cornwall eine unbändige Wut und er musste sich sehr zusammennehmen, um ihn statt einer Begrüßung nicht anzuschreien.

»Professor Link«, sagte er trocken.

Dieses verdammte Arschloch war während seines Telefonats bereits unterwegs zu ihnen gewesen. All die

Sorgen, ob Cornwall es wirklich schaffen würde – die reinste Heuchelei! Er hätte es wissen müssen!

Liam blieb hinter Cornwall im Türrahmen stehen und Cornwall konnte beinahe seine Anspannung fühlen. Möglicherweise übertrug er auch seine eigene Anspannung auf ihn.

»Wer sind Sie? Und was machen Sie in meinem Zimmer?«

Professor Link ignorierte Cornwalls wütende Miene, lächelte sein professionelles Lächeln und streckte Liam die Hand entgegen. »Oh Verzeihung, Liam. Mein Name ist Professor George Link und ich bin hier, um Sie nach Hause zu bringen. Ihre Sachen sind bereits gepackt.«

Cornwall schluckte seinen Fluch hinunter und schnaubte stattdessen verärgert aus. Liam allerdings beherrschte sich weniger, trat auf Link zu und riss ihm seine eigene Reisetasche aus der Hand.

»Alter! Was soll der Scheiß? Wer bist du? Und welches Recht hast du, an meine Sachen zu gehen?«

Link jedoch lächelte immer noch falsch und schien extrem gelassen zu sein. »Ich habe mich bereits vorgestellt. Zudem erklärte ich auch, warum ich Ihre Sachen gepackt habe. Sie reisen ab. Jetzt.«

Liam ließ sich in sein Krankenhausbett fallen und verschränkte die Arme hinter seinem Kopf. »Das Problem dabei ist, dass ich vor zwei Tagen in einer Lawine begraben lag und körperlich definitiv nicht in der Lage bin, dieses Krankenhaus zu verlassen. Da musst du leider noch einige Tage warten, Professor!« Das letzte Wort spuckte er verächtlich aus, was Cornwall zum Schmunzeln brachte. Offenbar hielt Liam genauso wenig von diesen Titeln wie er selbst.

»Tja, tut mir leid, dich enttäuschen zu müssen, Liam, doch ich werde nicht warten. Ich habe bereits Ihr

Entlassungsschreiben, möchten Sie es sehen? Und draußen vor dem Krankenhaus wartet Ihre Limousine. Ihre Eltern wissen ebenfalls Bescheid. Ach – und nur zu Ihrer Information: Das war weder eine Bitte noch eine Frage, Liam. Sie kommen mit. Jetzt.«

»Was soll das, Professor?« Cornwall konnte seine Wut kaum noch unterdrücken und presste die Finger in seine Handflächen hinein, um nicht handgreiflich zu werden. »Vertrauen Sie mir nicht mehr? Was ist geschehen, dass mittlerweile über meinen Kopf hinweg entschieden wird? Und warum um alles in der Welt sprechen Sie mit Liam, als wäre er ein kleines Kind?«

Link trat ans Bett, nahm die Reisetasche und drückte sie Cornwall in die Hand. Dabei zeigte er ihm die strahlend weißen, sicherlich gebleichten Zähne, was mit einem Lächeln rein gar nichts mehr zu tun hatte. »Werter Kollege. Ich habe Ihnen damals nicht vertraut, ich vertraue Ihnen heute nicht. Zudem hege ich schon seit geraumer Zeit den Verdacht, dass Sie gegen unsere Mission arbeiten. Und ich bin mir sicher, dass Sie die Schuld daran tragen, dass Liam ausgerechnet hier seinen Ski-Urlaub verbringen wollte.«

»Mein Ski-Urlaub? Alter! Was erzählst du für einen Bullshit?«

»Des Weiteren war von Anfang an klar, dass Sie niemals die Kontrolle behalten würden, sollten die beiden aufeinandertreffen. Und – wie soll ich sagen, diese Annahme trafen wir zurecht. Ich habe diesen Stromausfall verfolgen können«, überging Link Liams Fragen und grinste überheblich in Cornwalls Gesicht. Es fühlte sich an, als würde er ihm ins Gesicht spucken.

»Was denn für einen Stromausfall? Kann mich mal jemand aufklären?«

Doch weder Cornwall, noch Link beachteten Liams unschuldige Fragen.

»Und das gibt Ihnen das Recht, hinter meinem Rücken Entscheidungen zu fällen, die mich betreffen? Haben Sie denn irgendwelche Beweise, dass ich für Liams Urlaubswahl verantwortlich bin? Beweise dafür, dass ich die Mission gefährden würde? Beweise für meinen Kontrollverlust?«

Link schüttelte den Kopf. »Oh, mein lieber Kollege. Sie müssen Ihre Wut nicht an mir auslassen. Wir trafen die Entscheidung gemeinsam als Team. Und Sie können sich darauf verlassen, dass ich die Beweise noch finden werde. Außerdem verstehe ich nicht, wieso Sie sich so aufregen? Solange wir keine Beweise gefunden haben, dürfen Sie immer noch mit uns zusammenarbeiten. Warum also diese unkontrollierte Wut?«

Cornwall schnaubte. Unkontrollierte Wut! Für diese Thesen, die man ihm unterstellen wollte, war Cornwall die Ruhe in Person!

»Ich bin gespannt, wie ihr, wer auch immer ›ihr‹ ist, herausfinden wollt, wie ich meinen Urlaubsort gefunden habe«, mischte Liam sich ein. »Und vor allem, wie ihr diesen Typen dafür verantwortlich machen wollt! Und zu Ihrer Information: Ich komme nicht mit!«

Cornwall atmete einige Male tief durch, da er wusste, dass er sich beherrschen musste. Link wartete gerade nur so darauf, dass er einen Fehler beging, wartete darauf, dass er wirklich wütend, am besten gewalttätig wurde. Er suchte förmlich nach Gründen, durch die Cornwall gefeuert werden könnte. Daher schluckte er erneut all seine Wut hinunter und zwang sich, Liam aufmunternd zuzulächeln.

»Bitte, Liam. Du musst mitgehen. Du hast leider keine andere Wahl.« Liam sah ihm in die Augen und

Cornwall fühlte darin eine enorme Angst, daher lächelte er noch einmal. »Ich werde auf Jen aufpassen. Versprochen.«

»Na, na, na. Geben Sie keine Versprechungen, die Sie nicht halten können, Cornwall. Sie fliegen ebenfalls mit zurück nach Amerika. Es wurde beschlossen, dass Sie ab sofort für Liam zuständig sind. Und auch dies nicht mehr allein. Sie teilen Ihr Büro mit Doktor Kumari aus Mumbai. Doch keine Sorge, Liam – ich werde zukünftig auf Jen aufpassen. Und jetzt los!«

Cornwall schloss die Augen und zählte bis zehn. Er würde jetzt nicht ausrasten, nicht vor den Augen Professor Links … Er würde Ruhe bewahren. Er musste gehorchen. Für Liam. Für Jen.

Liam rührte sich keinen Millimeter. »Nein.«

Schlagartig verwandelte sich Links falsches Lächeln in eine grässliche Fratze und er funkelte Liam wütend an. »Jetzt hör mal zu, Liam! Ich habe es freundlich versucht, doch ich scheue nicht davor zurück, andere Methoden zu wählen. Ich habe in meiner Manteltasche genügend Ampullen, die dich schneller außer Gefecht setzen, als du bis drei zählen kannst. Also, ein letztes Mal: Wenn du den Heimflug nach Amerika nicht an ein klappriges Krankenbett gefesselt und geknebelt erleben willst, kommst du jetzt sofort mit. Haben wir uns verstanden? Und Sie …« Er drehte sich zu Alex, der die gesamte Zeit stumm im Türrahmen gestanden hatte und bohrte seinen Zeigefinger in dessen Brust. »Sie werden Ihren Freunden erzählen, dass Liams Eltern ihm einen Rückflug organisiert haben, ist das klar? Sollten andere Informationen an die falschen Ohren geraten, möchte ich Sie in Kenntnis setzen, dass ich alles – und ich meine wirklich alles – über Sie weiß. Glauben Sie mir, Sie möchten mich nicht zum Feind haben. Haben wir uns verstanden?«

Alex nickte zitternd und Cornwall sah, wie er einen hilflosen Blick zu Liam warf, dessen Gesichtsausdruck nicht zu deuten war.

Link klatschte lachend in die Hände. »Na, dann ist ja alles wunderbar! Lasst uns gehen! Cornwall! Sie tragen die Taschen!«

## 22

JEN

»Hey Jen. Schön, dass du wieder in der Schule bist. Ich freue mich schon auf morgen Abend. Die ist für dich.«

Ich nahm mit einem stummen Lächeln eine rosa Blume entgegen und ließ, sobald Maximilian sich auf seinen Platz zwei Reihen vor mir gesetzt hatte, seufzend meinen Kopf auf die Tischplatte sinken.

»Alles klar, Jen?« Trixie kniff mich vorsichtig in die Seite.

»Ist morgen wirklich schon Freitag? *Der* Freitag?«

Trixie grinste und winkelte ihre Beine gegen unseren Schreibtisch an. »Jep. Winterball-Freitag. Eigentlich solltest du jetzt Luftsprünge machen, weil der heiße Maximilian dich eben noch einmal darauf angesprochen und dir eine Blume geschenkt hat. Was ist das eigentlich? Eine Nelke?«

Ich verzog mein Gesicht. Trixie hatte Recht. Letzte Woche hätte ich wirklich noch Luftsprünge gemacht. Außerdem sah die Blume wirklich schön aus. Und Maximilian auch.

»Wieso freue ich mich nicht?«

Trixie grinste noch breiter als zuvor. »Brauchst du darauf echt eine Antwort?«

Ich stöhnte, da ich ihre Antwort bereits kannte, und formulierte im Geiste dasselbe Wort, das Trixie nun laut aussprach. »Liam.«

»Guten Morgen, ihr Lieben. Schön, dass du wieder fit bist, Jennifer. Setzt euch bitte! Wir fahren mit unseren Kurvendiskussionen fort. Trixie, du erklärst Jennifer, wo wir stehen geblieben sind, ja? Wer möchte uns die letzte Aufgabe an der Tafel vorrechnen? Freiwillige vor ... Maximilian? Dich habe ich schon lange nicht mehr an der Tafel gesehen! Auf geht's«, unterbrach uns Herr Schröder, unser Mathe-Lehrer, der es schaffte, mündliche Prüfungen wie eine freiwillige Einladung klingen zu lassen. Ich beobachtete, wie Maximilian sich erschrocken durch die Haare fuhr und nur zögerlich zur Tafel schlurfte. Ich betrachtete sein dünnes Shirt und seinen kräftigen Körperbau darunter. Ich sah seinen Hintern, der in der relativ engen Hose unübersehbar knackig wirkte. Und ich musterte diese schönen, rehbraunen Haare. Doch ich bekam weder Herzklopfen noch ein Kribbeln im Bauch, selbst bei diesem wirklich unsagbar heißen Anblick. Verdammt!

»Ich will nicht, dass Liam schuld daran ist, dass ich mich nicht mehr auf den Ball freue!«

Trixie schlug ihr Mathematik-Buch auf, holte ihren Taschenrechner hervor, ohne ihr Grinsen dabei abzuschalten. »Süße. Liam ist nicht wirklich schuld daran. Du bist verliebt. Was soll ich dazu sagen?«

»Ich will nicht verliebt sein! Nicht in ihn!« Nicht in diesen verdammten Amerikaner, der es nicht einmal nötig hatte, sich von mir zu verabschieden! Nach all dem, was geschehen war! Trixie war es, die ihn zufällig durch die Scheibe hindurch zusammen mit diesem Cornwall und einem anderen Kerl gesehen hatte, als er, seine Tasche in der Hand, in eine fette Luxuslimousine eingestiegen war. Dieser Idiot hatte nicht einen einzigen Blick zurückgeworfen! Als wäre ich ihm völlig egal! Als wären die Dinge, die geschehen waren, komplett belanglos. Ein weiteres Abenteuer auf seiner Reise, mehr nicht. Seitdem ich das kapiert hatte, fühlte ich mich richtig beschissen. Kombiniert mit der Tatsache, dass Cornwall mit abgereist war. Der einzige Mensch, der Bescheid zu wissen schien, was mit uns los war. Ich fühlte mich schrecklich. Nachdem wenige Stunden später der leitende Oberarzt seine Diagnose gestellt hatte, erst Recht! Ich hätte unter einem sogenannten Broken-Heart-Syndrom gelitten. Dies könne geschehen, wenn eine Person unter starken Schicksalsschlägen litt. Der Arzt hatte mir erklärt, da Liam – mein angeblicher Freund – unter dieser Lawine begraben lag und kaum Überlebenschancen hatte, mein Herz schlapp gemacht hatte. Aufgrund meiner Angst um meinen Freund. Ich hielt diese Diagnose für völlig irrsinnig, doch Trixie und meine Eltern bestätigten dem Arzt ihr absolutes Verständnis, da man in dem jugendlichen Alter, in dem ich steckte, außerordentlich große Gefühle für den Partner entwickeln könnte. Keiner ging auf meine Frage ein, wieso ich dann diese Symptome schon zeigte, bevor ich wusste, dass Liam von einer Lawine verschüttet worden war. Alle schienen froh zu sein, endlich eine glaubwürdige Diagnose für mein Leiden zu haben, und verdrängten die Tatsache, dass sie überhaupt nicht passte. Weil ich nicht in Liam verliebt war! Ganz sicher nicht!

Plötzlich spürte ich Trixies Hand auf meiner Schulter. »Du kommst schon über ihn hinweg. Und morgen wirfst du dich so richtig in Schale und verdrehst unserem Womanizer den Kopf, klar? Und jetzt lass uns mal rechnen …«

»Das ist doch nicht zu fassen, dass wir so kurz vor den Weihnachtsferien noch so eine Arbeit aufgebrummt bekommen! Oh Jen, du musst mir unbedingt beim Recherchieren helfen!« Finn schleuderte seine Schultasche über die Schulter und öffnete uns gleichzeitig die Eingangstür der Schule. Eisige Luft wehte uns entgegen, allerdings schneite es nicht – immerhin. Trotzdem stapften wir durch braunweißen Schneematsch in Richtung des Schülerparkplatzes.

»Und mir bitte auch! Ich kann ja immer noch nicht nachvollziehen, wieso du freiwillig Literaturwissenschaften studieren willst«, meinte Trixie, während sie sich bei mir einhakte. »Mir reicht der Unterricht bei der Klausen schon, dass ich nie wieder ein Buch in die Hand nehmen möchte! *Schreibt anhand eines deutschen Literaturklassikers eine Ausarbeitung zum Thema Stilmittel, Metaphern, Ellipsen und Alliterationen* und so weiter! Wie ätzend!«

Ich wickelte den Schal fester um meinen Hals, um dem Wind entgegenzuwirken, und zuckte mit den Schultern. Wie sollte ich einem Literaturbanausen wie Trixie meine Liebe zu guten Büchern erklären? Dass ich es sogar liebte, die unterschiedlichen Stilmittel zu erkennen und deren Wirkung nachzuempfinden?

»Ach Finn, bevor ich's vergesse! Sollen wir heute nochmal unsere Garderobe für morgen vergleichen? Ich bin mir nicht sicher, ob die Farbe deines Hemdes zu meinem Kleid passt.«

Ich sah auf und blickte verwirrt zwischen Finn und Trixie hin und her. »Hä? Geht ihr beide jetzt zusammen auf den Ball?«

Finn stöhnte. »Jep. Und hätte ich gewusst, dass sie so viel Wert darauflegt, farblich zusammenzupassen, hätte ich sie nicht gefragt. Wie oft hast du jetzt schon mein Hemd angesehen? Vier Mal?«

Trixie stieß Finn in die Seite. »Ja, wer Ballkönig werden will, muss auf seine Kleidung achten.«

»Als ob es an unserer Schule so eine Krönung geben würde!«, stieß Finn verächtlich aus, hielt dann aber an und sah irritiert zu Trixie. »Das gibt es doch nicht wirklich, oder?«

Trixie zwinkerte verschwörerisch mit ihren dezent geschminkten Augen und ich lachte laut, nachdem ich Finns ängstlichen Gesichtsausdruck sah. »Wer weiß? Vielleicht habe ich den ein oder anderen Schüler etwas munkeln gehört?«

»Oh Trixie! Das hättest du nicht sagen dürfen! Jetzt wird er sich absichtlich ein Hemd aussuchen, das überhaupt nicht zu deinem Kleid passt!«

»Das mache ich wirklich! Wie wäre es mit diesem Kotz-Gelb? Ich glaube, mein Opa besitzt noch ein Hemd in dieser Farbe.«

Trixie funkelte Finn entrüstet an und bohrte ihren rot behandschuhten Zeigefinger in seine dunkle Winterjacke. »Wenn du das machst, sind wir geschiedene Leute.«

Finn grinste. »Amen.«

Lachend bogen wir in die Schubertstraße ein, als Finn laut stöhnte. »Oh nee, das gibt's doch nicht! Niclas! Stalkst du uns?« Tatsächlich kam uns mal wieder sein großer Bruder in Polizeiuniform entgegen.

Niclas verzog seinen Mund. »Ich freue mich auch, dich zu sehen, Bruderherz. Hey Jen, hi Trixie.«

»Das ist nicht lustig, Mann! Was machst du denn immer hier?«

Ich konnte kaum mein Schmunzeln verbergen, als ich Trixie beobachtete, die zuerst kurz lächelte und schließlich mit glänzenden Augen auf den Boden starrte.

»In letzter Zeit wurden immer wieder Kratzer an den Autos in der Schubertstraße entdeckt, daher müssen wir hier Streife fahren. Aber wenn es dich so stört, können wir ja so tun, als kennen wir uns nicht.« Er sah schräg an ihm vorbei, als würde er Finn nicht sehen und grinste, was ein leises Kichern von Trixie hervorbrachte.

»Hey, wenn du schon mal da bist, geliebter Bruder. Du besitzt nicht zufällig ein Hemd in dieser Kotz-Gelb Farbe?«

Trixie boxte Finn in die Seite. »Wehe! Finn! Ich warne dich!«

Niclas beobachtete die beiden interessiert und richtete anschließend einen fragenden Blick in meine Richtung. »Es geht um den Winterball«, erklärte ich, da Finn damit beschäftigt war, Schmerzensschreie auszustoßen, weil Trixie ihn wieder in die Seite boxte.

»Aha?«

»Trixie will mit Finn zusammen zur Ballkönigin und Ballkönig gekrönt werden und er versucht es zu verhindern.«

Niclas riss die Augen auf und schnappte nach Luft. »Was? Du – Ihr beide? Geht ihr zusammen auf den Ball? Du und Trixie?«

»Ich kann ihn doch nicht allein auf den Ball lassen, nur weil unsere liebe Jen mit dem Weiberhelden Maximilian tanzen will.«

Ich schluckte betroffen und fühlte plötzlich ein großes Bedauern darüber, dass ich mit Maximilian auf den Ball ging. Irgendwie wurde ich aktuell das Gefühl nicht los, dass ich die falsche Wahl getroffen hatte.

Finn lachte und nahm Trixie in den Schwitzkasten, um ihr die rote Mütze vom Kopf zu reißen. »Ha, ha, ha! Sehr witzig! Dich hat auch niemand gefragt. Das war eine Win-Win-Situation.«

Niclas hatte seine Augen auf Trixie gerichtet und wirkte bestürzt.

»Würdest du denn auf den Winterball gehen, wenn man dich bittet? Oder wäre dir der Ball zu kindisch?«, fragte ich ihn plötzlich aus einer Laune heraus und ignorierte Trixies entsetzten Gesichtsausdruck.

Niclas biss sich auf die Unterlippe und ich hörte sein zittriges Ausatmen, als hätte ihn meine Frage richtig nervös gemacht. »Das kommt darauf an, wer mich fragen würde«, antwortete er schließlich.

Ich verkniff mir ein Grinsen und legte meinen Arm um Trixie. »Finn«, begann ich leise. »Was wäre, wenn doch wir beide auf den Ball gehen?«

Finn sah so aus, als würden seine Augen gleich aus den Augenhöhlen fallen, dazu sein Husten und einen kurzen Moment fühlte ich ein schlechtes Gewissen in mir aufsteigen, da er sich nun vielleicht wieder neue Hoffnungen machen würde.

»Was? Wieso? Warum?«

Allerdings ignorierte ich Finn und beobachtete weiterhin Trixie, die nun, trotz ihrer Hautfarbe dunkelrot angelaufen war und immer wieder durch ihre Locken fuhr.

»Nur mal angenommen, Trixie würde dich fragen … Würdest du denn mit ihr auf den Ball gehen wollen?«

Ich wusste, dass mich Trixie im Augenblick umbringen und gleichzeitig umarmen wollte. Doch als ich Niclas' Blick sah, der starr auf Trixie gerichtet war, wusste ich, dass ich die richtige Frage gestellt hatte.

»Äh … Würde sie mich denn fragen wollen?«

Trixie legte ihren Kopf schief. Dann hob sie ihren Blick und lächelte ihn unsicher an. »Vielleicht?«

»Dann komme ich sehr gerne mit. Selbst wenn ich als alter Hase vermutlich überall auffallen werde«, fügte er hinzu, doch ich winkte ab.

»Keine Angst. Die meisten Mädels bringen ihren älteren Freund mit. Du wirst nicht auffallen. Und Finn, ist das okay für dich?«

Finn sah unschlüssig zwischen Trixie, Niclas und mir umher und wusste augenscheinlich nicht, was er von dem Ganzen halten sollte. »Äh …«

Ich grinste ihn an. »Ich werte das als Ja. Das muss ich jetzt nur noch Maximilian klarmachen.«

Finn schüttelte den Kopf. »Das muss ich nicht verstehen, oder?«

»Nein«, stimmte ich amüsiert zu und wusste selbst nicht so genau, warum mir in diesem Augenblick ein Stein vom Herzen fiel. Als wäre ich froh, nicht mit Maximilian gehen zu müssen.

»Sagt mal, kann es sein, dass ihr einen Stalker habt? Jetzt nicht umdrehen!«, wechselte Niclas urplötzlich das Thema und ich erstarrte.

Finn lachte. »Haben wir. Dich, Bruderherz.«

Doch Niclas lachte nicht und sah immer wieder unscheinbar hinter meinen Rücken. »Ein Mann im Alter von circa sechzig Jahren, goldene Brille, krumme Nase, schwarzer Mantel mit Pelzkragen – wie hässlich! -, relativ groß … Sagt euch das etwas?«

Ich hatte zwar überhaupt keine Ahnung, wen Niclas mit dieser Beschreibung meinen könnte, dennoch stellten sich sämtliche Härchen auf meinem Körper auf. Die Vorstellung, beschattet zu werden, war absolut gruselig!

Trixie atmete scharf ein, nachdem sie kurz ihren Kopf nach hinten gedreht hatte und packte meine Hand. »Das ist der Typ aus dem Krankenhaus, Jen! Der, der mit Liam in die Limousine gestiegen ist!«

Plötzlich rauschte es in meinen Ohren und ich hörte ganz intensiv meinen Herzschlag, doch ich wagte es nicht, mich umzusehen. Ich wurde verfolgt? Wusste dieser Jemand, wer ich war? Und warum? Was wollte er von mir?

Niclas legte seinen Arm um meine Schulter und begann, völlig unpassend laut zu lachen. »Herrlich, deine Witze, Jen! Es wäre klug, ihn nicht wissen zu lassen, dass wir ihn entdeckt haben«, flüsterte er leise zwischen seine lachenden Kommentare und führte uns gezielt weiter zu Trixies Auto.

»Okay, ich wünsche euch einen schönen Nachmittag. Fahrt nach Hause, ich werde diesen Mann beobachten. Keine Sorge, vielleicht habe ich eben nur überreagiert.« Niclas öffnete Trixie die Tür und lächelte uns Mut machend an. Nur, dass mir dieses Lächeln überhaupt nicht half. Denn Niclas hatte nicht überreagiert. Ich wurde verfolgt. Von einem Mann, der Liam fortgebracht hatte.

Nachdem wir uns kurz von Finn und Niclas verabschiedet und Trixie den Motor gestartet hatte, wurde ich diesen einen, nagenden Gedanken nicht mehr los. Schließlich sah ich zu meiner besten Freundin.

»Was wäre, wenn Liam gar nicht freiwillig gefahren ist?«

# 23

## CORNWALL

Cornwall rieb sich über die Augen und hielt sie einen Augenblick lang geschlossen, bevor er die Klinke zu seinem Büro hinunterdrückte. Was war nur geschehen? Und vor allem, warum? Was hatte Link davon, wenn Cornwall seinen Job verlor? War er eifersüchtig auf seine Position? Das ergab überhaupt keinen Sinn! Selbst wenn sie sich noch nie wirklich leiden konnten, konnte er sich die offene Anfeindung von Link einfach nicht erklären. Dazu die Warnung, Cornwall würde seinen Job verlieren, wenn er sich noch einmal so etwas leisten würde. Dabei hatte er nichts getan, was die Mission gefährdet hätte. Mc Shield war der Fehler unterlaufen, nicht ihm! Er hatte Liam aus den Augen verloren! Doch andererseits hatte Mc Shield auch seinen Job verloren, während er nur versetzt worden war. Theoretisch sollte er sich glücklich schätzen.

Langsam trat er in sein Büro und fand als Erstes eine schwarze Ledertasche auf seinem Schreibtisch liegend. Ach ja … Er hatte einen neuen Kollegen bekommen. Dies hatte er auch verdrängt. Einen Kollegen, der Cornwall bei Schritt und Tritt auf die Finger blicken und Link berichten würde, wenn ihm irgendein Fehler unterlaufen sollte. Cornwall hörte ein leises Klappern aus seiner kleinen Kaffeeküche, begleitet von dem dumpfen Hall einzelner Schritte. Noch einmal atmete er tief durch. Es half nichts, er musste die neue Situation akzeptieren, ob er wollte oder nicht. Also trat er langsam auf die Kaffeeküche zu und öffnete die schmale Tür, um seinen neuen Kollegen zu begrüßen. Doch stattdessen wurde er mit kochend heißem Kaffee übergossen, begleitet von einem hohen erschreckten Aufschrei seines Gegenübers.

Cornwall hob perplex beide Arme nach oben, ließ ebenfalls einen schmerzhaften Schrei los und betrachtete kurz darauf seinen triefend nassen Pullover. Heißer Kaffee auf dem Oberkörper konnte extrem schmerzhaft sein. Erst nach ein paar tiefen Atemzügen sah er zu seinem Gegenüber und riss die Augen auf. Damit hatte er überhaupt nicht gerechnet: Sein angekündigter Kollege war eine Frau.

»Du meine Güte, Entschuldigung! Es tut mir wirklich außerordentlich leid! Ich habe Sie nicht kommen gehört. Oh nein ... Haben Sie irgendwo in diesem Büro noch etwas zum Umziehen? Wirklich, nochmal Entschuldigung.«

Cornwall betrachtete sie einen Augenblick interessiert und lächelte matt. Wäre sie nicht als Spitzel von Link engagiert worden, würde er sie tatsächlich überaus anziehend finden. Ihre langen, glänzend schwarzen Haare fielen glatt über ihren Oberkörper, der in einer schlichten, weißen Bluse steckte. Ihr leicht rundes Gesicht mit den großen, mandelförmigen, dunkelbraunen Augen und den vollen, dunklen Lippen wirkte sogar in diesem Moment, in dem sie es zu einer Grimasse verzog, hübsch. Dazu diese tiefe Stimme mit dem typischen indischen Akzent – fast perfekt. Nur leider ein Spitzel von Link. Daher riss sich Cornwall von ihrem Anblick los und besah noch einmal seinen Pullover. »Ja, äh ... Ich hoffe, ich habe noch einen alten Pullover oder einen Kittel im Schrank liegen. Der hier ist wirklich ziemlich nass.« Er drehte sich zu seiner schlichten weißen Schrankwand um, zog den Pullover über den Kopf und versuchte, in diesem Chaos irgendein Kleidungsstück zu finden.

»Oh verdammt!«, fuhr er aus und drehte sich langsam, noch ohne Oberbekleidung, zu seiner neuen Kollegin um. »Ich habe mich nicht einmal vorgestellt. Sorry, ich bin Steven Cornwall.« Er wollte ihr gerade seine Hand entgegenstrecken, als ihm sein nackter Oberkörper auffiel. »Und ... Ich sollte etwas zum Anziehen finden ... Tut mir leid«, stammelte er.

Ein leises, dunkles Lachen ertönte. »Mir tut es leid, Doktor Cornwall. Und ich weiß, wer Sie sind.«

Cornwall biss sich auf die Innenseite der Wange, um nicht verärgert aufzustöhnen. Natürlich wusste sie, wer er war. Immerhin hatte Link sie eingestellt! Endlich hatte er einen weißen, verknitterten Ärztekittel ganz hinten im Regal entdeckt und zog ihn schnell über.

»Ich bin Ria Kumari. Freut mich, Sie endlich persönlich kennenlernen zu dürfen.«

*Ja, natürlich*, dachte Cornwall sarkastisch, gab ihr allerdings mit einem höflichen Lächeln die Hand.

»Ich habe alle Ihre Theorien gelesen und bin sehr fasziniert davon«, plapperte sie weiter, während Cornwall Link im Geiste sein Lob zusprach. Denn wenn er ihn wirklich aushorchen wollte, hatte er die perfekte Wahl getroffen. Eine hübsche Frau, die seine Theorien gelesen hatte und für gut befand und ihm nach und nach schöne Augen machte, ja, das hätte wirklich funktionieren können. Wenn Cornwall ihr wirklich glauben würde.

»Freut mich. Auf welches Gebiet sind Sie spezialisiert?«

»Atomphysik.«

Das war wiederum total klar. Link, der Quantenphysiker, stellte ihm, dem Arzt, eine Atomphysikerin zur Seite. Es war nicht so, dass Cornwall nichts von Physikern hielt. Allerdings hatte er nach achtzehn Jahren einfach die Schnauze voll, immer nur theoretische Formeln und Rechnungen aufzustellen. Vor allem, da Liam und Jen sicherlich bereit dazu wären, bei praktischen Versuchen mitzuarbeiten. Er hatte sie schließlich kennengelernt. Sie wollten selbst wissen, was mit ihnen los war und warum. Sie suchten, genau wie er, nach Antworten. Doch stattdessen musste er weiter Formeln berechnen und gleichzeitig den Babysitter für Liam spielen.

»Sie scheinen nicht so begeistert zu sein. Liegt Ihnen die Physik nicht?«

»Oh doch, doch. Alles gut. Tut mir leid, ich kämpfe vermutlich noch mit meinem Jetlag. Haben Sie denn schon Arbeitsaufträge erhalten?«

»Leider nein. Mir wurde letzte Woche die Information weitergegeben, dass Sie einen neuen Assistenten suchen und ich dafür bestens infrage käme. Professor Link meinte, Sie hätten gewiss Arbeit für mich.«

Cornwall schluckte bei den Worten »letzte Woche« und fuhr sich durch die Haare. Offensichtlich bestanden die Pläne bereits vor Cornwalls Abreise nach Deutschland. »Äh ja, wir werden schon etwas finden. Seit wann sind Sie denn hier?«

»Seit drei Tagen.«

Er riss verblüfft die Augen auf. »Und was haben Sie in diesen drei Tagen gemacht?«

Sie grinste und deutete auf Cornwalls selbstverfasste Schriften, die im Regal standen. »Ich habe Ihre Arbeiten gelesen und wurde von Zeile zu Zeile neugieriger auf

Sie. Wie gesagt, Ihre Theorien bezüglich der DNS eines Menschen faszinieren mich«, begann sie und Cornwall nickte dankend. »Ich würde so gerne erfahren, wie Sie auf Ihre Ideen gekommen sind. Das ist alles so einzigartig, so anders.«

»In Ordnung, Mrs. Kumari. Also, ich habe jetzt nicht damit gerechnet, dass Sie schon da sind, erst recht nicht seit drei Tagen. Äh ... Ja, Sie wollten gerade einen Kaffee trinken. Falls noch ein Kaffee da ist, hätte ich gerne auch einen. Und danach können wir uns ja mit Liam beschäftigen, in Ordnung?«

Ria Kumari lächelte, als sei es das Schönste, was sie je gehört hatte, und verschwand sofort in die Kaffeeküche.

Cornwall hingegen setzte sich auf seinen Bürostuhl, schloss die Augen und dachte urplötzlich an seine eigenen Anfänge zurück ...


*»Sie wollten mich sprechen, Sir?«*

*Der vierundzwanzig-jährige Steven Cornwall knotete nervös an seinem Jackett herum und wusste nicht so recht, ob er in das Büro seines Professors eintreten oder warten sollte, bis Herrington ihn hereinbat.*

*»Kommen Sie, kommen Sie, Steven! Haben Sie keine Angst. Ich wollte über Ihre Dissertation sprechen. Ihr Mentor und mein Kollege hat mir Ihre Unterlagen zukommen lassen – oh bitte, erschrecken Sie nicht, ich habe Ihr Werk sehr vertraulich behandelt! – dennoch reizt es mich, mit Ihnen persönlich darüber zu sprechen.«*

*Cornwall biss sich auf die Lippe. Was sollte er davon halten, wenn seine Arbeit bereits vor Abgabetermin in die Hände diverser Professoren gelangt war? Hatte er überhaupt noch eine Chance, damit sein Doktor-Abzeichen zu erlangen?*

Trotzdem folgte er Professor Herringtons Geste und setzte sich gegenüber auf einen dunklen Holzstuhl.

»Ihre Auslegung über Zusammensetzung einer DNA ist äußerst interessant, Mister Cornwall. Doch am meisten interessierte mich Ihr kurzer Anschnitt zur Genveränderung, um den Menschen zu stärken und Krankheiten zu heilen. Können Sie mir Ihre Gedanken dazu genauer erklären?«

Cornwall räusperte sich kurz. »Na ja, ich lehnte mich an den Ansatz von verschiedenen Wissenschaftlern an, die derzeit versuchen, einen genetischen Zwilling herzustellen, der im Falle von Krankheiten als Organspender oder Ähnliches herhalten kann. Mir persönlich gefällt der Gedanke nicht, diesen anderen Menschen nur als Ersatzteillager zu sehen, da ich immer noch im festen Glauben bin – und ja, das klingt in den Ohren eines Wissenschaftlers möglicherweise unlogisch –, dass der Mensch eine Seele besitzt, ein Herz mit Gefühlen. Daher beschäftigte ich mich bei meiner Dissertation mit dem Gedanken, die DNA eines Menschen so zu verändern, um aus einem Menschen zwei herzustellen. Einen geteilten Menschen, mit einem gemeinsamen Herzen und einer Seele – eine Einheit. Somit wären zwei Körper vorhanden, die sich im Falle einer Krankheit gegenseitig unterstützen könnten. Zudem müssten sie körperlich bedeutend resistenter sein, gegenüber normalen Menschen. Außerdem beschäftige ich mich mit möglichen physikalischen Reaktionen, die ich in kleinen Versuchen in meiner Arbeit skizziert habe.«

Professor Herrington lehnte sich in seinen Schreibtischstuhl zurück, wobei sein kräftiger Bauchansatz deutlich hervortrat, und musterte Cornwall mit einem schwachen Lächeln in seinem rotfleckigen Gesicht.

»In Ihrer Arbeit steht, dass Sie schon erste Erfolge erzielt haben im Bereich der Genveränderung. Ist das wahr?«

»*In gewissen Teilen, ja. Doch mir fehlt im Moment das Geld, beziehungsweise die Voraussetzungen, um meine theoretischen Thesen testen zu können. Ich bin leider nur ein Student und das Labor in dieser Universität bietet zwar ein umfangreiches Angebot an, für meine Versuche ist es jedoch leider ungeeignet.*«

»*Verstehe. Mister Cornwall, ich möchte Ihnen gerne ein Angebot unterbreiten. Ich arbeite neben den wenigen Vorträgen, die ich an dieser Universität halte, hauptberuflich in einer geheimen Organisation, die sich genau auf das Gebiet Genveränderung spezialisiert hat. Wir sind ein Team aus weltweit renommierten Doktoren und Professoren in den Bereichen Physik, Gentechnik und Medizin und immerzu auf der Suche nach Menschen wie Ihnen, die uns vorantreiben können. Ich würde bei unserem nächsten Treffen sehr gerne Ihre Unterlagen mitnehmen und Ihre Thesen vorstellen. Hätten Sie Interesse, Teil einer weltweiten, geheimen Gruppe von Experten zu werden?*«

*Cornwall riss erschrocken die Augen auf. Hatte er sich eben verhört oder hatte er im Moment wirklich das Traumangebot eines Jobs bekommen, das er sich nur vorstellen konnte? Er würde in einem weltweiten Team von Wissenschaftlern an seiner Gentechnik arbeiten dürfen?*

»*Mister Cornwall, ich benötige Ihre Antwort.*«

»*Äh, also … Ja, das wäre wunderbar.*«


Cornwall öffnete die Augen und fragte sich im Stillen, ob er diese Entscheidung heute immer noch treffen würde. Vermutlich nicht.

»Hier kommt der Kaffee«, riss eine säuselnde Stimme ihn aus den Gedanken und Cornwall lächelte traurig. Nein, er würde sich heute gewiss nicht mehr für diese geheime Organisation entscheiden.

## 24

JEN

»Bist du soweit, Mäuschen? Finn wartet bestimmt schon seit zehn Minuten in der Kälte.«

Ich rollte die Augen, während ich versuchte, meine geföhnten Locken vor dem Spiegel in Position zu bringen. Leider ging das Talent, Frisuren zu stecken, an mir vorüber und ich war alles andere als zufrieden mit meinem Ergebnis.

»Wieso kommt er auch nicht herein? Mann!«, stöhnte ich, betrachtete genervt mein Spiegelbild und hätte mir am liebsten die Haare gerauft. Wieso hing diese eine blöde Locke jetzt über meinem Auge und stand so dämlich ab? Verdammte Haare!

Ich hörte das leise Öffnen meiner Zimmertür und ignorierte das strahlende Lächeln meiner Mutter. »Wow. Jen, Liebling. Du siehst wunderschön aus.«

Ich verzog mein Gesicht. »Ja klar. Mütter finden ihre Töchter auch mit Nutellamund und Honigfingern hübsch«, konterte ich und erntete ein seltenes Kichern meiner Mutter.

»Oh, glaube mir, dieses Privileg haben alle Kinder. Allerdings nur bis zu ihrem dritten Lebensjahr. Aber Spaß beiseite, was gefällt dir nicht? Kann ich helfen?«

Ich ließ zum gefühlt tausendsten Mal diese eine bescheuerte Locke fallen und pustete sie skeptisch aus meinem Gesicht. »Noch Fragen?«

Meine Mutter grinste breit und stellte sich vor mich. »Weißt du, was ich komisch finde? Selbst als

Adoptivkind hast du die gleichen dünnen Haare wie ich, die sich weigern, irgendeine andere Frisur anzunehmen. Aber das haben wir gleich. Mit ein paar Kilo Haarspray sitzt jede Locke dort, wo sie sein soll.«

Schon hatte meine Mutter die Dose in der Hand und setzte mich einem dichten Nebel aus klebrigem Haarspray aus.

»Und?«, fragte sie schließlich und ich betrachtete aufs Neue mein Spiegelbild. Diesmal umrundeten zarte Wellen mein schmales Gesicht, keine einzige Strähne stand ab oder hing mir in die Augen. Sie fielen, trotz der Menge an Haarspray, locker über meine Schultern und endeten kontrastreich auf dem schlichten petrolfarbenen Kleid, das ich trug. Ja – nun gefiel ich mir auch.

»Perfekt! Danke, Mama.«

Meine Mutter strahlte mich übers ganze Gesicht an und küsste mich vorsichtig auf die Wange. »Sehr gerne, mein Schatz. Aber jetzt los mit dir!«

Ich tapste unsicher in meinen High Heels die Treppen hinunter und blieb wenige Stufen vor der Haustür stehen, als ich Finn im Windfang sah. Er trug einen dunkelblauen Anzug mit einer petrolfarbenen Fliege – passend zu meinem Kleid. Doch ich konnte im Augenblick nur seine Augen sehen, denn der Blick, den er mir zuwarf, erzeugte ein wunderbares Kribbeln in meinem Bauch. In diesem Moment wusste ich, dass ich die richtige Entscheidung gefällt hatte, als ich Maximilian einen Tag zuvor abgesagt hatte, selbst wenn dieser womöglich nie wieder mit mir sprechen würde.

»Wow, Jen ... Du siehst ... Wow ...« Finn räusperte sich und konnte sich wohl gerade noch rechtzeitig davon abhalten, durch seine Haare zu fahren – eine Angewohnheit, die er bei Nervosität gerne wiederholte.

»Danke. Du siehst aber auch extrem heiß aus.« Ich grinste und biss mir auf die Zunge, als ich Finns Gesichtsausdruck erkannte. Ja, ich sollte aufpassen, welche Worte ich wählte, wenn ich ihn als besten Freund behalten wollte.

»Äh, ja. Danke. Trixie hat meine Fliege ausgesucht. Wollen wir?«, er winkelte seinen Arm in alter Gentleman-Manier ab und ich hakte mich lächelnd bei ihm unter.

»Ach übrigens, nicht erschrecken. Dein Stalker steht zwei Blocks entfernt von hier – nicht umdrehen, er soll doch nicht wissen, dass wir ihn sehen.«

Na super! Meine Stimmung wechselte von einem Schlag auf den anderen in Angst und Panik – jedoch nicht wegen des Balls!

Was wollte dieser Typ von mir?

Was hatte er mit Liam zu tun?

Wie es ihm wohl ging?

Finn legte seinen Arm über meine Schulter und zog mich an sich, sodass seine Lippen nah an meinem Gesicht waren. Von weitem sah es bestimmt so aus, als würde er mich küssen, doch stattdessen flüsterte er mir ins Ohr. »Entspann dich, Jen. Wir gehen auf einen Schulball, da kann uns nichts passieren. Außerdem ist Niclas auf dem Ball. Jetzt komm und atme tief durch, lass die Schultern locker.« All dies sprach er in dieser wahnsinnig romantischen Haltung und verdeutlichte sein Schauspiel schließlich mit einem hauchenden Kuss auf meine Wange.

Ich versuchte, ihm zu folgen. Ausatmen, Schultern entspannen, weiterlaufen – das sollte doch nicht so schwer sein, oder? Selbst, wenn man von einem irren Psychopathen verfolgt wurde. War er denn überhaupt ein Psychopath? Aber wenn er diesen Cornwall kannte, der damals mit ihm zusammen das Krankenhaus verlassen hatte, vielleicht kannte er, ähnlich wie Cornwall, die Gründe für meinen Zusammenbruch? Vielleicht wusste er, wer ich war?

»Was meinst du? Soll ich ihn einfach ansprechen? Wäre das nicht sinnvoller als so zu tun, als würden wir ihn nicht sehen?«

Diesmal hielt Finn den Atem an und ich spürte, wie er sämtliche Muskeln anspannte. »Jen«, begann er und allein sein Ton beantwortete mir eigentlich schon die Frage. »Auch wenn ich nicht oft auf Niclas höre, finde ich, dass wir in dem Fall seinen Rat befolgen sollten.«

Ich seufzte, was Finn als Zustimmung auffasste, und er gab ein zufriedenes »Na bitte« von sich.

»Und jetzt genießen wir wie alle anderen Jugendlichen unseren letzten Winterball der Schule!«

Yeah! Ich stieß sarkastisch meine Faust in die Luft, bevor ich in Finns Auto stieg und zog meine Lippen kraus. Vor weniger als zwei Wochen war mir eben dieser Ball extrem wichtig gewesen. Ich hatte Stunden damit verbracht, zu überlegen, ob ich wirklich Maximilian zusagen sollte oder lieber Finn. Mein Herz hatte wilde Loopings geschlagen, allein bei der Vorstellung, mit Maximilian zu einer Ballade zu tanzen, ihm dabei verliebt in die Augen zu sehen und gleichzeitig zu hoffen, er würde mich küssen. Dann hatte ich mir Finns Gesicht vorgestellt und sofort ein schlechtes Gewissen bekommen. Diese Gedanken hatten sich immer wiederholt, mit diversen Abweichungen, doch mit denselben Gefühlen.

Und jetzt?

Wo waren meine flatternden Schmetterlinge geblieben? Die Aufregung? Die Vorfreude auf das Tanzen?

Ich lehnte mein Gesicht an die Scheibe und verfolgte desinteressiert die Lichter der Laternen, an denen wir vorbeifuhren. Meine Gedanken waren ganz wo anders.

Was war in dieser kurzen Zeit aus meinem Leben geworden?

Seit ich Liam begegnet war, fühlte ich mich völlig anders. Als hätte mir jemand gezeigt, wie sich ein perfektes Leben anfühlen konnte – was verrückt klang, da ich, seit ich ihm begegnet war, nur Stromschläge bekommen hatte und beinahe in einer Lawine gestorben wäre, warum auch immer. Zudem hatte sich Liam mit seinen dummen Sprüchen wie das größte Arschloch benommen. Trotzdem. Ich fühlte mich mit ihm vollständig. Perfekt. Selbst wenn mir kein einziger Grund einfiel, warum das so war, konnte ich es nicht leugnen. Und allein das Wissen, dass er sich vermutlich wieder zu Hause, in Amerika befand, zerriss mir schier das Herz.

Als hätte Finn meine Gefühle erraten, nahm er meine Hand und drückte sie sanft, ohne ein Wort zu sprechen. Ich lächelte dankbar und drückte zurück, während ich gegen meine blöden Tränen anblinzelte.

Winterball! Amüsieren! Tanzen! Party! Mit Finn, meinem besten Freund an meiner Seite! Das sollte doch wirklich zu schaffen sein. Noch ein letztes Mal schloss ich die Augen und rief mir Liams Gesicht ins Gedächtnis, als würde ich mich von ihm verabschieden und verbannte ihn anschließend aus meinem Kopf.

## 25

# LIAM

Das Dröhnen der Bassboxen vibrierte an den Wänden und ich sah, wie die teuren Bilderrahmen irgendwelcher Künstler beträchtlich erzitterten. Genervt trank ich den sauteuren Cognac meines Adoptivvaters aus und schleuderte anschließend die Flasche gegen das Bild an der Wand. Doch die Flecken des restlichen Alkohols fielen auf diesem Gekrakel nicht einmal auf – mir jedenfalls nicht. Ein fünfjähriges Kind konnte besser malen als dieser Künstler und hätte bestimmt keine halbe Million Dollar dafür verlangt.

Ich legte den Kopf schief und betrachtete erneut die Cognac-Flecken. Möglicherweise war das Bild nun keine halbe Million Dollar mehr wert … Die plötzliche laute Musik und der Klang feiernder Menschen beendeten meine Gedanken und ich sah zur Zimmertür, die sich in diesem Moment geöffnet hatte. Ein blondes Mädchen kam mit einem strahlenden Lächeln auf mich zugetanzt und bewegte dabei schwungvoll ihre Hüften.

»Da bist du ja, Liam. Wolltest du dich etwa ohne mich zurückziehen?« Ihre hohe, piepsige Stimme sollte beleidigt klingen, allerdings lächelte sie dabei ohne Unterlass und fasste mir zeitgleich an meinen Hintern. Wäre sie Jen, hätte ich in diesem Augenblick einen Stromschlag bekommen. Doch das war sie nicht.

Niemand hier war Jen.

Ich zwang mich zu einem Lächeln, schob das blonde Mädchen allerdings gezielt von mir fort. »Tja, was soll ich sagen? Ich bekenne mich schuldig. Ich brauchte eine Pause.«

Die Blondine – ich wusste nicht einmal, wie sie hieß, beziehungsweise, ob sie mir überhaupt ihren Namen genannt hatte - ignorierte meine Abwehrhaltung und presste ihre Hüften aufreizend an meine.

»Du wolltest eine Pause? Aber doch hoffentlich nicht von mir?« Ein zwinkernder Augenaufschlag, bei dem mir ihre dicke Ladung Make-up, ein extrem schwarzer Lidstrich und falsche Wimpern auffielen – schrecklich! »Ich habe dich so vermisst, als du in diesem Ski-Urlaub warst! Oh, Liam, du weißt gar nicht, wie sehr ich dich vermisst habe.«

Okay, sie kannte mich anscheinend besser. Gut zu wissen. Ob ich mit ihr im Bett war? Sehr wahrscheinlich. Leider konnte ich mich überhaupt nicht an sie erinnern. Außerdem verkrampfte sich mein Magen bei dem Gedanken, dass ich tatsächlich einmal auf so eine Sorte Mädchen gestanden hatte. Nun stellten sich alle Härchen meiner Oberarme auf, allein beim Gedanken daran, mit dieser überschminkten Barbiepuppe in die Kiste zu springen. Nicht einmal zwei Flaschen Cognac würden mir dabei helfen können!

»Dieses Zimmer ist hübsch. Ist das eure Bibliothek?«

Ich sah mich im Arbeitszimmer meines Vaters um, das eigentlich kein wirkliches Arbeitszimmer war – dazu hätte er ab und zu dort arbeiten müssen. Abgesehen von einem kleinen, schmalen Regal mit etwa zwanzig Erstausgaben von angeblich guter Literatur, enthielt dieses Zimmer eine dunkelbraune Ledersofa-Garnitur, einen Kirschholzschreibtisch, eine Vitrine mit Urkunden meines Vaters und zwei dieser extrem teuren Klacks-Gemälden. Doch Bücher waren bis auf die Erstausgaben, die in diesem Haus sicherlich noch niemand gelesen hatte, Mangelware. Wie konnte man bei diesem Zimmer an eine Bibliothek denken? Nur mit viel Mühe unterdrückte ich den Drang, genervt zu stöhnen.

»Äh … nicht wirklich. Lass uns zurück zu den anderen gehen, ja?« Ich drückte sie sanft von mir in Richtung Tür, obwohl ich selbst überhaupt keine Lust hatte, mit den Leuten, die ich zum Großteil nicht kannte, in meinem Haus zu feiern. Meine Hauspartys galten in ganz New Haven als legendär, das war mir durchaus bewusst. Daher drängten sich von Monat zu Monat mehr Leute in mein Elternhaus. Eigentlich liebte ich diese Partys – geile Musik, gutes Essen, sexy Girls – das war mein Leben. Bis ich Jen getroffen hatte. Nun fragte ich mich, was ich mir nur dabei gedacht hatte, jeden Monat diese Partys zu organisieren. Was hatte ich davon? Was blieb mir?

Freunde? Sicher nicht!

Sex. Definitiv, allerdings konnte man von angetrunkenen Teenager-Mädchen nicht den besten Sex seines Lebens erwarten. Zumindest war mir dieser bis jetzt verborgen geblieben.

Dieses blonde Mädchen machte leider überhaupt keine Anstalten, die angebliche Bibliothek zu verlassen. Sie lehnte sich stattdessen mit dem Rücken gegen die Tür und winkelte ihr Bein ab, sodass ihr Minirock dabei weit nach oben rutschte. Wenn ich wollte, könnte ich nun alles sehen – würg!

»Ich will aber nicht zu den anderen, Liam.«

Ich unterdrückte mein Augenrollen und versuchte, meinen Blick irgendwo nach oben auszurichten – nur nicht zu dieser Tussi, und schon gar nicht zwischen ihre Beine!

»Gut. Dann bleibst du eben noch ein paar Minuten hier – ich werde jedenfalls zurückgehen.«

Gerade wollte ich das Mädchen von der Tür wegziehen, als diese sich von außen öffnete und Alex ziemlich angetrunken hinein torkelte.

»Hier steckst du also! Alter! Ich such´ dich schon ´ne Ewigkeit.« Nachdem er sich am Türgriff festhalten musste, bemerkte er die Blondine neben mir und grinste breit. »Alles klar, hab's verstanden. Bist wieder ganz der Alte.«

Noch bevor ich zu einer Antwort ansetzen konnte, hörte ich ein genervtes Raunen des Mädchens. »Schön wär's. Was habt ihr in Europa gemacht? Habt ihr ihm einen Keuschheitsgürtel verpasst?«

Alex brach in schallendes Gelächter aus. »Hast du n´ Korb bekommen, Linda?«

Linda … An diesen Namen konnte ich mich tatsächlich erinnern. Und jetzt fiel es mir auch wieder ein – ja, mit Linda hatte ich geschlafen – mehrmals. Nur warum, konnte ich mir nicht mehr erklären. Der Sex war - wenn überhaupt - mittelmäßig gewesen.

»Halt die Fresse, Alex! Nur weil Liam Mönch geworden ist«, konterte Linda und klang dabei ziemlich eingeschnappt.

Alex grinste noch breiter und legte einen Arm um sie. Ob er sich selbst nur stützen wollte oder ob er sie anmachen wollte, konnte ich hierbei nicht beurteilen.

»Hmmm nein, das würde ich so nicht sagen. Die Sache ist nur die, dass Liam seit kurzem auf schmerzhafte Stromschläge abfährt«, begann Alex nun und ich hätte ihm am liebsten eine gescheuert. Idiot! Wäre er nicht so betrunken, dann …

»Du stehst also auf Schmerzen, ja?«, unterbrach Linda meine mörderischen Gedanken und begann schon wieder, an mir herum zu nesteln. Nun fuhren ihre Hände gekonnt unter mein Shirt. Doch diesmal hielt ich ihre Hände deutlich fest.

»Linda«, seufzte ich und fragte mich, wo eigentlich das angenehm betäubende Gefühl des Alkohols blieb, den ich getrunken hatte. Ein vernebelter Kopf hätte mir momentan einiges leichter gemacht. »Selbst wenn die Antwort darauf ›ja‹ lauten würde, was definitiv nicht stimmt, Alex - Ich will nicht mit dir schlafen, kapiert? Nicht heute, nicht morgen und auch nicht in ferner Zukunft. Das mit uns beiden ist vorbei.«

Linda verzog ihr Gesicht und wich beleidigt einen Schritt zurück. »Das ist es also? Kaum hast du ein anderes, europäisches Mädchen getroffen, sind wir dir nicht mehr gut genug? Weißt du was? Du kannst mich mal! Verficktes Arschloch! Ich hoffe, du stirbst bei deinem nächsten ach-so-tollen Stromschlag!« Mit diesen Worten zischte sie ab und ich hätte schwören können, dass man wütende Rauchwolken um sie herum erkennen konnte.

Alex kicherte wie ein Kleinkind und klopfte mir gratulierend auf die Schulter. »Die hast du sauber vergrault, Alter! Und das bei diesem mega-geilen Arsch! Ich wette, sie trägt nichts drunter … Richtig verstehen kann ich dich nicht.«

Anstelle ihm seine Vermutung zu bestätigen – immerhin hatte sie mir deutlich gezeigt, was sich unter ihrem Rock befand oder eben nicht befand, feuerte ich einen wütenden Blick auf Alex ab, der jedoch nur noch mehr lachte. »Okay, okay – ich kann dich verstehen. Trotzdem muss ich dir mitteilen, dass Jen nichts für dich ist. Abgesehen von den Stromschlägen oder davon, dass du sie fast umgebracht hättest – da stimmt irgendetwas nicht. Das solltest selbst du inzwischen kapiert haben.«

Ich kniff die Augen zusammen und ignorierte die Sternchen, die sich davor bildeten. Da kam sie nun also, die Wirkung der Flasche Cognac. Im denkbar dümmsten Augenblick, da ich mit Alex tatsächlich gerne über Jen sprechen wollte. Dieser Cornwall, der angeblich mehr über uns wissen sollte, war mir bis jetzt keine große Hilfe gewesen. Selbst wenn er, seit wir wieder zu Hause waren, täglich mit seiner hübschen Assistentin vorbeikam, um mein Blut zu untersuchen und andere Gesundheitstest mit mir durchzuführen, sprach er kein Wort über Jen und mich. Nur einmal hatte er mir in einem unbeobachteten Moment zugeflüstert, dass ich Antworten bekommen würde, er jedoch zunächst seine eigene Haut retten müsste – was auch immer er damit gemeint hatte. Außerdem hatte er mir noch erklärt, dass ich, wenn ich nicht als Versuchskaninchen eingesperrt werden wollte, schön brav zu Hause bleiben sollte, da er sich nicht mehr für mich einsetzen könnte.

Diese Unwissenheit machte mich wahnsinnig. Ich wollte zu ihr, wollte Erklärungen, wollte diese Leere, die ich seitdem verspürte, endlich wieder füllen. Mit Jen. Nur mit Jen.

Verzweifelt und schwankend ließ ich mich auf den Boden sinken und schloss gleichzeitig wieder die Tür. Alex setzte sich zu mir und legte seine Hand auf mein Knie.

»Sie hat dir völlig den Kopf verdreht, nicht wahr?«

Ich stieß den Atem aus. Den Kopf verdreht … Das klang so albern, so verliebt, als wäre ich die Hauptfigur eines Groschenromans. »Nein, das ist es nicht. Nicht nur, jedenfalls«, fügte ich hinzu, nachdem Alex mir einen skeptischen Blick zugeworfen hatte.

»Weißt du, Liam … Wenn ich an diesen Typen zurückdenke, der dich heimgeflogen hat, dann ist es vielleicht besser, wenn du sie vergisst und niemals versuchst, Antworten zu bekommen.«

»Was? Wieso?« Meine Handflächen wurden feucht, gleichzeitig fühlte sich mein Mund staubtrocken an.

Schnaps, dachte ich, ich brauchte Schnaps, da ich mich vor Alex' Antwort fürchtete. Weil ich instinktiv wusste, dass er die Wahrheit aussprechen würde.

»Liam«, begann er erneut, doch diesmal leise und ich spürte das Mitgefühl in seiner Stimme. »Diese Typen sind gefährlich. Er hat mir und meiner gesamten Familie gedroht, nur weil ich in diesem Zimmer anwesend war! Und er hat es ernst gemeint! Es kann keine guten Erklärungen dafür geben. Versuch, sie zu vergessen.«

Ich ballte die Hände zu Fäusten und biss mir auf die Innenseiten der Wange. Der Schmerz in Verbindung des metallischen Geschmacks meines Blutes durchströmte mich, doch er schaffte es nicht, meinen eigentlichen Schmerz zu übertreffen.

»Soll ich dir Linda zurückbringen?«, fragte Alex mich leise und er zuckte mit den Schultern, nachdem ich ihn völlig ausdruckslos anstarrte. »Ich meine ja nur … Vielleicht lenkt sie dich ein wenig ab …«

»Ach halt doch die Fresse!«, fuhr ich ihn an, stand auf und riss sämtliche Schubladen und Schranktüren meines Vaters auf, um noch eine zweite Flasche Cognac zu finden. Den Rest dieses Abends würde ich Alex und all die bescheuerten Freunde in meinem Haus vergessen und ignorieren - ich würde mich vom Alkohol in mein Fantasieland spülen lassen. In ein Land, in dem ich bei Jen sein konnte …

## 26

JEN

Ein Presslufthammer dröhnte in meinem Kopf und ich öffnete scharf einatmend die Augen. Weißes Licht blendete mich und führte zu einem neuen stechenden Schmerz direkt hinter meiner Stirn. Zur Hölle! Wieso tat mein Kopf so weh? Und wo war ich überhaupt?

Noch einmal, doch diesmal ganz langsam, öffnete ich meine Augen einen Spalt breit und sah mich um. Die Morgensonne schien durch ein breites Balkonfenster, das definitiv nicht zu meinem Zimmer gehörte, denn ich hatte keinen Balkon.

Dunkelblaue Zimmerwände, die mit Edding vollgekritzelt waren – Unterschriften, Zitate, Sprüche und kleine Botschaften. Ich erkannte meine eigene Schrift, die krakelig über die halbe Zimmerwand verlief. *»Hier wohnt der bestaussehende beste Freund der gesamten, ganzen, weiten Welt.«*

Okay, ich war bei Finn. Ein Grinsen legte sich auf mein Gesicht, doch schon diese Bewegung bereitete mir erneut einen pochenden Schmerz. »Aaahhh!«, stöhnte ich und ich bekam prompt Antwort von einer Person, die direkt neben mir lag. Langsam drehte ich mich zu ihr um.

Plötzlich war ich hellwach. Finn lag neben mir in seinem kleinen Jugendbett - nackt! Zumindest trug er kein Shirt. Er lag auf dem Bauch, die Arme vor dem Gesicht abgewinkelt und die hellbraunen Haare standen ihm in alle Richtungen ab.

Verdammt!

Was war gestern Nacht geschehen?

Hatte ich etwa mit Finn ...? Oh Gott!

Schnell sah ich unter die Decke an mir selbst herunter und atmete erstmal tief durch. Immerhin trug ich noch Unterwäsche. Das hieß doch schon mal etwas, oder nicht?

Ich sank zurück auf Finns Kopfkissen, das ich ihm wohl geraubt hatte, und versuchte, mich zu erinnern.

Winterball ... Ich konnte mich gut an den Weg dorthin erinnern. Auch an die ersten Stunden, in denen wir brav die vorgegebenen Standard-Tänze tanzten. Ich erinnerte mich auch an Maximilian, der mich vor versammelter Mannschaft als Nutte beschimpft und versucht hatte, mir seine Bowle übers Kleid zu kippen.

Daraufhin hatte Finn ihm einen Kinnhaken verpasst, sodass Maximilian zu Boden ging und wir waren hinausgeschmissen worden. Dies alles stand noch klar vor meinem geistigen Auge. Doch was war dann geschehen?

»Hey«, riss mich Finns verschlafene, belegte Stimme aus meinen Gedanken. »Du bist ja schon wach. Wie geht's dir?«

Ich legte stöhnend meine Handflächen auf meine Augen und Ohren. »Abgesehen von der Tatsache, dass deine Stimme in meinem Kopf dröhnt, als wäre sie ein Presslufthammer?«

Finn kicherte leise und drehte sich auf den Rücken. Ich konnte immer noch nicht erkennen, ob er wirklich völlig nackt neben mir lag. Oh Gott, wie sollte ich mich nur verhalten, wenn er und ich wirklich ...

»War eine ganz schön krasse Nacht, oder nicht?«

Ich riss ängstlich meine Augen auf und ignorierte das neue Pochen an meinen Schläfen. »Hmhmm?«, bestätigte ich leicht fragend und zog sicherheitshalber die Decke bis zum Kinn.

Finn musterte mich eine Zeit lang, als würde er versuchen, meinen Gesichtsausdruck zu deuten.

»Warte mal. Du weißt doch noch, was gestern Nacht passiert ist, oder?«

Diesmal blickte ich wirklich ängstlich zu ihm und auf seine nackte Brust. Ganz langsam schüttelte ich den Kopf. »Haben wir …? Also du und ich …? Waren wir …?«

Finn riss die Augen auf und sprang mit einem Satz aus dem Bett und ich erkannte zu meiner Erleichterung eine rot karierte Boxershorts, die er trug. »Was? NEIN! Wo denkst du hin? Jen! Du warst sturzbetrunken! Das würde ich *nie* …« Schnell öffnete er seinen Kleiderschrank und zog ein Shirt über und ich erkannte seinen wilden Atem. »Ich habe dich nur ins Bett gebracht, Jen. Das ist alles«, erklärte er schließlich ruhig und ich sah eine Traurigkeit in seinem Blick. Trotzdem fiel mir ein Stein vom Herzen und ich atmete tief aus.

»Oh Gott, Finn. Ich kann mich an nichts erinnern! Außer dass wir vom Schulball geflogen sind«, seufzte ich und kniff wieder meine Augen zu – verdammte Kopfschmerzen!

Finn grinste und ließ sich nun, mit Shirt und Boxershorts, neben mich auf das Bett fallen. »Du erinnerst dich echt an gar nichts? An Trixie und Niclas? An die krasse Undergroundparty? An den schwulen Punkrocker mit dem pinken Iro? An den selbstgebrauten Schnaps? Oder an deinen stinkwütenden Stalker?«

Ich starrte mit eingefrorenem Gesichtsausdruck meinen Freund an und fühlte mich vollkommen bescheuert. Entweder nahm mich Finn einfach nur auf den Arm oder ich hatte tatsächlich so viel Alkohol getrunken, dass ich echt alles vergessen hatte. Verdammt! Wie war das nur möglich?

Als hätte Finn meine nicht gestellte Frage gehört, legte er behutsam seinen Arm um meine Schulter und begann zu erzählen. »Nachdem Frau Müller uns hinausgeworfen hatte, kamen kurze Zeit später Niclas und Trixie hinterher. Niclas erzählte, dass er von ehemaligen Studienkollegen zu einer privaten Party eingeladen wäre, er jedoch wegen Trixie abgesagt hätte – ich kann's immer noch nicht glauben, Jen! Er hat wegen Trixie so eine Party abgesagt! Egal, auf jeden Fall nahm er uns einfach kurzerhand mit in die Stadt in irgendwelche Kellergebäude. Daran müsstest du dich doch erinnern, oder? Bis dahin hattest du doch noch nichts getrunken.«

Ich schloss die Augen und tatsächlich! Verschwommene Bilder von einer dunklen Steintreppe traten vor mein geistiges Auge, viel zu enge Räume, viel zu viele Menschen und dazu viel zu laute Trance-Musik. »Die Musik war schrecklich«, kommentierte ich schließlich, was Finn erneut zum Lachen brachte.

»Na siehst du, du erinnerst dich doch. Jep, die Musik war ungefähr zwanzig Jahre zu alt für uns.«

Nun musste selbst ich grinsen. Ich erinnerte mich nun langsam auch an meinen Kummer über Maximilian, in dem ich mich so getäuscht hatte. Gepaart mit dem Frust, von Liam getrennt zu sein, ohne zu wissen, wie es ihm ging. Und ich erinnerte mich an eine kleine, füllige, junge Frau, die mir ihre selbstgebrannten Schnäpse empfohlen hatte. Nach dieser Erinnerung verzog ich von Ekel erfüllt mein Gesicht. »Oh Mann, mir brennt immer noch die Speiseröhre, wenn ich an diese unterschiedlichen Schnäpse denke.«

»Dafür hast du aber ziemlich oft mit Irina angestoßen.«

Irina, stimmt, so hieß die Frau. »Na ja, sie wollte mir beweisen, dass mich mindestens eines ihrer Getränke überzeugen würde. Ich weiß nur nicht mehr, ob ihr das gelungen ist.«

Finn lachte leise. »Oh je, Jen. Du hast es echt übertrieben. Und dabei ist dir das Beste entgangen.«

»Gott! Ich trinke nie mehr Alkohol! Bitte erzähl mir alles! Wie bin ich hierhergekommen? Wo ist Trixie? Wer waren die Leute? Und was hat Niclas mit ihnen zu tun?«

»Also eins nach dem anderen: Wie schon gesagt, das waren ehemalige Studienkollegen von Niclas – sprich: Ein ganzer Haufen feierwütiger Polizisten! Wo Trixie ist? Jaaaa, die liegt in Niclas' altem Jugendzimmer nebenan.« Er grinste vielsagend, bevor er ganz leise »Mit Niclas« hinzufügte.

Ich verschluckte mich an meiner eigenen Spucke und hustete wild, während ich immer wieder meinen Kopf schüttelte.

»Ja, das fand ich auch ziemlich überraschend. Ich meine, hast du gewusst, dass Trixie auf ihn steht? Oder er auf sie? Läuft zwischen den beiden schon länger etwas? Sie hat doch noch nie von ihm gesprochen!«

»Ach«, begann ich langsam und grinste breit.

»Du wusstest es?«

»Ich wusste, dass sie auf ihn steht«, gab ich zu und Finn verzog beleidigt das Gesicht.

»Na toll! Und wieso ich nicht?«

Ich rollte mit den Augen. »Hättest du es gerne gehört, wenn Trixie in ihren detaillierten Schwärmereien ständig von deinem Bruder spricht?«

Finn riss die Augen auf. »Das hat sie nicht.«

»Hat sie«, widersprach ich und mein Freund schüttelte sich. »Also Trixie und Niclas sind seit gestern Nacht endlich ein Paar. Was ist noch geschehen?«

Diesmal flackerte Finns Blick unsicher zu mir und sofort zurück. Ich erkannte seine Nervosität. Irgendetwas hatte er mir also noch verschwiegen.

»Du warst völlig betrunken. Also wirklich richtig betrunken. Ich habe dich noch nie so erlebt.«

Ich stöhnte, da ich mir dies schon selbst erklären konnte. Solche Kopfschmerzen kombiniert mit diesem Filmriss!

»Zuerst war es richtig lustig. Wir haben viel getanzt, trotz der schrecklichen Musik. Es hat Spaß gemacht. Doch irgendwann ist deine Stimmung von einem Schlag auf den anderen gekippt.« Er nestelte mit den Fingern an seiner Bettdecke herum. »Du sprachst von Liam, davon, dass du dich wieder vollständig fühlen willst. Dass du das Gefühl hast, jemand hätte dir die Hälfte deines Herzens ausgerissen.«

Ich schwieg und starrte ins Leere. Tatsächlich bewunderte ich mein besoffenes Ich, da es meine wahren Gefühle viel besser beschrieben hatte, als ich es jemals nüchtern gekonnt hätte. Denn es stimmte – genauso fühlte es sich an. Als wäre ich nur noch eine Hälfte. Was absolut bescheuert war, da ich mit Liam nur ein paar Tage verbracht hatte. Und selbst da war ich ihm, mit Ausnahme unseres Tanzes auf der Hütte und der innigen Umarmung auf dem Balkon, nie richtig nahegekommen. Ich kannte ja nicht einmal seinen Nachnamen!

»Ich habe dich also den restlichen Abend vollgeheult?«

Schon wieder verzog Finn peinlich berührt das Gesicht. »Nein, so kann man das nicht sagen ...« Dann neigte er sich zu mir und lächelte mich liebevoll und gleichzeitig traurig an. »Du hast mich geküsst«, gab er leise zu.

Oh Gott! Ich hielt die Luft an und wiederholte Finns Worte, um sie richtig zu verstehen. Ich hatte *was*? Ausgerechnet Finn? Obwohl ich wusste, wie er für mich empfand? Was war ich nur für ein Idiot! Dass er überhaupt noch mit mir sprach! Verdammt! Plötzlich fühlte ich seine Hand auf meiner und ich blinzelte vorsichtig zu ihm.

»Es ist alles in Ordnung, Jen. Wirklich. Ich weiß ja, wie du es gemeint hast.«

»Nichts ist in Ordnung, Finn! Du bist mein bester Freund! Und ich ...« Ich hielt inne und sah mich in dem leicht chaotischen Zimmer um. »Sag mir bitte nicht, ich bin schuld daran, dass ich hier bei dir liege! Habe ich etwa versucht ...«

»Jen!«, stoppte er meine verzweifelten Fragen und hielt meine beiden Hände fest. »Es ist in Ordnung, kapiert? Du bist und bleibst meine beste Freundin. Und du wolltest hier bei uns schlafen, weil du erstens Angst vor dem Anpfiff deiner Eltern hattest und zweitens totale Panik vor deinem Stalker. Da habe ich nachgegeben. Und bevor du weiter fragst, Jen – ich sehe es schon an deinem Blick! Nein, du hast mich nur einmal mit dem Kuss überrumpelt, danach ist nichts mehr passiert.«

Das schlechte Gewissen machte sich nun neben den Kopfschmerzen breit.

»Ich hätte es dir nicht sagen dürfen, oder?«

»Hättest du es dann vergessen?«

Allein Finns Gesichtsausdruck auf meine Frage hin erzeugte einen üblen Knoten in meinem Herzen – er wirkte traurig und gleichzeitig überglücklich. »Sicher nicht.«

»Danke, dass du es mir erzählt hast.«

»Fakt ist, wir müssen diesen Stalker loswerden.«
Niclas stellte vier Tassen dampfend heißen Glühwein in
die Mitte seines Küchentisches und Finn und Trixie
griffen sofort nach jeweils einer Tasse. Anschließend zog
er sich einen der Barhocker heran und setzte sich zu uns
an den Tisch.

Morgen würde die letzte Schulwoche vor den
Weihnachtsferien beginnen und Niclas hatte uns zu sich
nach Hause eingeladen, damit wir uns auf das
kommende Fest einstimmen konnten. Allerdings wusste
ich, dass dies nur eine Ausrede war. Abgesehen davon,
dass Niclas seit dieser schrecklichen Party letzte Woche
jede Gelegenheit nutzte, um Trixie zu sehen, verstand
ich genau, dass die drei versuchten, mich und meine
Stimmung aufzubauen.

Denn ja – ich war verzweifelt.

Die Tatsache, dass ich Finn in meinem Alkoholrausch
geküsst hatte, zeigte mir nur, *wie* verzweifelt ich war. Ich
konnte kaum mehr schlafen und wenn ich wirklich
schlief, bekam ich Albträume. Ich erlebte immer wieder
diese schreckliche Lawine, wurde von den
Schneemassen mitgerissen und wachte anschließend
schweißgebadet und gleichzeitig zitternd vor Kälte mit
dem Bild von einem toten Liam in Gedanken auf.

Nicht einmal meine geliebten Bücher halfen mir aus
meiner Krise. Immer, wenn ich mein Lieblingsbuch in
die Hand nahm, um zu lesen, tanzten nach kurzer Zeit
die Buchstaben und ich begann, Buchstaben zu

streichen, um festzustellen, wie oft das Wort »Liam« pro Seite zu finden war.

Es war zum Kotzen. Ich war zum Kotzen!

Ich konnte mich an keinen einzigen Zeitpunkt in meinem Leben erinnern, an dem es mir so dreckig gegangen war. Und dies ohne einen erkennbaren Grund. Ich meine – welcher normale Mensch versank so tief in Liebeskummer, obwohl er mit der betreffenden Person nie länger als fünf Minuten gesprochen hatte? Geschweige denn geküsst. Oder mit ihr geschlafen …

Allein der Gedanke daran ließ mein Herz verrückt werden. Als hätte ich eine ganze Schachtel voller Eisennägel in mein Herz gehämmert. Ich vermisste ihn so unendlich stark, dass es körperlich schmerzte. Wenn das so weiterging, würde ich bald meinen Verstand verlieren, so viel stand fest.

»… Oder was meinst du, Jen?«, riss mich Trixie aus meinen Gedanken des Selbstmitleids und ich hob fragend meine Augenbrauen.

Trixie seufzte und tätschelte liebevoll meine Hand. »Ach, Jen. Wenn wir dir helfen sollen, musst du uns zumindest zuhören. Versuche es wenigstens, ja?«

Ich nickte schwach.

»Also, wir überlegen gerade, wie wir diesen Stalker überlisten. Niclas hat dir angeboten, seine Kollegen mit einzuschalten, was allerdings Risiken birgt. Wir wissen ja nicht, wer er ist und welche Mittel er hat, seine Ziele durchzusetzen. Daher lautete mein Vorschlag, dass wir ihn versuchen, abzuwimmeln, damit du endlich Ruhe hast. Zunächst ohne Polizei, und du gönnst dir ein paar Stunden Freizeit, oder wir fahren in den Ferien gemeinsam in den Urlaub. Gönnen uns ein Wellnesshotel oder so etwas. Ich bin mir nämlich ziemlich sicher, dass es dir wieder bessergehen wird, wenn dir keiner auflauert.«

Trixie schenkte mir ein zuversichtliches Lächeln, als wartete sie nur darauf, dass ich zustimmte. Allerdings bezweifelte ich, dass es mir bessergehen würde, sobald ich den Stalker los war. Bestimmt ein wenig, doch er war nicht der Hauptgrund meiner Verzweiflung. Natürlich bereitete es mir Angst, zu wissen, dass ich auf Schritt und Tritt verfolgt wurde, ohne den Grund dafür zu kennen. Und ich bekam kleine Panikattacken, wenn ich mir ausmalte, dass dieser Typ etwas mit Liam zu tun hatte. Allerdings aus Sorge zu Liam. Nur wie erklärte ich dies meinen Freunden, wenn ich es selbst total lächerlich fand?

»Sie muss zu ihm«, beendete Finn die angespannte Stille und alle unsere Augenpaare richteten sich plötzlich auf ihn. Er spielte mit dem Henkel seiner Tasse und starrte auf die Tischmitte.

»Was hast du gesagt?«

Finn sah zu Trixie und zuckte mit den Schultern. »Sie muss zu Liam«, wiederholte er seinen Satz und drehte sich dann zu mir. »Du musst zu ihm, Jen. Trixie hatte Recht, dass wir zunächst diesen Stalker loswerden müssen. Aber nicht, damit du in den Wellnessurlaub fahren kannst, auch wenn ich dir das gönne, sondern nach New Haven. Diese Verbindung zwischen euch beiden ist außergewöhnlich, das ist uns allen klar und ich bezweifle, dass es dir bessergeht, solange du nicht weißt, was es ist.«

»Und das meinst ausgerechnet du, Finn?« Trixie schüttelte sprachlos den Kopf und zuckte erneut mit den Schultern.

Ich verstand ihre Frage zu gut, da sich Trixie schon lange wünschte, ich würde endlich mit Finn zusammenkommen. Wir wussten beide, was er für mich empfand, allerdings wurde mir bei seiner Idee ganz warm ums Herz.

Er holte sein Smartphone aus der Hosentasche und scrollte ein paar Mal über den Bildschirm. »Am Freitag, ganz in der Frühe, könntest du einen Flug mit nur einem Stopp von München nach New Haven bekommen. Es ist nicht gerade günstig, vermutlich wegen der Weihnachtsferien, aber wenn wir alle ein wenig beisteuern und du einen Teil deines Gesparten dafür verwendest, könnte es klappen. Wenn wir es schaffen, bereits Donnerstagabend in München zu sein, ohne dass dein Stalker es merkt, könnte Trixie Freitagmorgen so tun, als würde sie dich zur Schule abholen, währenddessen du längst im Flieger sitzt.«

Trixie riss ihm das Smartphone aus den Händen und starrte auf den Bildschirm.

»Wann hast du das alles recherchiert? Doch nicht gerade eben! Mann, Finn! Du kannst Jen doch nicht allein in die USA fliegen lassen! Das geht doch nicht! Ausgerechnet kurz vor Weihnachten. Das will sie bestimmt nicht. Außerdem, was ist dann? Wohin soll sie gehen, wenn sie in New Haven angekommen ist? Wir kennen ja nicht einmal Liams Nachnamen!«

Finn holte sich ohne Kommentar sein Handy zurück und tippte erneut ein paar Mal drauf herum und zeigte ihr anschließend den Bildschirm. »Wir wissen nicht, wo Liam wohnt, das ist korrekt. Aber das hier ist die Adresse von Steven Cornwall, darunter seine Büroanschrift inklusive Telefonnummer. Ich bin mir sicher, er wird ihr helfen. Und ob sie weg will oder nicht, sollte Jen selbst entscheiden.«

Bei seinem letzten Satz hatte sich Finn zu mir gedreht und schenkte mir anschließend ein kurzes Lächeln. Er liebte mich. Finn liebte mich so sehr, dass er mir half, Liam zu finden. Tränen stiegen mir in die Augen und ich erhob mich von meinem Stuhl, um ihm um den Hals zu fallen.

»Danke, Finn.« Er legte seine Arme um meine Taille und presste die Lippen zu einem gequälten Lächeln zusammen.

»Heißt das jetzt, du fliegst nach Connecticut? Im Ernst?«

Ich wischte mir über die Augen und nickte. »Ich glaube, ich muss.«

Daraufhin erhob Niclas seine Tasse und grinste breit in die Runde. »Dann stoßen wir auf Jens baldigen Urlaub an und machen uns an die Arbeit! Wir haben noch einen Stalker abzuwimmeln!«


Am Abend saß ich in Trixies Auto, da sie mich nach Hause gefahren hatte. Wenige Minuten nachdem Trixie vor meiner Haustür anhielt, parkte ein kleiner, dunkelblauer Peugeot zwei Häuser weiter an der anderen Straßenseite und ich beobachtete durch den Rückspiegel einen unbekannten Mann, der alles andere als unauffällig eine Zeitung aufschlug. Ich rollte mit den Augen. Als ob das nicht auffiel!

»Du hast einen neuen Stalker. Wo ist der Kerl mit der Hakennase und dem Pelzmantel geblieben?«, stellte nun auch Trixie fest.

»Keine Ahnung. Aber eins steht fest – es sind beides keine Profis.«

Ich zog meine Beine an und kuschelte mich in Trixies Beifahrersitz. Ihre Haltung verriet mir, dass sie noch etwas auf dem Herzen hatte. Sie klopfte unentwegt auf ihrem Lenkrad herum und kaute auf ihrer Unterlippe, während sie durch den Spiegel vermutlich das dunkle Auto anvisierte.

»Findest du das wirklich eine gute Idee, allein nach New Haven zu fliegen?«, erlöste sie mich schließlich von ihrer stillen Nervosität.

Ich schloss für einen kurzen Moment die Augen. »Ich muss, Trixie, sonst werde ich noch verrückt.«

Die letzten Stunden hatten wir zu viert einen Plan erstellt, wie wir meinen Stalker hintergehen konnten und wie ich meinen überstürzten Flug meinen Eltern erklären könnte, ohne zu viele Informationen preiszugeben. Niclas hatte mir empfohlen, ihnen erst im Nachhinein den genauen Ort anzugeben. So könnte mein Verfolger meine Eltern zwar befragen, würde aber keine Informationen aus ihnen herausbekommen. Finn würde mich nach München bringen, während Trixie und Niclas einen Filme-Abend bei mir zu Hause simulierten. Nachdem wir alle mehr oder weniger zufrieden mit unserem Plan waren, hatte ich den Flug und ein Hotel in der Nähe von Steven Cornwalls Büro gebucht. Seitdem kribbelte mein Bauch vor Aufregung und Sehnsucht. Ich würde ihn finden. Ich würde Liam besuchen. In wenigen Tagen.

»Ich habe einfach furchtbare Angst um dich, Jen. Wenn du hier schon von einem Stalker belagert wirst, wie wird es dann bei Liam sein? Ich habe Angst davor, wenn du wirklich herausfindest, was eure Verbindung bedeutet.«

Ich schluckte ergriffen und ignorierte die zentnerschweren Steine in meinem Magen. »Die Angst habe ich auch. Aber ich brauche die Antworten. Und ich brauche ihn«, gab ich nach einer kurzen Pause zu.

Trixie verzog ihr Gesicht zu einer traurigen Grimasse. »Und das, obwohl Finn so gut zu dir passen würde. Als

189

ich euch auf dieser Party gesehen habe, hätte ich jubeln können.«

Die Party. Dass sie mich ausgerechnet daran erinnern musste.

Wir hatten kein einziges Mal von der Party gesprochen, was ziemlich untypisch für uns beide war. Vor allem, da sie auf dieser Party endlich mit Niclas zusammengekommen war. Doch wahrscheinlich hatte sie gespürt, dass ich nicht darüber sprechen wollte. Allerdings machte mich ihre Aussage nun doch etwas neugierig.

»Was genau hast du denn gesehen?«, fragte ich daher vorsichtig und hatte gleichzeitig eine riesige Angst vor ihrer Antwort.

Trixie sah mich einen Moment lang irritiert an und kicherte dann belustigt. »Du kannst dich wirklich an nichts mehr erinnern, oder?«

Ich boxte sie in die Seite. »Das liegt nur daran, dass du mich nicht davon abgehalten hast, sämtliches Hochprozentige in mich zu kippen. Ich schwöre dir, ich trinke nie wieder Schnaps!«

Nun grinste Trixie nur noch breiter. »Schwöre nie etwas, das du nicht einhalten kannst, Jen. Aber zurück zur Party. Ich habe nicht viel von euch mitbekommen, muss ich zugeben«, begann sie, was diesmal mich zum Grinsen brachte.

»Das musst du mir übrigens auch noch erzählen. Ich will jedes Detail wissen.«

»Seit wann bist du die Neugierige von uns? Aber egal: Er ist so wahnsinnig, mega süß! Zuerst wollte er mit mir tanzen, obwohl man zu dieser Musik ja nicht wirklich tanzen kann. Also nicht sehr romantisch, da waren die Standardtänze auf dem Schulball schon romantischer. Aber ihr musstet ja unbedingt Maximilian zu Brei schlagen! Egal, auf jeden Fall hat er trotzdem mit mir getanzt und mir dabei so in die Augen gesehen, als würde alles andere nicht existieren. Kennst du das? Hattest du schon einmal das Gefühl, als würde die Welt stillstehen und nur du und dein Partner lebten noch? Es war so atemberaubend«, schwärmte sie ohne Punkt und Komma und ich fragte mich, ob es wirklich sinnvoll gewesen war, jedes kleinste Detail von ihr verlangt zu haben. Immerhin saß neben mir meine beste Freundin Trixie, niemand konnte detailreicher und schneller sprechen als sie!

»Irgendwann hat er mich gefragt, warum wir es erst jetzt schafften, unsere Gefühle offen zu zeigen. Er gestand mir, dass er schon damals, als er selbst noch im Abschlussjahr steckte, für mich schwärmte und uns drei in jeder Schulpause heimlich beobachtete. Ist das nicht süß?«

Ich hob eine Augenbraue. Vielleicht lag es daran, dass ich seit geraumer Zeit von Unbekannten gestalkt wurde, aber mir gefiel der Gedanke, heimlich beobachtet zu werden, überhaupt nicht. Plötzlich fragte ich mich, ob ich vielleicht schon viel früher beobachtet worden war, es nur nie mitbekommen hatte. Ein unangenehmer Schauer legte sich auf meine Schultern und ich schüttelte mich. Zum Glück schien es Trixie nicht wahrzunehmen, denn sie kicherte leise, als hätte sie eine besonders schöne Erinnerung und plapperte fröhlich weiter.

»Nach unserem romantischen Tanz hat er meine Hand geschnappt und mich nach draußen gebracht. Dort versuchte er, mir zu erklären, wie lange er mit sich gerungen hatte, da er immerhin sieben Jahre älter ist als ich. Er erzählte von seinen Sorgen, wie unsere Eltern reagieren würden, unsere Freunde, du und Finn. Ist das zu glauben, Jen? Er denkt schon ewig über eine mögliche Beziehung mit mir nach! Ach wenn ich das gewusst hätte! Oh Jen! Ich bin so verliebt! Und er küsst soooo gut! Man merkt einfach, dass er schon älter ist und Erfahrung hat. Er weiß eindeutig, was er tut! Und wenn er mich berührt …«

»Schon gut, schon gut. So detailreich brauche ich es doch nicht. Außerdem wolltest du mir erzählen, was ich für einen Mist gebaut habe.« Nur unwillig brachte ich meine Freundin auf das unangenehme Thema zurück, aber ich wollte und musste ihre Meinung darüber wissen, ob ich Finn das Herz gebrochen hatte.

»Na ja, du warst recht schnell total besoffen. So habe ich dich noch nie erlebt«, wiederholte sie exakt Finns Worte und ich seufzte. »Ich weiß nicht, über was ihr gesprochen habt, aber Finn nahm dich ganz fest in den Arm. Danach habt ihr getanzt, nicht so eng umschlungen und romantisch wie Niclas und ich, sondern eher wie unter Strom stehende Marionetten. Es sah grauenhaft aus! Also du solltest wirklich nochmal einen Tanzkurs machen! Und Finn auch. Na ja, danach war ich mit Niclas draußen, wie ich dir ja schon erzählt habe. Als wir wiederkamen, lagst du in seinen Armen und hast ihn geküsst. Und das weiß ich so genau, weil Finns Gesichtsausdruck göttlich war! Er riss erschrocken die Augen auf und versuchte, sich von dir loszueisen. Aber dann gab er doch nach, drückte dich an sich und erwiderte deinen Kuss. Er sah so glücklich aus. Und ich habe mich so für euch beide gefreut.«

Ich schluckte. Genau das wollte ich nicht hören. Ich hatte ihm falsche Hoffnungen gemacht. Ausgerechnet meinem besten Freund. »Ich bin so ein Idiot!«

Doch Trixie zuckte nur mit den Schultern und tätschelte meine Hand. »Na ja, du warst betrunken, Jen.

Man sagt, Betrunkene sprechen die Wahrheit. Vielleicht liebst du ihn ja auch und weißt es nur noch nicht?«

Ja klar, und Liam war nur ein Hirngespinst meiner Fantasie, dachte ich trocken und verspürte allein beim Gedanken an ihn ein aufgeregtes Kribbeln. Nur noch wenige Tage!

Nach einer längeren Zeit des Schweigens spürte ich Trixies krause, borstige Locken an meinem Gesicht, da sie ihren Kopf auf meine Schulter abgelegt hatte und mich fest umarmte. »Und du willst wirklich zu ihm fliegen?«

Ich nickte stumm. Was sollte ich auch groß erklären? Sie würde es nicht verstehen und nur darauf hoffen, dass ich in Wirklichkeit Finn liebte.

»Pass bitte auf dich auf, okay? Versprich es mir!«

Ich drückte sie fest an mich, so dass kein Platz mehr zwischen uns war. »Versprochen.«

# 28

## LIAM

»Meinst du nicht, dass du dich sichern solltest? Alter! Liam! Jetzt komm da runter und leg den Karabiner an!«

Ich ignorierte Alex' besorgte Stimme und knurrte verärgert. Seit der Sache in den Alpen behandelte mich Alex wie ein kleines Kind. Oder schlimmer noch, wie ein selbstmordgefährdeter Teenager! Dabei war ich ein Profi im Klettern und hatte schon bedeutend riskantere Routen ungesichert überstanden. Was regte er sich also auf, wenn ich mich in unserer Kletterhalle ein wenig abreagierte?

»Ich meine es ernst, Liam! Ich werde mir nicht mitansehen, wie du diesen Überhang ohne Sicherung kletterst! Denkst du eigentlich überhaupt einmal an Jen?«

Diese Aussage brachte mich erst recht zum Kochen. Als ob ich irgendwann nicht an sie dachte! Sie war ja der Grund, wieso ich mich abreagieren musste. Ich konnte seit dem Unfall in der Lawine keinen klaren Gedanken mehr fassen. Dieser verfluchte Cornwall hüllte sich in Schweigen und schickte stattdessen eine unschuldige Inderin vorbei, um angeblich irgendwelche Blutuntersuchungen durchzuführen. Es wurde von Tag zu Tag schlimmer. Ich hatte das Gefühl, wahnsinnig zu werden. Heute Morgen meinte ich, Jens Stimme zu hören, ihr Lachen, direkt an meinem Ohr. Ein paar Stunden später roch ich ihr Parfum, obwohl ich niemals gedacht hätte, ihr Parfum zu kennen. Vor einer Stunde hörte ich Stimmen in meinem stummen Zimmer, Durchsagen, wie man sie nur von Bahnhöfen oder Flughäfen kannte, ich nahm Seitenhiebe wahr, obwohl ich definitiv allein im Zimmer war. Es fühlte sich an, als hätte ich mich in einer Traube von Menschen bewegt, die mich durch das Zimmer schob. Und immer wieder hörte ich Jens Stimme dabei, spürte ihren flachen, unruhigen Atem, als könnte ich ihre Angst fühlen, als wäre sie direkt bei mir. Nein, als wäre ich Jen.

Sie war der Grund, warum ich in die Kletterhalle gefahren war. Ich musste mich auspowern, mich ablenken und vor allem, mich abreagieren. Ich wollte sie vergessen, sie ausblenden. Ein paar Minuten einfach nur ich selbst sein. Das hatte beim Extremsportklettern bisher immer am besten funktioniert, da mir diese Art von Sport jegliche anderen Gedanken verbot. Eigentlich.

Nicht heute.

Und schon gar nicht, wenn Alex mich zusätzlich an sie erinnerte!

Ich presste meine Füße auf die kleinen grünen Klettergriffe und stemmte mich ab, um den roten Griff im Überhang direkt rechts über mir zu erreichen. Ich hing nun fast kopfüber in drei Metern Höhe ohne Sicherung und dachte trotzdem nur an sie. Verdammter Mist! Fuck!

»Liam! Komm da runter! *Jetzt*!«

Ich stieß einen Laut voller Ärger aus und folgte Alex' Wutschrei. Es hatte sowieso keinen Sinn. Ich würde sie nicht vergessen.

Mit einem schwungvollen Sprung landete ich direkt neben meinem Freund auf der Matte und verbeugte mich sarkastisch vor ihm.

»Zufrieden?«

Alex jedoch funkelte mich wütend an und ich konnte förmlich spüren, wie er mir am liebsten seine Faust ins Gesicht rammen wollte. »Idiot«, zischte er.

»Was ist aus deinem guten Rat geworden, ich solle Jen vergessen?«, zog ich ihn auf.

»Du weißt genau, was ich meine.«

»Nein, weiß ich nicht. Kläre mich auf: Was willst du von mir?«

Alex ließ einen Schrei los und stieß mich mit beiden Händen an den Schultern nach hinten, dass ich mich gerade noch so halten konnte, um nicht in voller Länge auf den Boden zu knallen. »Was ich von dir will? Ich will nicht, dass du dich ständig in Gefahr bringst, weil du anscheinend lebensmüde bist! Ist das denn zu viel verlangt für einen Freund?«

Allmählich verlor ich meine Geduld mit ihm, ich ballte meine Hände, um nicht selbst handgreiflich zu werden. »Der Lawinenunfall war kein Selbstmordversuch! Wie oft soll ich das denn noch klarstellen?«

»Ich rede nicht von der Lawine«, widersprach Alex. »Letzte Woche hast du dir auf deiner eigenen Party einfach so zwei Flaschen Hochprozentiges hinter die Birne gekippt. Vor zwei Tagen bist du, nachdem du einen Joint geraucht hast, in den eiskalten West River gesprungen, weil du deine Krautechnik verbessern wolltest! Und heute diese Aktion! Ich mache das nicht mehr lange mit, Liam. Ich habe Angst um dich! Verdammt!«

Alex' Worte trafen mich schlimmer, als ein Faustschlag mich je hätte treffen können. Sie zogen mein Herz zusammen und ich schloss für einen Moment die Augen, um irgendeinen klaren Gedanken fassen zu können.

»Ich will mich nicht umbringen, Alex«, versuchte ich abermals zu erklären, doch mir fielen keine passenden Worte ein, um mein Verhalten zu rechtfertigen. Denn objektiv betrachtet, handelte ich wirklich lebensmüde.

»Hol dir Hilfe, Liam.« Alex' Stimme glich eher einem Flüstern, so vorsichtig sprach er die Worte aus. »Bitte. Ich ertrage das nicht länger.«

Ich schluckte meinen Ärger hinunter und nickte, da er mit einem Recht hatte: So konnte es mit mir nicht weitergehen.

»Ich werde es versuchen.«

## 29

## CORNWALL

»Soll ich uns auf dem Rückweg Donuts mitbringen? Die mit Schokoglasur?«

Cornwall unterbrach seine Arbeit und blickte dankbar zu Ria. »Oh, das wäre ein Traum. Vielen Dank, Ria. Und richten Sie Liam Grüße von mir aus.«

Ria hielt an der Tür nochmal inne und drehte sich langsam zu ihm herum. Der Blick, mit dem sie Cornwall betrachtete, verhieß nichts Gutes.

»Sie können sich nicht ewig von ihm fernhalten, Steven.«

In den letzten Wochen waren Cornwall und Ria sich nähergekommen, als er für gut empfand. Schließlich wusste er, aus welchem Grund sie bei ihm arbeitete und wer sie geschickt hatte. Dennoch begeisterten ihn ihre Überlegungen und Thesen, die sie offen und freundlich mit ihm teilte. Außerdem hatte sie bisher noch kein einziges Mal nach seinen Unterlagen und Formeln gefragt, obwohl er sich sicher war, dass dies neben der Beschattung seiner Person, ihr eigentliches Ziel war. Die Organisation, für die er seit fast zwanzig Jahren arbeitete, kannte zwar einen groben Umriss, wie es ihm damals gelungen war, die DNA der Zwillinge zu ändern, allerdings kannte niemand außer ihm und der verstorbenen Mutter der beiden die Details dazu. Und bis zu diesem Zeitpunkt, also ganze achtzehn Jahre später, war es noch keinem anderen Professor gelungen, es ihm nachzumachen. Cornwall wusste, dass dieses

Wissen sein Trumpf war und er, solange diese Informationen sein Eigentum blieben, diesen Job behalten würde. Trotz der Umstände und der Skepsis, die ihm momentan entgegengebracht wurde. Und diesen Trumpf würde er gewiss nicht so einfach hergeben, selbst nicht für diese hübsche, kluge Inderin, die sich irgendwie in sein Herz geschlichen hatte.

»Sie wissen, dass er auf Antworten wartet, oder? Es geht ihm nicht gut.«

Cornwall stöhnte und klappte seinen Laptop zu. Anschließend fuhr er sich mit den Händen übers Gesicht, wobei er gleichzeitig spürte, dass er sich schon länger nicht mehr rasiert hatte – einen Dreitagebart konnte man diese stoppeligen Borsten gewiss nicht mehr nennen.

»Ich weiß. Und es tut mir in der Seele weh, ihn so leiden zu sehen. Ich will mir gar nicht vorstellen, wie es Jen ergeht.« Sein Herz verkrampfte sich schmerzhaft bei dem Gedanken an Jen und Liam. Immerhin standen sie ihm sehr nahe. Näher, als es irgendjemand ahnen konnte. Und dies nicht, weil er die DNA der beiden im Reagenzglas verändert hatte.

»Ich weiß nur nicht, was ich ihm sagen soll. Er möchte Antworten, die ich ihm nicht geben darf. Das wissen Sie besser als ich.«

Er musste sich immer wieder, mehrmals am Tag daran erinnern, wer Ria wirklich war, da er das nur allzu leicht vergaß. Ihre liebevolle Art und ihr leicht schwarzer Humor machten es Cornwall richtig schwer, in ihr einen Feind, beziehungsweise einen Spitzel des Feindes, zu sehen.

Ria strich ihre langen, tiefschwarzen Haare hinters Ohr und seufzte leise. »Ich weiß. Ich wünschte nur, es wäre anders. Ich wünschte, wir könnten ihm irgendwie helfen.«

Ihre Worte klangen so ehrlich, voller Mitgefühl, dass sie Cornwall tief berührten. »Ja, das wünschte ich auch. Danke, Ria. Bitte richten Sie Liam liebe Grüße aus«, wiederholte er seinen Wunsch, um das Ende ihres Gesprächs anzudeuten. Es hätte keinen Zweck, länger über Dinge zu diskutieren, die nicht zu ändern waren. Dies hatte er in den achtzehn Jahren mehrmals schmerzlich erfahren müssen.

Auch Ria schien es einzusehen, winkte kurz zum Abschied und schloss die Tür hinter sich.

Cornwall lehnte sich in seinem Schreibtischstuhl zurück und schloss die Augen. Würde es ihm jemals gelingen, den beiden zu helfen? Wenn er nur die Möglichkeit bekäme, zu testen, welche Kräfte auf sie wirkten, sobald sie aufeinandertrafen! Dann könnten sie weiterarbeiten und nach Lösungen suchen, damit sie dennoch zusammenbleiben konnten. Irgendwie mussten seine Kollegen doch umzustimmen sein. Vielleicht sollte er eine Art Petition schreiben und dabei nach und nach seine Kollegen mit ins Boot holen? Konnte er so Professor Link und seine Mitstreiter umgehen?

Er richtete sich auf und klappte erneut seinen Laptop auf. Einen Versuch war es wert, beschloss er. Er hatte lange genug geschwiegen und nachgegeben! Gerade wollte er ein Schreibdokument öffnen, als er von einem zaghaften, leisen Klopfen unterbrochen wurde.

»Ist offen!«, rief er. Da Ria zu Liam gefahren war, musste es sich um den Postboten handeln, weil Cornwall ansonsten so gut wie nie Besuch in seinem Büro bekam.

»Hallo Mister Cornwall.«

Die Stimme ließ ihn schlagartig erschaudern. Sie gehörte definitiv nicht dem Briefträger. Dazu kannte er die Stimme zu gut. Ganz langsam drehte er sich um und blickte in das eingeschüchterte Gesicht von Jen. Mit einer ausgebleichten Jeans, einem viel zu großen Wintermantel und einem typischen Mädchen-Schulrucksack in der Hand stand sie vor ihm und wirkte mehr als nur verloren.

»Jen! Wie … Was …«, stammelte er und ignorierte das Rauschen in seinen Ohren und das Kribbeln im Magen. Jen war hier. Bei ihm. Diese Tatsache könnte so vieles ändern …

»Ich musste einfach herkommen. Ich muss zu Liam, Mister Cornwall. Bitte, bitte helfen Sie mir!«

»Wie hast du es geschafft, zu mir zu kommen? Ich dachte, Link würde …«

»Wir haben ihn ausgetrickst«, unterbrach ihn Jen und hob dabei mit einem schelmischen Grinsen ihre Schultern an. »Mein Freund hat Ihre Adresse herausgefunden und ich bin geflohen. Es ging nicht anders.«

Cornwall nickte mitfühlend und kämpfte gegen seine Tränen an, da er sah, dass sie genauso litt wie Liam. Sie litten unter ihrer Trennung. Körperlich als auch seelisch. Seitdem sie sich getroffen hatten, spürten sie den Verlust ihrer anderen Hälfte wahrscheinlich viel deutlicher als zuvor. Und er war dafür verantwortlich. Er hatte sie so gemacht. Er hatte zwei Menschen mit einer Seele erschaffen, ohne sich nur einmal Gedanken über die möglichen Folgen zu machen.

»Ich weiß nicht, wann dieser Mann feststellt, dass ich fort bin. Vermutlich weiß er es längst. Daher müssen Sie mir helfen! Ich muss zu Liam! Bitte, ich brauche Ihre Hilfe!«

»Ich fasse es nicht, dass du ihm entkommen bist! Aber ja, du hast Recht, lange wird er nicht warten. Er wird wissen, wohin du geflohen bist. Alle werden es wissen.«

Jens Augen weiteten sich überrascht, was Cornwall einleuchtete, immerhin wusste sie nicht einmal, wer sie war, geschweige denn davon, wer alles ihre Lebensgeschichte kannte. »Hör zu, Jen. Professor Link ist nicht allein. Du bist ihm entkommen, das finde ich grandios. Allerdings werden Sie dich suchen. Ich kann dich nicht einfach zu Liam bringen. Das wäre viel zu gefährlich. Sie würden dich finden.« Er stand auf und tigerte unruhig durch seine Büroräume. Wie konnte er Jen und Liam helfen? Wie konnten sie aufeinandertreffen, ohne eine Gefahr für andere darzustellen oder in die Hände von Link zu geraten?

»Dann war das also umsonst? Meine Flucht? Mein Besuch bei Ihnen? Oh Gott«, seufzte sie und Cornwall erkannte, dass sie den Tränen nahe war. Vermutlich hatte sie in letzter Zeit nicht viel geschlafen. Eine Flucht auf einen anderen Kontinent, noch dazu völlig allein, war für so ein junges Mädchen eindeutig zu viel!

»Nein, Jen. Ich helfe dir. Das verspreche ich. Ich werde eine Lösung finden. Ich …« Er hielt inne, als er das leise Klacken von Rias Schuhen vor seiner Bürotür hörte. »Oh verdammt!«, fluchte er und stieß Jen hektisch von der Tür weg. »Du musst dich verstecken! Sie darf dich nicht sehen!« Er öffnete die Tür zur Kaffeeküche, schubste sie kraftvoll hinein und knallte die Tür zu – keinen Augenblick zu spät. Denn schon öffnete Ria die Bürotür und balancierte ein Papp-Tablett mit Donuts und zwei Coffee-to-go-Bechern hinein. »Ich dachte, ich bringe zur Abwechslung mal guten Kaffee mit«, flötete sie bestens gelaunt, blieb dann allerdings wie angewurzelt stehen, als sie Cornwall vor der kleinen Tür musterte. »Was ist los?« Offenbar schien Cornwalls Gesicht ein offenes Buch für sie zu sein.

»Nichts ist los. Perfekt, Sie sind ein Schatz, Ria. Guter Kaffee ist fantastisch!«, lobte er sie und erkannte selbst, wie falsch er dabei klang. Gleichzeitig fiel ihm Jens Rucksack auf, der neben seinem Schreibtisch auf dem Boden stand. Verdammt! Wieso hatte sie ihn liegen lassen? Natürlich folgte Ria seinem auffälligen Blick und sie hob irritiert eine Augenbraue.

»Haben Sie Mädchenbesuch? Haben Sie eine Tochter?«

»Was? Nein … Also, ich …«

Plötzlich wurde Rias Gesicht trotz ihrer Hautfarbe aschfahl und sie stellte fast in Zeitlupe das Tablett auf dem Schreibtisch ab.

»Ich fasse es nicht! Dabei hatte ich sie fast gemocht! Das ist so widerwärtig!«

Okay, jetzt hatte Cornwall überhaupt keine Ahnung, wovon sie sprach, allerdings klang es nicht so, als würde sie Jen in seiner Kaffeeküche vermuten. Allein diese Tatsache war schon mal gut. Dies hoffte er zumindest.

»Sie gehören zu der Sorte Männer oder Professoren, die sich gerne im privaten Büro mit jungen Frauen treffen! Geben Sie es zu! Ich habe selbst vor vielen Jahren einige dieser ekelhaften Professoren erlebt! Doch ich dachte nie, dass Sie …« Sie schüttelte sich regelrecht vor Ekel und stieß mit dem Fuß Jens Rucksack zur Seite. »Auf so etwas stehen Sie also? Eine Schülerin? Studentin?«

Cornwall schluckte seinen Stolz herunter. Allein dass sie so etwas von ihm dachte, schmerzte mehr, als alles andere. Doch andererseits war diese Vermutung die einzig kluge Ausrede, die ihm momentan einfiel, daher nickte er mit schuldbewusster Miene.

»Okay, Sie haben mich ertappt. Ich liebe es, junge, unschuldige Mädchen in meinem Büro zu verführen. Doch sie machen das freiwillig, das können Sie gerne selbst überprüfen. Sie sollten allerdings vielleicht ein paar Minuten warten, bis sie sich angezogen hat.« Cornwall biss sich auf die Unterlippe, um das eigene Grauen allein bei der Vorstellung daran zu vertreiben. Und er hoffte innig, dass er nicht zu weit gegangen war. Was sollte er tun, wenn Ria wirklich nachsehen wollte? Wie würde sie reagieren, wenn sie Jen entdeckte?

Doch seine Sorge war umsonst. Ria spießte ihn verächtlich mit ihren Augen auf und schüttelte den Kopf. »Nein, danke. Ich muss an die frische Luft. Sorgen Sie nur dafür, dass sie verschwunden ist, wenn ich wiederkomme!« Mit diesen Worten machte sie kehrt und verließ mit einem krachend lautem Türknall Cornwalls Büro.

Keine Minute später öffnete Jen die Tür der Kaffeeküche einen Spalt breit und Cornwall erkannte ein breites, amüsiertes Grinsen.

»Haben Sie gerade wirklich behauptet, Sie hätten Sex mit jugendlichen Frauen in Ihrem Büro?«

Cornwall rieb sich übers Gesicht und atmete tief durch. Sie hatte also jedes Wort gehört. »Ich will keinen Kommentar dazu«, ermahnte er Jen und verfluchte sich selbst für sein voreiliges Verhalten. Möglicherweise hätte er einfach behaupten können, dass er Vater war. Alles wäre besser gewesen als das hier!

»Wer war das denn? Ich meine, ich kenne Sie ja nicht wirklich, aber sogar ich hätte wirklich Zweifel, Ihnen so etwas zu glauben.«

Cornwall schob ihr einen Stuhl hin und ließ sich zeitgleich zurück in seinen Bürosessel sinken. »Das war Ria Kumari, meine neue Assistentin. Professor Link hat sie mir zugewiesen. Das ist im Übrigen der Mann, dem du entkommen bist.«

Jen setzte sich zaghaft gegenüber von ihm auf den Stuhl, legte ihre Hände auf den Knien ab und sah ihn interessiert an. »Also ist sie kein Freund, nehme ich an.«

Cornwall biss sich auf die Innenseite der Wange, als er den Kopf schüttelte. Denn dies war die Wahrheit, selbst wenn er es gerne anders hätte – Ria war kein Freund von ihm.

»Und was machen wir nun?«

»Wenn ich das nur wüsste«, gab Cornwall zurück und betrachtete das zierliche Mädchen vor sich, das geduldig wartete und seine hoffnungsvollen, himmelblauen Augen auf ihn richtete. Ihm musste irgendeine Lösung einfallen, um Jen zu Liam zu bringen, ohne einen der beiden einer Gefahr auszusetzen. Doch wie sollte ihm das gelingen? Sollte Link tatsächlich bereits festgestellt haben, dass Jen nicht mehr zu Hause war, würde er gewiss sofort in den nächsten Flieger steigen. Er rechnete schon fast damit, jede Sekunde das Klingeln seines Telefons zu hören.

Stattdessen öffnete sich erneut schwungvoll seine Bürotür, begleitet von der schimpfenden, tiefen Stimme Rias. »Ich habe nachgedacht. Es wäre vermutlich besser, wenn ich meinen Job künd-…«, doch dann hielt sie inne, riss ihre Augen auf und starrte ungläubig zu Jen.

## 30

JEN

Verdammt! Was für ein Mist! Ich ballte meine Hände zu Fäusten und starrte in das eigentlich ziemlich schöne, jedoch aktuell völlig entgeisterte Gesicht einer Frau mittleren Alters. Eine Frau, die von meinem Stalker angestellt war. Definitiv keine gute Frau!

Sollte es das schon gewesen sein? War mein Fluchtversuch zu Liam gescheitert, weil in Cornwalls Büro ein Spitzel saß? Würde sie mich nun postwendend nach Hause schicken, oder möglicherweise noch Schlimmeres mit mir anstellen? Dabei sah sie eigentlich gar nicht gefährlich aus, eher unglaublich attraktiv. Andererseits, was sagte schon das Aussehen über den Charakter eines Menschen aus?

»Hi«, beschloss ich schließlich, auf freundlich und naiv zu machen, und schenkte der Frau ein schüchternes Lächeln.

Die Frau deutete nun mit dem Zeigefinger auf mich, sah dabei allerdings zeitgleich völlig verwirrt zu Cornwall. »Das ist Jennifer Peters.«

»Jep, die bin ich. Und Sie können auch gerne mit mir persönlich sprechen, sonst komme ich mir wirklich ein wenig komisch vor.« Ich streckte ihr meine Hand entgegen, die ich kurz zuvor an meiner Jeans ein wenig abwischte. Schließlich sollte sie nicht sofort beim Händedruck meinen Angstschweiß bemerken und realisieren, wie viel Panik ich gerade tatsächlich verspürte. »Und Sie sind?«

Allerdings war meine Aktion völlig überflüssig, da sie weder meine Hand ergriff, noch einen weiteren Blick auf mich richtete. Stattdessen starrte sie weiter zu Steven Cornwall, der betreten auf seinem Schreibtischstuhl saß und ihn dabei hin- und herdrehte.

»Sie hatten keinen Sex mit Minderjährigen in Ihrem Büro«, stellte sie trocken fest und ich hätte beinahe gelacht, hätte ich nicht so unter Anspannung gestanden.

Cornwall lachte hingegen trocken. »Nein, den hatte ich nicht. Natürlich nicht.«

»Aber …«, begann Ria fragend, doch ich musste sie nun doch unterbrechen.

»Eigentlich bin ich schon volljährig, nur mal so am Rande.«

Cornwall schüttelte jedoch seinen Kopf. »Das magst du vielleicht in Deutschland sein. Hier in Amerika bist du es nicht, Jen.«

»Wieso haben Sie mich angelogen?«

»Liegt das denn nicht auf der Hand?«

Eine gefühlte Ewigkeit sah Ria von ihm zu mir und wieder zurück, als müsste sie tatsächlich nach der schlüssigen Antwort suchen. Je länger es dauerte, umso unruhiger wurde ich. Ich wollte doch nur zu Liam! Warum war das so verdammt schwierig?

»Sie ist Ihrem Chef entwischt. Ich fürchte, Sie sollten ihm mitteilen, wo sie sich befindet«, half Cornwall ihr auf die Sprünge und mein Magen knotete sich noch enger zusammen, als er es sowieso schon tat. Schließlich hob er auch noch das Telefon vom Schreibtisch auf und warf es ihr zu.

»Die Nummer ist unter dem Namen ›unerwünscht‹ eingespeichert.«

Ria schien immer noch in einer Art Schockstarre gefangen zu sein. Obwohl sie das Telefon perfekt aufgefangen hatte, starrte sie Cornwall immer noch ausdruckslos an und ich fragte mich, welche Gedanken sie gerade beschäftigten. Ich versuchte, ihren Blick zu deuten. Sah er etwa traurig aus? Oder enttäuscht? Oder war sie erleichtert? Cornwall wirkte eindeutig traurig und resigniert. Er war meine einzige Chance gewesen, aber ich hatte nicht damit gerechnet, dass selbst er unter Beobachtung stand.

Als ich dachte, ich müsste vor lauter Nervosität umkippen, nahm Ria das Telefon, suchte eine Nummer heraus und wählte. Anschließend schaltete sie den Lautsprecher an, sodass ich auch noch mitanhören musste, wenn sie gleich vom Scheitern meines Fluchtversuchs sprechen würde. Wieso konnte ich nicht einfach ohnmächtig werden? In den Filmen klappte das doch auch immer!

»Ja, Link?« Eine genervte und gehetzte Stimme erklang und ich hielt die Luft an.

Ria hielt ihren Blick standhaft auf Cornwall gerichtet, als sie tief Luft holte. »Ich wollte meine wöchentliche Rückmeldung erbringen. Komme ich ungelegen?«

Okay, das klang jetzt nicht danach, dass sie mich verpfeifen würde. Noch nicht zumindest. Ein Blick zu Cornwall verriet mir ebenfalls absolute Verwirrung.

»Ja! Nein, es ist alles in Ordnung. Ich habe nur ein kleines Problem … Doch fahren Sie fort! Sind Sie mittlerweile an die Informationen gekommen? Haben Sie die Formel gefunden?«

Die Anspannung in dem Büro war elektrisierend, selbst wenn ich nicht wusste, wovon dieser Link sprach, verstand ich allerdings eines sofort – Ria sollte Cornwall ausspionieren und gab aktuell ihre geheime Mission preis. Nur warum?

»Nein, Professor Link. Doktor Cornwall erzählte mir während eines Gesprächs, dass er diese Formel nur auf ein einziges Blatt Papier händisch aufgezeichnet und dieses sicher verwahrt hat, aus Angst, es könnte in die falschen Hände geraten. Es existieren dazu keine Daten auf dem PC, ein Trojaner würde daher zu nichts führen.«

Ich sah, wie Cornwall seine Augen aufriss und Ria mit offenem Mund anstarrte, allerdings sprach sie weiter, als würde ihr seine Reaktion überhaupt nichts ausmachen. »Allerdings führen wir mittlerweile ein sehr inniges Arbeitsverhältnis, wenn Sie verstehen, was ich meine. Und Cornwall vertraut mir zu hundert Prozent. Ich vermute, es wird nicht mehr lange dauern, bis er mir die Formel zeigen wird. Darauf können Sie sich verlassen.«

Offensichtlich musste Cornwall sich enorm anstrengen, um keinen Laut von sich zu geben. Er krallte seine Hände um die Lehne seines Stuhls, sodass sämtliche Venen an seinen Unterarmen hervortraten.

»Das ist wunderbar, ich wusste, ich kann mich auf Sie verlassen, Kumari!«

Ria lächelte falsch, was dieser Link ja zum Glück nicht sehen konnte. »Das freut mich sehr, Professor. Kann ich sonst noch etwas für Sie tun? Sie klingen so gehetzt.«

»Ich sagte doch bereits, ich habe alles unter Kontrolle!« Sogar durch das Telefon klang die Stimme bedrohlich und extrem wütend. »Behalten Sie nur weiter Cornwall im Auge! Ich fürchte, er plant etwas Schreckliches! Es würde mich nicht wundern, wenn er versucht, Jen zu sich zu holen.«

Nun sah Ria zum ersten Mal in meine Richtung und schenkte mir ein ehrliches Lächeln, das ich ihr sofort glaubte.

»Aber Professor Link! Das wird ihm doch gar nicht möglich sein. Immerhin beschatten doch Sie persönlich Jen. Cornwall würde es nie gelingen, Sie zu hintergehen, oder haben Sie tatsächlich Angst davor?«

Bei diesen Worten musste sogar ich grinsen und ich presste meine Lippen fest aufeinander, um keinen Laut von mir zu geben.

»Nein nein, natürlich nicht. Dennoch. Beobachten Sie ihn. Und sobald Ihnen etwas komisch vorkommt, rufen Sie an, haben Sie verstanden?«

»Aber natürlich, Professor Link. Ich melde mich spätestens nächste Woche wieder bei Ihnen. Auf Wiederhören!«

Professor Link ließ nur noch ein Stöhnen von sich hören, bevor das Freizeichen eintrat. Ria beendete das Telefonat und richtete ihre Augen nun wieder voll und ganz auf Cornwall. Dabei wirkte sie ein wenig wie ein trotziges Kind. »Haben Sie noch irgendwelche Fragen, Steven?«

»Sie sind also kein Spitzel?«

Ria verzog das Gesicht. »Doch – natürlich bin ich das. Aber ich hoffe, das Telefonat hat Ihnen deutlich gemacht, auf wessen Seite ich stehe.«

»Aber wieso ...«, begann Cornwall und ich sah das ehrliche Lächeln, das Ria gleich tausendmal schöner aussehen ließ, als sie es ohnehin schon tat. Selbst ich musste das neidlos zugeben.

»Steven. Ich verfolge Ihre Thesen schon seit vielen Jahren, ich habe alle Ihre Bücher, alle Ihre Zeitungsartikel und alle Ihre Interviews gelesen. Die Chance, bei Ihnen arbeiten zu können, und sei es vorgeblich nur als Spitzel, konnte ich mir nicht entgehen lassen. Ich musste Sie kennenlernen. Ich wollte unbedingt erfahren, wie es ist, mit Ihnen zusammenzuarbeiten. Wollte mit Ihnen über Ihre Theorien diskutieren. Aber ich schätze, ich werde Professor Link nie das geben können, was er von mir verlangt hat. Vermutlich haben Sie die Formel einfach zu gut verwahrt«, fügte sie mit einem verschmitzten Grinsen hinzu, bevor sie sich zu mir drehte und mir nun endlich ihre Hand reichte. »Ich entschuldige mich für mein unhöfliches Verhalten. Es freut mich sehr, dich endlich persönlich kennenzulernen, Jennifer. Ich bin Ria.«

Ich erwiderte ihr Lächeln ein wenig zaghafter, da mich die Worte »endlich persönlich« ziemlich irritierten. Wieso kannte sie mich überhaupt? Wer kannte mich eigentlich noch alles, ohne dass ich es wusste?

»Und ich vermute mal, du willst zu Liam?«

Nun wechselte ich einen aufgeregten Blick mit Cornwall, der bis zu diesem Moment wie eingefroren schien, sich jetzt aber wie auf Kommando schüttelte. Dann stand er auf und reichte Ria seine Hand. »Ich muss mich bei Ihnen entschuldigen. Für meine unangebrachte, dreiste Lüge und für mein fehlendes Vertrauen zu Ihnen. Es tut mir wirklich von Herzen leid. Aber ich will die beiden nicht in Gefahr bringen. Nicht schon wieder.«

»Na ja, an der Lüge trage ich ja gewissermaßen mit Schuld. Und Ihre Vorsicht war und ist sicherlich berechtigt. Immerhin ist Link immer noch mein Chef. Doch nun sollten wir uns wichtigeren Dingen widmen … Wieso ist Liam noch nicht hier?«

Mir fiel ein zentnerschwerer Stein vom Herzen. Ria wollte uns helfen, sie schickte mich nicht zurück. Ich durfte vorerst bleiben. Ich konnte zu Liam. Vor lauter Erleichterung hätte ich beinahe laut geschluchzt, doch ich wischte mir noch schnell die Tränen aus den Augenwinkeln, bevor es jemand registrierte.

»Das ist ja das Problem. Ich hatte Ihnen bereits erzählt, was geschieht, wenn die beiden aufeinandertreffen. Es wäre unverantwortlich, dies in aller Öffentlichkeit geschehen zu lassen. Abgesehen von der Gefahr, durch andere Spitzel erwischt zu werden. Wer weiß, wen Link noch angeheuert hat. Außerdem wird er sie garantiert bei ihm suchen, sobald er von ihrer Abwesenheit erfährt. Ich denke, wir dürfen spätestens morgen damit rechnen, dass er in New Haven auftaucht.«

Ria lief in Cornwalls Büro auf und ab, was ein rhythmisches Klacken ihrer Schuhe erklingen ließ. Da dieses Geräusch nun das Einzige war, was durch den großen Raum hallte, schauderte ich. Es klang unheimlich und intensivierte zusätzlich meine Angst vor dem, was kommen würde. Würde ich Liam treffen? Und wenn ja, was dann? Warum waren Professoren hinter uns her? Zu welchen Methoden würden sie greifen, um uns zu kriegen? Steckte ich womöglich in einer noch größeren Gefahr, als ich es angenommen hatte?

Plötzlich blieb Ria stehen und Stille legte sich über den Raum. Ganz langsam streckte sie ihren Zeigefinger in die Luft und lächelte spitzbübisch.

»Ich weiß, was wir machen.«

## 31

## LIAM

»Du machst einen Fehler, Liam! Tu das nicht!«

Ich ignorierte zum gefühlt hundertsten Mal Alex' Warnungen, während er mir wie ein Dackel die Stufen zur U-Bahnstation hinterherlief. Seit wann war er zu so einer Glucke geworden? Wieso konnte er nicht einfach glauben, dass ich mich nicht wie ein selbstmordgefährdeter Freak auf das nächste Bahngleis warf?

Nachdem er erneut zu seinen Ratschlägen ansetzte, blieb ich stehen, drehte mich verärgert um und bohrte meinen Zeigefinger in seine Winterjacke.

»Jetzt hör mir zu, Alex! Du wolltest, dass ich mir Hilfe hole. Das tue ich. Weil ich mir ziemlich sicher bin, dass dieser Cornwall mir helfen kann. Also hör endlich auf, mir Vorträge zu halten!«

»Ich wollte, dass du dir ärztliche Hilfe holst!«

»*Er ist Arzt!*«, schrie ich ihn nun an, da mein Geduldsfaden seine Grenzen erreicht hatte.

»Und du weißt, was ich meinte! Diese Typen sind gefährlich! Wieso ist dir das so scheißegal?«

Ich hatte vor zwanzig Minuten einen Anruf von Ria erhalten, dass sie und Steven Cornwall mich im Büro erwarteten. Natürlich hatte sie keinen Grund genannt, doch Cornwall hatte mir Antworten versprochen und ich würde nicht eher gehen, ohne zuvor mindestens eine Antwort erhalten zu haben. Dummerweise hatte sie angerufen, als ich mit Alex zusammen unseren Freund

Jacob besucht hatte. Dessen Knochenbrüche heilten nur langsam und er befand sich zurzeit zur Rehabilitation in einer Klinik, in der wir ihn regelmäßig besuchten. Doch Alex schien sich mehr um mich zu sorgen als um Jacob. Vermutlich zu Recht. Trotzdem. Er würde mich nicht abhalten, Cornwalls Büro zu betreten.

»Mir ist es nicht scheißegal, Alex! Aber diese Leute sind meine einzige Chance, mein Leben irgendwie wieder in den Griff zu bekommen. Mir geht es seit dieser Lawinengeschichte beschissen! Das solltest selbst du kapiert haben! Und ich habe absolut keine Ahnung, warum das so ist. Diese scheißgefährlichen Typen wissen es aber! Daher bleibt mir gar keine andere Wahl, als mich auf sie einzulassen, kapiert? Und jetzt lass mich endlich los! Die U-Bahn kommt.«

Ich beobachtete, wie Alex sich seufzend durch die Haare fuhr, die daraufhin in alle Richtungen abstanden, bevor er nochmal seine Hand auf meine Schulter legte. »Dann lass mich dich wenigstens begleiten.«

Ich verzog das Gesicht. »Damit ich dich auch in Gefahr bringe? Sicher nicht.« Ich holte tief Luft, bevor ich ihm ein halbherziges Lächeln schenkte. »Alex, ich weiß selbst, dass die Leute gefährlich sind. Ich habe nicht vergessen, wie dieser Typ dir im Krankenhaus gedroht hat. Ich muss mich mit ihnen treffen, mir bleibt keine Wahl. Aber du hast die Wahl. Und ich lasse nicht zu, dass du wegen mir dieses Risiko eingehst, kapiert? Die werden mich schon nicht abstechen. Ich melde mich später bei dir, okay?«

Ohne auf seine Antwort zu warten, rannte ich los, um gerade noch rechtzeitig vor dem Schließen der Türen in die U-Bahn zu gelangen.

Ich stellte mich direkt an das Fenster und ließ die Lichter der Tunnel an mir vorbeiziehen. Gleich würde ich Antworten erhalten. Ich würde mit jemanden sprechen, der mich vielleicht verstand. Jemand, der mir bestenfalls sogar helfen konnte.

Je näher ich Steven Cornwalls Büro kam, desto feuchter wurden meine Hände, deren Fingernägel ich schmerzend in die Handballen krallte. Ganz zu schweigen von meinem heftigen Atem oder meinem Herzschlag. Diesen spürte ich besonders intensiv. Als wäre er nicht Teil meines Körpers, sondern außerhalb, wild pochend.

Dies wurde auch nicht besser, als ich schließlich vor dem riesigen Bürogebäudetrakt stand. Ich überflog die unzähligen Klingelschilder, bis ich endlich Cornwalls Namen entdeckte und die Klingel mit zittrigen Fingern drückte.

Es dauerte nicht lange, bis sich eine Stimme aus der Gegensprechanlage meldete, die mir erklärte, dass ich in den fünfzehnten Stock kommen sollte.

Na toll! Entweder ich nahm den Aufzug und stieg freiwillig in einen so engen, dunklen Raum, oder ich durfte mich fünfzehn Stockwerke durchs Treppenhaus quälen. Fuck! Ich ballte meine Hände zu Fäusten und betrachtete zunächst den Aufzug. Er wirkte relativ neu. Auch nicht klein. Also stieg ich ein.

Für einen kurzen Moment überkam mich erneut das Gefühl wie in der Lawine – die klirrende Kälte, die Atemnot, die Angst, erdrückt zu werden, ohne zu wissen, wo unten und oben war. Doch dann, ganz plötzlich hörte ich Jens Stimme in meinem Inneren. »Liam.« Es glich einem Versprechen, einer Liebeserklärung und ich beruhigte mich.

Diese Ruhe wich die gesamte Fahrt nach oben nicht von mir und erst, als ich an die Tür von Cornwalls Büro klopfte, verkrampfte ich mich wieder.

Die hübsche Inderin öffnete mir und lächelte mich freundlich an. »Hi Liam, schön dich wiederzusehen. Komm herein.«

Ich knetete meine Finger, während ich ihr zögernd folgte und im Büro nach Cornwall Ausschau hielt. Allerdings konnte ich ihn nirgends entdecken. Und so großräumig war dieses Zimmer nicht. Hatten sie mir etwa eine Falle gestellt? Hätte ich doch auf Alex und sein ungutes Gefühl hören sollen? Würden sie mich jetzt entführen oder schreckliche Experimente mit mir durchführen?

»Ist alles in Ordnung, Liam? Du wirkst etwas angespannt.«

»Hmmm? Ja, ja. Alles gut. Ich meine, mir gehts gut. Wo ist Cornwall?«

Ria schenkte mir ein Lächeln, das irgendwie zweideutig wirkte, doch ich konnte den Blick nicht einschätzen. War er aufgeregt? Oder hinterlistig? Amüsiert, dass ich so leicht in ihre Falle getappt war?

»Er befindet sich in seinem Labor im Keller des Gebäudes. Ich würde dich zu ihm bringen, wenn du möchtest.«

Okay, spätestens jetzt schrillten bei mir alle Alarmglocken. Sie wollten mich einsperren. Fuck! Aber zum Glück stand nur eine zierliche, kleine Inderin vor mir – sie konnte ich gewiss ziemlich leicht überwältigen. Ich musste hier weg! Schnell!

»Liam. Du wirst es nicht bereuen, vertraue mir.«

Vertrauen? Ja, klar.

Aber wieso sah sie mich so seltsam an? Als wäre heute Weihnachten und ich ihr Kind, das gleich den Christbaum sehen würde. Es sah absolut nicht nach Kidnapping aus.

»Hör in dich hinein und glaube mir – der Besuch wird sich lohnen.«

Okay, sollte diese Ria mich wirklich entführen wollen, wusste sie genau, mit welchen Worten sie mich kleinkriegen konnte. Denn wenn ich in mich hinein hörte, spürte und fühlte ich nur Jen. Und den Drang, Antworten zu bekommen. Ich musste ihr also folgen. Ihr vertrauen. Es gab keine andere Möglichkeit. Daher nickte ich stumm und deutete ihr an, vorauszugehen.

Mein Herz schien während der gesamten Fahrt des Aufzugs verrückt zu spielen. Es zog sich zusammen und klopfte immer schneller, je weiter wir nach unten kamen. Ob ich noch einmal eine Panikattacke bekommen würde? Allerdings hatte sich die damals im Krankenhaus anders angefühlt.

Ein »Pling« erlöste mich und ich rauschte, kaum hatten sich die Türen geöffnet, aus dem Aufzug hinaus. Doch das Gefühl blieb.

»Bereit?«, fragte Ria mich und legte einen Arm auf meine Schulter.

Bereit wofür? Momentan war ich zu gar nichts bereit. Mein Herz drohte, zu zerspringen. Mein gesamter Körper kribbelte und ich bekam kaum noch Luft. Nein, ich war definitiv zu nichts bereit.

Allerdings ignorierte Ria mein keuchendes Schweigen und öffnete stattdessen eine schwere, stählerne Kellertür.

Erst als ich ihr durch diese Tür folgte, setzte mein Herz komplett aus.

Jen.

Ich riss die Augen auf und blieb erstarrt einige Sekunden mitten im Raum stehen. Es rauschte in meinen Ohren und ich hörte nur noch das Pochen meines Herzens. Oder war es ihr Herz? Keine Ahnung.

Sie strahlte mich an, als wäre auch ich für sie eine Erscheinung, eine Fata Morgana.

Doch dann riss ich mich aus meiner Starre, rannte zu ihr und nahm sie besitzergreifend in meine Arme.

»Jen.« Der altbekannte Schlag durchzuckte mein Herz und ich sog schmerzerfüllt die Luft ein, doch ich weigerte mich, sie loszulassen. Jen. Sie war hier. Bei mir. In meinen Armen.

»Liam«, flüsterte sie genauso, wie ich es vorhin im Aufzug im Geiste gehört hatte.

Ich inhalierte ihren Duft, roch das süßlich vanillige Shampoo ihrer feinen, blonden Haare, erkannte ihr Parfum, das mir in den letzten Tagen nicht mehr aus der Nase weichen wollte. Oh Gott, tat es gut, sie in meinen Armen zu spüren. Ich fühlte mich vollständig. Endlich. Wieder.

Ein Räuspern erklang, doch ich ignorierte es und umschlang stattdessen ihre Finger mit meinen – ein wunderbares Gefühl.

»Ja, hallo Liam. Schön, dass du gekommen bist. Ich dachte mir, du würdest dich freuen, sie zu wiederzusehen. Das ist jetzt nicht zu übersehen. Aber dennoch: Wäre es möglich, dass wir uns unterhalten? Ihr könntet euch für einen Augenblick loslassen. Wir haben einiges zu besprechen. Wirklich. Bitte Liam, Jen.«

Nur widerwillig gab ich Cornwalls Drängen nach. Doch selbst, als er auf zwei Bürostühle deutete, setzte ich mich, ohne ihre Finger von meinen zu lösen. Ich durfte sie einfach nicht loslassen. Die Angst, dass sie nicht doch eine bloße Einbildung meines immer irrer werdenden Verstandes war, war zu groß.

Cornwall lachte leise, widersprach jedoch nicht. Als sich Ria zuletzt neben Cornwall setzte, nickte dieser und schenkte uns ein Lächeln.

»Also gut. Ich werde dir kurz erzählen, was geschehen ist, Liam. Jen wurde, wie du weißt, von Professor Link beschattet, konnte aber mithilfe ihres Freundes fliehen. Es ist aber nur eine Frage der Zeit, bis er hier bei uns auftauchen wird, da er schon längst damit rechnet, dass ich gegen meinen Auftrag handle. Das hast du ja damals im Krankenhaus mitbekommen. So weit, so gut. Wir hätten euch niemals in der Öffentlichkeit zusammenführen können, da wir nicht wissen, was es mit diesen elektrischen Ladungen auf sich hat, die ihr augenscheinlich auslöst. Unsere liebe Ria kam auf die Idee, meinen Laborraum zu nutzen. Dieser ist unter anderem strahlengeschützt, da ich für meine Versuche einen komplett sterilen und strahlungsfreien Raum benötige.« Er verzog das Gesicht zu einem Grinsen und deutete auf uns. »Gut, steril ist er jetzt nicht mehr, aber zumindest können wir hier unten garantieren, dass, egal, welche Ladung und Kraft auf euch wirkt, nichts nach außen dringt. Somit stellen wir keine Gefahr für andere dar und ihr könnt euch kennenlernen.«

Ich blickte zu Jen hinüber, die mir sofort ein Lächeln schenkte, das direkt in mein Herz wanderte. Es klang zu schön, um wahr zu sein. Ich konnte mit ihr zusammen sein? Sollte das wirklich möglich sein?

»Ich habe versprochen, euch beiden Antworten zu liefern. Doch dazu muss ich selbst zunächst Antworten finden. Ich habe eine Ahnung, wieso ihr einen Stromschlag bekommt, sobald ihr euch berührt. Ich hätte auch eine These für das sonstige Verhalten, was euch betrifft, doch wenn ich euch Antworten liefern muss, brauche ich zuvor belegbare Beweise. Daher frage ich euch beide, darf ich Messungen an euch vornehmen, wenn ihr hier unten zusammenkommt? Ich habe dieses

Labor neben den allgemeinen Messinstrumenten vor vielen Jahren zusammen mit einer verstorbenen Kollegin in eine kleinere Nachbildung des Protonenbeschleuniger CERN umgewandelt, falls euch das etwas sagt. Nein? Nun, egal – es ist ein Hilfsmittel, um zu untersuchen, was genau im atomaren Bereich geschieht, wenn ihr euch berührt. So als grobe Erklärung. Doch das werde ich nur mit eurer Zustimmung testen. Hinzu kommt die mögliche Tatsache, dass uns die Zeit davonrennt. Professor Link wird nicht lange auf sich warten lassen. Und selbst, wenn er nicht weiß, wo sich mein Labor befindet, ist es nur eine Frage der Zeit, bis er euch trennen wird. Also – was haltet ihr von meinem Vorschlag?«

Ich presste die Lippen zusammen, um mein albernes Dauerlächeln zu vertreiben. Mir war im Grunde alles egal. Er hätte alles von mir verlangen können, solange ich dabei bei Jen bleiben durfte.

Ein Blick zu Jen verriet mir, dass es ihr ähnlich gehen musste. Sie drückte meine Hand, was mich erneut zum Grinsen brachte und nickte Cornwall zu.

»Ich bin den weiten Weg nicht hergeflogen, um jetzt zu kneifen«, grinste sie. »Also legen Sie los. Untersuchen Sie uns.«

## 32

JEN

Ich spürte den schmerzenden Piks kaum, als Cornwall mir die Nadel in die Vene stach. Dazu war ich viel zu aufgeregt und überdreht. Ich hatte es wirklich geschafft. Ich war bei ihm, bei Liam.

Eigentlich sollte ich völlig fertig sein, da mir zwei Tage Schlaf fehlten. In der Nacht, in der ich mit Hilfe von Finn zum Flughafen geflohen war, hatte ich kaum geschlafen, aus lauter Angst, erwischt zu werden. Am Flughafen selbst hatte ich mich mit Finn abgelenkt, Unmengen an ungesundem Essen in mich hineingestopft, obwohl ich weder hungrig war, noch Appetit verspürt hatte. Finn war mein Fels in der Brandung gewesen, ohne ihn wäre ich vor lauter Nervosität bestimmt ein paar Mal kollabiert. Doch er hatte mit mir über Bücher gesprochen, die ihn bestimmt nicht einmal interessierten, über Trixie und Niclas und ihre nervige Verliebtheit. Natürlich alles nur, um mich abzulenken, doch es war ihm gelungen. Mal abgesehen von den abgebissenen Fingernägeln.

Erst als ich ins Flugzeug eingestiegen war, war die Panik zurückgekehrt. Die Panik vor dem, was vor mir lag. An Schlafen war seitdem überhaupt nicht mehr zu denken. Cornwalls Angst und Unsicherheit hatten mir dabei auch nicht unbedingt geholfen.

Und jetzt, da ich mein Ziel endlich erreicht hatte, sah ich zu Liam und fühlte mich frischer denn je zuvor. Ich beobachtete, wie Cornwall auch ihm eine Nadel in den sehnigen Unterarm stach und schmunzelte, nachdem er kurz seinen Mund im Schmerz verzerrte. Auch ich spürte den Stich und rieb mir über die Ellenbeuge.

»Hast du das gefühlt?« Ria stand vor mir und wirkte ziemlich sprachlos, als ich nickte.

»Ja, das möchte ich auch noch dokumentieren. Wir haben bereits in Deutschland festgestellt, dass sich intensive Gefühle, sprich Schmerzen auf den anderen übertragen. Ich würde gerne die Intensität messen und herausfinden, ob es eine Rolle spielt, wie nahe ihr euch dabei seid. Würde meine These stimmen, intensivieren sich eure Wahrnehmungen, je näher ihr euch dabei kommt. Aber eins nach dem anderen. Heute möchte ich nur ein EKG und ein Blutbild machen, denn du siehst extrem fertig aus, Jen.«

»Hm?« Ich hatte nur die Hälfte verstanden, da ich zum einen nicht wirklich zugehört hatte und zum anderen einfach nur Liam ansehen musste. Meine Gedanken kreisten förmlich um ihn, ich spürte seinen bohrenden, aber glücklichen Blick auf mir. Ständig stahl sich dieses breite, dämliche Grinsen auf mein Gesicht, das er zurückspiegelte.

Liam streckte seine Hand aus und berührte mit den Fingerkuppen meine eigenen. Selbst mit dem Stromschlag fühlte sich diese Berührung perfekt an. Ich versank in seinen himmelblauen Augen und war einfach nur glücklich. Was total bescheuert klang. Immerhin fehlten mir wer weiß wie viele Stunden Schlaf, ich war von einem verrückten Professor und Stalker geflohen, der immer noch hinter mir her war und ich saß in einem dunklen, strahlengeschützten Kellerloch, um mit Liam, in Begleitung von zwei Doktoren, zusammen sein zu können. Ich sollte eigentlich aufschreien, am Boden zerstört und verzweifelt sein, angesichts dieser miesen

Ausgangslage. Doch das war ich nicht. Ich war einfach nur glücklich.

»Wie geht es deinem Freund?«, unterbrach mich Liam mit leiser und tiefer Stimme.

»Was? Wem?«

Er grinste mich an und deutete auf seine Zähne. »Na, der mit dem Zahnarztlächeln.«

»Meinst du Maximilian? Der ist ein Idiot.«

Liam grinste nur noch breiter. »Ja, ich habe dich gewarnt.«

Ich verdrehte meine Augen, hörte dabei jedoch nicht auf zu grinsen. »Er war aber nie mein Freund.«

»Ich dachte, dein Freund hat dir bei deiner Flucht geholfen?«

Mittlerweile klang seine Stimme nicht mehr ganz so leise, auch nicht melodisch. Als wäre er tatsächlich eifersüchtig auf meinen nicht vorhandenen Freund. Allein der Gedanke, dass Liam eifersüchtig war, verschaffte meinem Magen das Gefühl von tausend Brausestäbchen und Schmetterlingen zugleich. Herrliches Kribbeln! Daran könnte ich mich glatt gewöhnen!

»Finn hat mich zum Flughafen gebracht und ja – er ist mein bester Freund.«

Liam fasste räuspernd an seinen muskulösen Bauch, den ich unter seinem dünnen Shirt nur allzu gut erahnen konnte, und rieb ihn, als mir plötzlich Cornwalls Worte wieder in den Sinn kamen. Intensive Gefühle könnten sich auf den anderen übertragen. Hieß das etwa, Liam hatte soeben meine Schmetterlinge gespürt? Oh Gott! Das wäre … Zum einen furchtbar peinlich und zum anderen wahnsinnig aufregend.

Als ich in sein Gesicht sah, bestätigte sein Blick meine Vermutung. Denn er wirkte plötzlich mächtig durcheinander, ich konnte sogar seinen flachen Atem hören. Gleichzeitig zog er mich mit seinen Augen magnetisch an, oder sogar aus? Oh Gott, jetzt kribbelte es in meinem ganzen Körper. Als hätte ich mich in ein Ameisennest gesetzt. Ich spürte meinen Herzschlag laut in den Ohren pochen und fragte mich zeitgleich, ob es wirklich mein Herzschlag war. Was machte er mit mir? Und vor allem wie? Telepathie? Wieso reagierte ich so auf ihn? Am liebsten wäre ich ihm um den Hals gefallen, hätte ihm das dünne Shirt vom Oberkörper gerissen, hätte …

»Also gut, ich werde jetzt die Elektroden anstecken. Das Prozedere kennt ihr ja. Alles in Ordnung?«

Oh verdammt! Cornwall! Den hatte ich komplett vergessen. Oder ignoriert. Ich zwang meinem Atem, sich zu beruhigen, und schenkte dem Wissenschaftler ein kurzes, wenn auch bestimmt völlig verwirrtes Lächeln. Liam stieß verkrampft die Luft aus seinen Lungen und ein Seitenblick zu ihm verriet mir, dass es ihm ähnlich ergehen musste wie mir.

»Ist wirklich alles in Ordnung? Ihr beide wirkt … hmmm, irgendwie angespannt«, fragte nun auch Ria und musterte mich prüfend. Noch peinlicher wurde es, als sie meine feuchtkalte Hand in ihre legte und meinen Puls fühlte, der natürlich extrem schnell pochte. Immerhin hatte ich mir gerade vorgestellt, Liam die Kleider vom Leib zu reißen, da durfte man schon mal einen erhöhten Puls haben, oder nicht?

»Alles gut«, presste ich zwischen meinen Zähnen hindurch, doch Ria genügte meine Antwort nicht.

Sie drehte sich zu Cornwall, der damit beschäftigt war, die verschiedenen Kabel der Elektroden zu entwirren und sich dabei mehr als dämlich anstellte.

»Kann es sein, dass es den beiden nicht guttut, längere Zeit zusammen zu sein? Sie haben beide einen ziemlich hohen Puls und wirken sehr zerstreut.«

Cornwall hob kurz seinen Kopf, um einen Blick auf uns zu werfen, und zuckte schließlich mit den Schultern. »Jen ist bestimmt seit vielen Stunden auf den Beinen und ich weiß nicht, ob Liam in letzter Zeit gut geschlafen hat. Mir würde es an ihrer Stelle ähnlich gehen. Machen Sie sich keine Sorge, Ria. Außerdem sind wir ja da. Verdammte Kabel! Kann mir jemand helfen? Ich hasse Knoten!«

Ria stöhnte. »Wer hat denn diese Kabel alle zusammen in den Karton geworfen? Es weiß doch jeder, dass man Kabel aufrollen und zusammenbinden muss.«

Der schuldbewusste Blick Cornwalls lenkte mich kurz von meiner Nervosität ab, die Liam in mir erzeugte, und ich kicherte leise. Dieser Doktor wurde mir immer sympathischer. Außerdem wäre es möglicherweise sinnvoller, wenn ich meine Konzentration auf ihn richtete, anstatt noch ein einziges Mal zu Liam zu sehen. Denn ich spürte seine Blicke förmlich auf mir, wie sie meinen Rücken entlangwanderten, da es dort überall zu kribbeln begann. Ich hörte seinen immer noch flachen Atem und wusste genau, wie er empfand. Glückseligkeit und Qual zugleich. Als wären wir erst dann zufrieden, wenn uns kein Quäntchen Luft mehr voneinander trennte.

»Bereit?«, riss mich Ria aus meinen Gedanken und kurze Zeit später hing ich an den Elektroden und starrte gebannt auf das Gerät vor Cornwall.

Gebannt deshalb, da sowohl Liams, als auch mein Herz nicht nur ähnlich, sondern im exakt gleichen Rhythmus und Tempo schlugen. Das war irre! Selbst Ria schüttelte mit offenem Mund ihren Kopf und wirkte ziemlich beeindruckt. »Das ist unglaublich«, begann sie, doch Cornwall lächelte matt und zuckte mit den Schultern.

»Kann uns beide mal jemand aufklären? Irgendwie kommt es mir immer noch so vor, als würdet ihr uns wesentliche Informationen verheimlichen! Und ich weiß nicht, wie es Jen dabei geht, aber ich will endlich wissen, warum eine Traube von verfickten Professoren hinter uns her ist!«

Cornwall ließ sich Zeit mit seiner Antwort, zuerst überprüfte er die Geräte, dann schrieb er irgendetwas in ein Buch. Erst dann kam er auf Liam zu und legte fast schon väterlich seinen Arm auf Liams Schulter.

»Glaube mir, wenn ich jetzt anfange, dir die Dinge zu erklären, die ich weiß, hast du nur noch mehr Fragen, die ich dann nicht mehr beantworten kann. Ihr beide seid etwas Besonderes, so viel kann und will ich sagen. Aber ich verspreche dir, Liam, sobald ich auf alle meine Fragen eine Antwort weiß, werdet ihr allumfassend informiert. Ich denke, das ist das Beste für euch.«

Anstelle eines Kommentars ließ Liam ein genervtes Grunzen erklingen, offensichtlich war er nicht wirklich mit Cornwalls Antwort einverstanden. Ich persönlich empfand seinen Vorschlag als sinnvoll. Aber möglicherweise lag es einfach daran, dass ich Cornwall, aus unerklärlichen Gründen, voll und ganz vertraute. Er würde schon wissen, was richtig war. Das musste er einfach.


»So, dann wären wir für heute fertig. Ich danke euch beiden. Wie wäre es, wenn wir morgen Nachmittag fortfahren? Jen – es wäre mir recht, wenn entweder ich oder Ria dich am Hotel abholen. Und jetzt bringen wir dich natürlich auch zum Hotel. Wir dürfen nicht vergessen, dass Link dich suchen wird. Und du kommst dann einfach gegen vier Uhr hier her, okay?«, richtete Cornwall die letzte Frage an Liam.

»Ich kann sie auch in ihr Hotel bringen«, lenkte Liam ein und ich fühlte augenblicklich einen angenehmen Schauer über meinen Rücken gleiten. Wenn Liam mit mir gehen würde, dann könnte er … und ich … im Hotelzimmer … Ich schluckte trocken und voller Vorfreude, doch Cornwall schlug mir mit seiner heftigen Abwehrhaltung und seiner Antwort all die anregenden Gedanken aus dem Kopf.

»Oh Liam! Wieso, glaubst du, führen wir diese Untersuchungen in einem strahlengeschützten Raum durch? Es wirkt irgendeine Anziehungskraft auf euch, die euer gesamtes Umfeld mitbeeinflusst. Denk an den Stromausfall im Krankenhaus, an den geschmolzenen Schnee! Liam, du kannst und darfst sie nicht begleiten! Es ist zu gefährlich!«

Liam schien genauso enttäuscht wie ich. Ich sah, wie er die Hände zu Fäusten ballte und mit dem Kiefer mahlte.

»Und was soll Jen dann den Vormittag machen? Soll sie etwa allein in ihrem Hotelzimmer vergammeln, bis ihr sie abholt?«

Cornwall sah mich irritiert an. »Äh«, begann er und kratzte sich am Kopf. »Ich gehe davon aus, dass sie schlafen wird. Oder nicht, Jen? Das solltest du jedenfalls. Ich dachte, Jugendliche schlafen sowieso immer den halben Tag …«

Gut, offen gestanden lag Cornwall mit seiner Annahme gar nicht so falsch, wäre ich zu Hause und nicht in derselben Stadt wie Liam. Und gäbe es nicht Stalker, wie Link, die mich jeden Moment finden könnten. Nein, ich wollte sicherlich nicht den ganzen Tag im Hotel sitzen und meinen katastrophalen, panischen Gedanken nachhängen! Ganz gewiss nicht.

Ein Schlag durchzuckte mich, als ich Liams warmen, festen Arm auf meiner Schulter spürte und sein Atem mein Ohr kitzelte. »Keine Angst. Ich habe eine Idee. Ich werde dich nicht allein lassen, versprochen. Welches Hotel und welche Zimmernummer hast du?«

Selbst wenn Cornwall Liams Antwort nicht hatte hören können, zog er Liam bestimmt von mir weg.

»Liam! Ich meine das ernst! Du kannst nicht …«

»Ja, ich weiß. Keine Angst, Professor. Ich werde ihr nicht zu nahekommen. Selbst, wenn genau das aktuell mein größter Wunsch ist«, hauchte er den letzten Satz wieder in mein Ohr und ich vergaß prompt, weiter zu atmen. Oh Gott! Wieso reagierte mein Körper so auf ihn? Liam lächelte, was ihm diese abartig sexy Grübchen verpasste und kniff mich in die Seite. »Atmen, Jen!«

Verdammt! Ihm entging auch nichts. Mit hochroten Ohren drehte ich mich flach atmend um und reichte Ria meine Hand. »Hat mich gefreut, Sie kennenzulernen, aber ich glaube, die wenigen Meter würde ich sehr gerne allein gehen. Bis morgen.«

Ohne eine Antwort abzuwarten, verließ ich den Keller. Ich musste hier raus! Unbedingt! Bevor ich Liam noch vor Cornwall und Ria um den Hals fiel!

Ich benötigte Abstand. Und frische Luft.

Und vermutlich wirklich ein paar Stunden Schlaf.

Daher machte ich mich, nachdem ich draußen in der erfrischenden Winterkälte ein paar Atemzüge innegehalten hatte, auf dem Weg zu meinem Hotel.

# 33

## CORNWALL

»Und? Haben Sie neue Ergebnisse notieren können?«

Ria schob sich wie ein dunkler Schatten über Cornwalls Notizen und schielte neugierig auf seine Unterlagen. Anders als vor ein paar Tagen, machte ihm diese Tatsache nichts mehr aus, daher richtete er sich auf und schob seinen aktuellen Notizblock zu ihr herüber.

»Nein, eigentlich nicht. Es war mir klar, dass ihre Herzen komplett identisch schlagen, immerhin ist es ein Herz. Dennoch ist es schon etwas anderes, es nur theoretisch zu wissen oder es direkt mitzuerleben.«

Ria streifte mit ihren Fingern seine, als sie den Block in die Hände nahm und gebannt auf die Messergebnisse sah. »Das ist wirklich faszinierend, da gebe ich Ihnen recht. Dennoch sind die beiden so unterschiedlich und absolut liebenswert.«

Cornwall lehnte sich in dem Bürostuhl zurück und ein Lächeln stahl sich auf seine Lippen. Ganz automatisch wanderten seine Gedanken zurück zu den Anfängen der beiden. Er erinnerte sich an Liams lautstarken Protest, als er das Licht der Welt erblickt hatte und von Jen getrennt wurde. Jen hingegen wimmerte leidend und zog sich wie ein Igel zusammen. Er erinnerte sich zurück an Liams erste Schritte. Er war allein in seinem mit Spielzeug übersäten Zimmer und stand immer wieder auf, fiel zu Boden. Doch er trainierte immer weiter, bis er es schaffte. Jens erste Schritte kamen einige Monate später. Und selbst da weigerte sie sich nach dem ersten Fall, es auch nur noch ein zweites Mal zu versuchen. Cornwall hatte Tränen gelacht, als er sich die Videoaufnahmen angesehen hatte. Ihr trotziges Gesicht, vermischt mit der Angst vor dem Fall und die liebevollen Arme ihrer Mutter, die sie immer wieder ermutigt hatte. Ja, die beiden waren wirklich extrem unterschiedlich. Und doch hatte Cornwall beide von Anfang an tief in sein Herz geschlossen. Tiefer als er es je für möglich gehalten hätte.

Als er seine Aufmerksamkeit wieder zurück in sein Büro lenkte, merkte er, dass Ria ihn interessiert betrachtete.

»Würden Sie mir davon erzählen?«

Cornwall legte die Stirn in Falten. »Wovon?«

»Von damals. Als sie es geschafft hatten, die DNA zu knacken und zu ändern.«

Er schluckte. Wollte Ria doch nur seine Formel? Glaubte sie wirklich, dass er, nach den wenigen Stunden Zusammenarbeit, sofort all seine Geheimnisse mit ihr teilte? Noch dazu, da sie immer noch als Links Spitzel engagiert war?

Ria erriet offensichtlich seine Gedanken, da sie ihre Augen aufriss und den Kopf schüttelte, sodass ihre wunderschönen Haare, die sie an diesem Abend offen trug, wild hin und her flogen und ihm einen Hauch fruchtiges Shampoo in die Nase trugen.

»Du meine Güte, Steven! Ich will nichts über ihre Formel erfahren, sondern über Sie. Über Ihr Gefühl. Wie war es, als Sie festgestellt hatten, dass es funktionierte? Dass in diesem Reagenzglas zwei Embryonen mit einem gemeinsamen Herzen leben? Wie konnten Sie eine Frau finden, die sie austragen wollte?« Ria räusperte sich.

»Ich bin sehr neugierig, entschuldigen Sie«, fügte sie schließlich hinzu.

Cornwall lächelte traurig. »Ich wollte nicht, dass sie sie austrägt. Wir waren uns beide der Gefahr für die Mutter bewusst. Und ich wollte es ihr ausreden.«

Ria lehnte sich vor Cornwall an den Schreibtisch. »Das heißt, sie kannten die Mutter?«

Er seufzte tonlos. Nein, er hatte sie nicht nur gekannt, er hatte sie geliebt. Doch das musste Ria nicht wissen. »Sie arbeitete in meinem Team, ja. Sie war wie Sie, Atomphysikerin.«

Er erinnerte sich noch genau daran, wie er ihr von seinem Erfolg berichtet hatte. Sie war ihm um den Hals gefallen und hatte ihn, noch im sterilen Labor, die Kleider vom Leib gerissen und ihm den atemberaubendsten Sex geschenkt, den er je zuvor erlebt hatte. Nun schluckte er ergriffen und presste die Lippen aufeinander.

»Sie bestand darauf, die Mutter der beiden zu werden. Also die Mutter war sie sowieso schon, da sie ihre Eizellen für unsere Forschungszwecke gespendet hatte. Dennoch … Ich habe oft versucht, ihr die Idee auszureden. Abzuwarten, da wir nicht wussten, wie sich die Embryonen entwickeln würden. Doch sie ließ sich nicht beirren.« Er lächelte Ria an, obwohl er im Geiste Mary vor sich sah …

*»Steven! Zum allerletzten Mal! Tu es, sonst mache ich es selbst! Ich werde nicht nochmal mit dir darüber streiten.«*

*Cornwall zog sie in seine Arme, verzweifelt und voller Panik. »Ich will dich nicht verlieren, Mary. Bitte, lass uns vorher noch ein paar Untersuchungen machen. Es wäre …«*

*»Es wäre dämlich, abzuwarten, Steven! Das weißt du selbst. Außerdem kannst du keine andere Person mit*

*reinziehen. Das hier war unser Versuch, wir führen ihn zu Ende.«*

*»Aber …«*

*Mary legte ihre Hände in seinen Nacken und küsste ihn auf seinen offenen, Einspruch erhebenden Mund. »Kein Aber mehr, Darling. Wir wissen beide, dass jede Forschung ihren Preis hat. Ich bin bereit, ihn zu zahlen. Und du musst das akzeptieren.«*

»Das war sicher keine einfache Entscheidung.«

Cornwall fuhr sich über die Augen, um kleine Tränen fortzuwischen. »Nein, das war es nicht. Und ich hoffe immer noch so sehr, dass sich ihr Opfer lohnen wird.«

Nun spürte er Rias warme, zarte Finger an seiner unrasierten Wange und blickte in ihre unglaublich schwarzen Augen. »Das wird es, Steven. Wir werden dafür sorgen«, hauchte sie, ehe sie ihre Lippen auf seine senkte.

Zunächst überrascht zog Cornwall sie einen Augenblick später an sich, fuhr durch ihre seidigen, duftenden Haare und stöhnte, als sich ihre Zungen begegneten. Er hoffte inständig, dass sie nicht doch noch als Spitzel für Link arbeitete, denn wenn das so wäre, hätte er in diesem Augenblick komplett verloren.

Mit wenigen Griffen setzte er Ria auf den Schreibtisch, küsste ihren Hals entlang, während seine Hände über ihren Traumkörper wanderten.

Plötzlich hielt er inne und grinste in ihre Halsbeuge hinein.

»Was?«

»Ach, ich dachte nur eben an deinen Vorwurf, ich gehöre zu den Professoren, die gerne Sex in ihrem Büro hätten. Möglicherweise hattest du doch Recht.«

Ria lächelte und schob ihre Hände unter seinen Kapuzenpullover. »Ach wirklich?«

Cornwall hielt den Atem an und verfolgte Rias Hände, die über seinen nackten Oberkörper wanderten. Ein leises Stöhnen entwich seinem Mund. »Obwohl ich, wenn ich ehrlich bin, mein Bett zu Hause bevorzuge. Oder meine Dusche. Oder den Wohnzimmerboden …«

Ria beugte sich vor, presste ihre Schenkel um seine Hüfte und hauchte ihm vielversprechend ins Ohr. »Das können wir gerne im Anschluss nachholen.«


Ein Klingeln riss Cornwall schwer atmend von Ria los und er verfluchte sein Bürotelefon. Verdammt! Es war weit nach Mitternacht! Wer zum Teufel rief um diese Uhrzeit an? Bevor er seine Gedanken ordnen konnte, geschweige denn, das Telefon suchen konnte, hatte Ria es bereits in der Hand und stöhnte, nachdem sie auf das Display gesehen hatte.

»Unerwünscht«, erklärte sie und warf das Telefon zurück zwischen einen unordentlichen Stapel Papiere.

»Hey! Ich denke, ich sollte dran-«

»Es ist mitten in der Nacht, Steven! Wenn du jetzt ans Telefon gehst, wird Link erst recht vermuten, dass Jen bei dir ist. Lass den Anrufbeantworter den Job für dich erledigen.«

Cornwall hatte kaum eine Chance, über Rias Vorschlag nachzudenken, denn der Anrufbeantworter meldete sich in ebendiesem Moment mit blecherner Frauenstimme zu Wort – gefolgt von einer verzerrten, überschlagenen Stimme, die zu Link gehörte, selbst wenn sie im Moment kaum mit seiner sonst ruhigen, kalten Stimme vergleichbar war.

»CORNWALL! Wo ist sie? WO IST SIE? Ich will Ihnen geraten haben, sollten Sie in irgendeiner Art und Weise damit zu tun haben – und ich bin mir sicher, dass dem so ist – dann Gnade Ihnen Gott! Ich werde Sie zerstören, Cornwall! Und ich werde sie finden! Schreiben Sie sich das hinter die Ohren! Sie können mich nicht hintergehen! Ich werde Sie verfolgen!«

Während dieser Wuttirade hatte Cornwall ein paar Mal zum Telefon gegriffen, um den Anruf doch noch entgegenzunehmen, doch Ria legte immer wieder ihre Hand auf seine und schüttelte bestimmt den Kopf.

Als schließlich das Freizeichen ertönte, atmete Cornwall gestresst aus. »Ich muss … Unbedingt …«

Wieder schüttelte Ria ihren Kopf. »Du musst mich unbedingt mit zu dir nach Hause nehmen. Und morgen Früh hörst du deinen Anrufbeantworter, wie gewohnt, ab und rufst ihn im Anschluss unschuldig an, um zu erfahren, wen er eigentlich sucht.«

»Aber …«

Ria knöpfte langsam ihre Bluse zu, sah ihn dabei jedoch so verführerisch an, als würde sie genau das Gegenteil tun. »Kein Aber, Steven. Du hast heute Nacht Wichtigeres zu tun. Und jetzt komm!«

## 34

JEN

Ein Klopfen ließ mich aufschrecken. Wo war ich? Wer war das? Wie …?

Ich tastete im Dunkeln nach irgendeiner Lichtquelle und fand schließlich einen Schalter hinter dem Bett. Ich kniff die Augen zu, nachdem die Helligkeit wie ein Blitz in meine Netzhaut fuhr. Dann atmete ich erst einmal tief durch.

Hotel. Ich lag in meinem Hotelzimmer in New Haven. Es war alles in Ordnung. Ich war in Sicherheit. Und ich hatte bis – ich schielte auf das billige Handy, das ich mir auf Empfehlung von Niclas am Tag zuvor mitsamt Karte gekauft hatte – zehn Uhr vormittags geschlafen. Wow! In Anbetracht der aktuellen Gegebenheiten hatte ich wirklich ausgeschlafen.

Ein erneutes Klopfen ertönte an meiner Zimmertür und ich hielt den Atem an.

Was sollte ich tun? Wenn Link davorstand? Oder irgendein anderer Spion, der mich gefunden hatte? Aber vielleicht war es auch Liam? Oder Cornwall. Möglicherweise war etwas geschehen?

Ich biss mir zögernd auf die Lippe und stand dann auf, nachdem es zum dritten Mal - diesmal energischer - geklopft hatte.

Nur einen kleinen Spalt breit öffnete ich die Tür und blinzelte auf den Gang hinaus.

Dort stand, mit einem breiten Grinsen im Gesicht und einem Tablett voller Frühstück, niemand anderes als Alex – Liams bester Freund.

»Ich soll Frühstück ans Bett für die schönste Frau der Welt liefern«, strahlte er und verneigte sich zeitgleich, als wäre er ein hier angestellter Butler.

Ich freute mich so, ihn zu sehen, dass ich ihm, trotz des Tabletts, um den Hals fiel.

»Oh, wow, was für eine angenehme Begrüßung. Freut mich auch, Jen. Darf ich reinkommen?«

Erst nachdem Alex seine dicke Winterjacke ausgezogen und sich zu mir aufs Bett gesetzt hatte, grübelte ich nach. »Sag mal, woher wusstest du eigentlich, wo ich bin?«

Alex fuhr sich durch seinen Bart und grinste verwegen. »Das fragst du? Wirklich? Natürlich hat mich Liam geschickt.«

»Ja, das ist mir schon klar. Aber ich habe ihm nicht gesagt, in welchem Hotel ich schlafe.«

»Ach so.« Er hob unschuldig die Hände nach oben. »Ich habe keinen blassen Schimmer, doch Liam hat genug Kontakte, um so etwas herauszufinden. Er hat mir nur aufgetragen, dich heute zu verwöhnen und dir vor allem unsere Stadt zu zeigen. Also hau rein! Wir haben einiges vor.«

Das ließ ich mir nicht zweimal sagen, da mein Magen schon zum wiederholten Mal laut knurrte. Ich betrachtete das Frühstückstablett und mir lief allein beim Anblick das Wasser im Mund zusammen: Frische Brötchen, Croissants, Aufstrich, Wurst, Käse, Marmeladen, Schokoladencreme, Joghurt, Orangen und sogar Erdbeeren - wo bekommt man denn bitte Ende Dezember Erdbeeren her? Daneben stand ein großer

Becher mit einem Latte Macchiato. Er hatte wirklich an alles gedacht.

Ich biss in das fluffige Croissant und stöhnte. »Wow, die sind der Hammer! Oh Mann, Alex, wenn das hier alles so schmeckt, wie es aussieht, werde ich den Rest des Tages hier sitzen bleiben und essen. Du hast meinen Geschmack perfekt getroffen.«

Alex kratzte sich am Kopf und nahm sich, nachdem ich ihn mit einer Geste dazu aufgefordert hatte, auch ein Brötchen. »Das Kompliment darfst du gern an Liam weitergeben. Er hat es für dich zusammengestellt. Außerdem haben wir in einer dreiviertel Stunde einen Termin.«

Ein angenehmes Kribbeln breitete sich von meiner Magengegend in meinem Körper aus. Wow – Liam wollte mich mit einem selbst zusammengestellten Frühstück überraschen und das, obwohl er nicht bei mir sein konnte. Es nicht durfte. Und dabei hatte er an alles gedacht. Als würde er mich kennen. Ich schloss die Augen und genoss den Geschmack der süßen Erdbeeren im Mund. Nein, er kannte mich. Er kannte mich genau.

»Was soll das bitte sein?« Eine dreiviertel Stunde später stand ich mit Alex vor einem riesigen, modernen Gebäude und betrachtete skeptisch die großen, leuchtenden Buchstaben »Jordan's Furniture«.

Alex legte mit seinem typischen Grinsen einen Arm um meine Schultern. »Das, liebste Jen, ist New Havens größte Attraktion. Das Beste, was die Stadt hervorgebracht hat. Oder stehst du lieber auf die alten, vergammelten Häuser, Kirchen und so? Ich hoffe nicht, da ich mich mit unserer Stadtgeschichte überhaupt nicht auskenne.«

Eigentlich zählte ich tatsächlich zu den wenigen Menschen in meinem Alter, die sich für historische Gebäude interessierten, doch das musste ich ja nicht gleich zu Beginn seiner Stadtführung beichten. Er schien sich nämlich wirklich Gedanken gemacht zu haben. Er oder Liam. Und mit Alex an meiner Seite würde ich vielleicht die Stadt aus Liams Augen betrachten können. Zumindest ein wenig.

»Ich habe trotzdem keine Ahnung, was das ist«, gab ich ehrlich zu, und Alex zog mich übermütig hinter sich her.

Was ich drinnen zu sehen bekam, ließ mich komplett erstarren.

»Herzallerliebste Jen, darf ich dir das gigantische, supergalaktische Indoor-Kletter-Paradies vorstellen?«

Jep, seine Beschreibung traf es aufs Wort. Supergalaktisch.

Denn nachdem wir den Eingang passiert hatten, standen wir in einer riesengroßen Halle, die mit knallbunten und extravaganten Klettergeräten ausgestattet war. Nein, es wirkte wie ein galaktischer Spielplatz für Erwachsene – Kugeln, die in der Luft baumelten, über die man klettern musste, Seile, an denen man sich schwingen konnte, Treppen und Leitern, die quasi in der Luft hingen und durch die man höher und höher steigen konnte. Ich beobachtete Leute, die sich an den Seilen wie Tarzan durch die Lüfte schwangen, andere, die an einer völlig abgedrehten Kletterwand emporkletterten und andere sprangen in einer Höhe von – keine Ahnung, waren das fünfzehn Meter? - angekettet an einem dünnen Seil in die Tiefe.

Es sah definitiv supergalaktisch aus. Wahnsinnig. Irre. Und überhaupt nichts für mich.

»Also, mit was wollen wir loslegen?«, riss mich Alex aus meiner Starre.

Ich schluckte. »Ich habe Höhenangst«, gab ich zu, denn ja, mir war allein beim Anblick dieser kletternden Leute in diesen schwindelerregenden Höhen schlecht geworden. Der Tag, an dem ich mich freiwillig in solche Höhen, mit nur wenigen Karabinern gesichert, wagte, musste erst noch geschaffen werden. Heute sicherlich nicht.

»Fuck. Echt jetzt?«

Ich stierte Alex' fragendem Blick trotzig entgegen, der langsam und enttäuscht seufzte. »Oh Mann, das ist ja echt ein beschissener Start. Magst du es nicht einmal ausprobieren? Das ist absolut geil, Jen! Vor allem, wenn du an dem Seil in die Tiefe gleitest, das gibt dir 'nen richtig geilen Kick.«

Ich sprach immer noch keinen Ton, doch Alex schien mich dennoch verstanden zu haben.

»Okay, ja … Sorry, ich hätte dich nicht so eingeschätzt. Für jemanden, der auf Liam steht …«

Ich verstand die unterschwellige Skepsis auch ohne Worte und verzog mein Gesicht. Tja, offensichtlich gehörte Höhenangst nicht zu Liams Problemen. Allerdings hatte ich mir so etwas fast gedacht. Wer hätte sonst freiwillig mit dem Snowboard die Teufelsroute gewählt? Selbst ohne Lawinengefahr würden mich keine zehn Pferde dorthin bringen! Geschweige denn hinunter.

Und hier - inmitten der höhenfanatischen Kletterfreaks –, nein, einen Kick würde mir das sicherlich nicht verschaffen. Herzstillstand vielleicht. Oder eine Panikattacke.

Alex kratzte sich an seinem dunklen Bart und ich vermutete, dass er das öfters tat, wenn er verlegen war. Zumindest wirkte er auf mich verlegen.

»Was würdest du denn gerne in New Haven sehen?«

Ich zuckte mit den Schultern. »Was gibt es denn alles in New Haven?« Leider hatte ich in der kurzen Zeit, in der ich beschlossen hatte, hierher zu fliegen, keine Möglichkeit gefunden, mich über die Stadt zu informieren. Zwar lag im Hotelzimmer eine Broschüre, die ich gestern allerdings nach dem anstrengenden und emotional aufwirbelnden Abend keines Blickes mehr gewürdigt hatte. Ich war wie ein Stein ins Bett gefallen und sofort eingeschlafen.

»Na ja, wir haben schon einige alte Kirchen, Museen und Theater, falls dich so etwas interessieren sollte. Und natürlich die Universität Yale und die dazugehörige Bibliothek.«

Bei den letzten Worten entgleisten meine Gesichtszüge und nach einer kurzen Schockstarre strahlte ich über beide Wangen. Die Bibliothek von Yale? Das YALE? Oh. Mein. Gott! Himmel auf Erden! Halleluja! Jaaaaa!

Alex musterte mich skeptisch, ehe er seinen Kopf schüttelte. »Oh je, hab' verstanden. Also auf nach Yale, auf Wiedersehen, Kletterparadies!«, seufzte er, legte aber dennoch seinen Arm um meine Schultern und ich quietschte voller Vorfreude.


»Oh Mann, ich kann es immer noch nicht fassen. Du wärst mir wirklich beinahe kollabiert. Und das nur wegen der Bücher! Ernsthaft, du solltest dich untersuchen lassen. So etwas ist krank!«

Ich trank einen Schluck meiner von Eiswürfeln gewässerten Cola und grinste immer noch wie ein Maikäfer. In der Tat hatte ich während unseres Besuchs in der Bibliothek von Yale kaum gewagt, zu atmen. Allein die Räumlichkeiten hatten mich überwältigt. Dazu die Ansammlung an Literatur! Der Geruch von Wissen! Ich schwebte immer noch.

Eine füllige Kellnerin trat an unseren Tisch und reichte uns freudestrahlend den angeblich besten Burger der Welt. Ich nahm ihr grinsend den Teller ab und stellte ihn zwischen Weihnachtsmännern und Glitzerdekoration ab. Erst als wir dieses kleine, alte Lunch betreten hatten, war mir wieder eingefallen, dass Weihnachten vor der Tür stand. Diese Tatsache hatte ich in all dem Trubel, der seit dem Lawinenabgang geschehen war, total vergessen. Ein Weihnachtsfest, das ich zum ersten Mal ohne meine Familie auf einem anderen Kontinent feiern würde. Oder eben nicht. Aktuell war mir nicht wirklich nach Feiern zumute.

»Hey! Was schaust du so skeptisch? Das ist wirklich der beste Burger der Welt! Außerdem hat hier, in diesem Lunch, der erste Hamburger das Licht der Welt erblickt! Also, ein bisschen mehr Ehrfurcht bitte. Nur nicht wieder die Luft anhalten«, fügte er zwinkernd hinzu und biss herzhaft in seinen Burger.

Ich tat es ihm gleich und genoss den Geschmack von zartem Rindfleisch, leckerer Soße und Käse im Mund. »Der is´ wirklisch guut«, schmatzte ich und erntete erneut dieses breite Grinsen.

»Du bist also ein Bücherwurm«, begann Alex ein neues Gespräch, nachdem wir uns beide voll und ganz auf den Burger konzentriert hatten und ich nickte.

»Ich habe vor, nach meinem Abitur Literaturwissenschaften zu studieren. Also ja, ich liebe Bücher.«

»Wow, ein Mädchen, das weiß, was es will. Finde ich super.«

Ich wischte mir die Reste der Soße aus meinem Gesicht und betrachtete Alex interessiert. »Was ist mit euch? Liam und du? Studiert ihr nichts? Oder arbeitest du bereits?«

Alex verzog das Gesicht und kratzte sich – mal wieder! – am Bart. »Ja, das ist eine gute Frage. Ich habe immer wieder angefangen, verschiedene Studiengänge und Kurse zu belegen, aber ich habe vermutlich noch nicht das Richtige gefunden. Und Liam? Tja … er wollte nach der Highschool erst einmal die Welt sehen. Er meinte, bevor er sich festlegt, was er mit dem Rest seines Lebens anstellt, will er das Leben genießen. Na ja, sein Lifestyle hat sich wohl irgendwie auf mich übertragen.«

Vor meinem geistigen Auge sah ich ein Bild von Liam und Alex, die mit vierzig immer noch zu Hause wohnten, weil sie nicht wussten, was sie aus ihren Leben machen wollten. Unschönes Bild! Wirklich unschön! Andererseits hatten die beiden, im Gegensatz zu mir, viel von der Welt gesehen. Ob ich jemals in der Lage sein würde, solche Reisen wie Liam zu unternehmen? Außerdem waren sie keine vierzig Jahre alt, sondern – tja, ich hatte keine Ahnung, wie alt Liam und Alex überhaupt waren. Ob sie gleich alt waren? Alex sah definitiv älter aus. Doch das konnte auch daran liegen, dass er einen Vollbart trug und relativ kräftig und muskulös war, Liam dagegen mit babypopo-glatter Haut und seiner sehr schlanken, muskulösen Statur eher jugendlich wirkte. Gerade wollte ich Alex nach seinem

Alter fragen, als dieser auf sein Smartphone sah und fluchte.

»Oh, fuck! Es ist schon kurz vor vier! Jen! Wir müssen los!«

## 35

# CORNWALL

»Okay, wartet. Auf mein Zeichen berührst du bitte Jens Hand. Einen Augenblick, ich muss den Detektor einstellen. Und jetzt!«

Cornwall stand vornübergebeugt über Rias Formularen und Berechnungen und schielte gleichzeitig auf den Detektor, um die Messergebnisse zu vergleichen. Aktuell hatten sie Berechnungen aufgestellt, inwieweit sich elektronische Energie entlud, sobald Jen und Liam sich berührten. Cornwalls Finger kribbelten vor Aufregung, da sie zum einen festgestellt hatten, dass eine Art dunkle Energie, wie sie im Weltall vorkam, auch im Mikrokosmos existieren musste. Denn genau diese unberechenbare Energie entlud sich immer dann, wenn die beiden sich zu nahekamen.

Doch Cornwall wollte weitergehen und mit Rias Hilfe und des Protonenbeschleunigers berechnen, wann genau sich die Energie entlud und aus welchem Grund. Daher hatte sie eine Formel erstellt, die den Aufprall von zwei Elektronen darstellte und wollte nun die tatsächliche Elektronenlaufbahn überprüfen.

Ria kaute auf ihrer Unterlippe, währenddessen sie ununterbrochen rechnete, und er konnte ihre Anspannung erkennen – sie schien ganz in ihrem Element zu sein.

»Und?«, fragte er ungeduldig und knibbelte an seinen eingerissenen Fingernägeln herum.

Ria fuhr sich durch die Haare und stöhnte. »Entweder habe ich mich verrechnet, oder …« Sie nahm das Blatt in die Hände, blickte von Jen zu Liam und zurück aufs Blatt. Schließlich atmete sie hörbar ein. »Wenn das … Nein, das ist unmöglich … Aber …«

»Ria? Sprich mit uns! Was ist denn nun?« Cornwall explodierte fast vor Anspannung und Neugier, als er ihr das Papier aus den Händen nahm. Doch leider war er selbst im Bereich der Atomphysik an seine Grenzen gestoßen. Er konnte die Formel weder lesen noch verstehen.

»Wenn ich meine Berechnungen korrekt ausgeführt habe, und das möchte ich betonen, dessen bin ich mir nicht sicher, dann können die Elektronen unmöglich einen kreisrunden Bogen erzeugt haben. Entweder liegt das an der Nähe der beiden, oder aber … Aber das wäre ja … Wäre das möglich? Oh Gott! Was würde das bedeuten?«

»Ria! Rede so mit uns, dass wir es verstehen können! Wovon sprichst du?«, unterbrach Cornwall ihren verwirrenden Monolog.

Ria hob ihren Blick und durchbohrte Cornwall mit einer Mischung aus Unsicherheit und völliger Ekstase. »Es könnte bedeuten, dass wir das weltweite Wissen des Aufbaus eines Atoms infrage stellen.«

Cornwall zog die Stirn kraus und aus den Augenwinkeln sah er ähnliche Verwirrtheit bei Liam und Jen.

Ria stand auf und begann, durch das Labor zu wandern. »Euch ist der typische Aufbau eines Atoms geläufig? Atomkern, Proton, Neutron, Elektron? Die Wissenschaft – also wir – geht bis heute davon aus, dass die Elektronen im kreisrunden Bogen um den Atomkern fliegen. Dazwischen ist nichts. Gut – unsere Theorie besagt seit den letzten Tagen, dass es sich dazwischen um eine Art dunkle Energie handeln könnte. Aber meine aktuelle Berechnung verwirrt mich. Was, wenn die Elektronen gar nicht kreisrund, sondern ellipsenförmig fliegen? Das würde die Intensität der Stromstöße erklären, wenn die beiden sich näherkommen, das würde …«

»Das würde die gesamte Wissenschaft auf den Kopf stellen!«, unterbrach sie Cornwall und schluckte. Konnte das sein?

»Möglich wäre es doch. Der Mikrokosmos gleicht dem Makrokosmos, also dem Weltall, in so vielen Dingen. Und hier haben wir längst festgestellt, dass kein Stern, kein Planet und auch kein einziger Mond eine runde Umlaufbahn aufweisen. Warum sollte es also bei Elektronen so sein?«

»Und das hast du jetzt festgestellt, weil ich Jens Handfläche berührt habe? Klingt ziemlich spacig.«

»Das ist es in der Tat«, bestätigte Ria und schritt erneut zurück zum Schreibtisch. »Können wir das nochmal wiederholen? Vielleicht habe ich mich einfach verrechnet«, meinte sie und ihre Stimme klang dabei zittrig. Cornwall hätte sie am liebsten geküsst. Weil sie so schlau war, weil sie so mitfieberte – einfach, weil sie so war, wie sie war.

»Oh Mann, ich komme mir gerade extrem dumm vor«, gab Jen kleinlaut von sich und Cornwall schmunzelte, was ihm sofort einen giftigen Blick von ihr einbrachte.

»Das ist nicht witzig. Ihr sprecht über Makrokosmos, Elektronen, Umlaufbahnen und so weiter. Ich verstehe nur Bahnhof. Außerdem würde ich selbst gerne erfahren, was genau das mit uns zu tun hat.«

»Da bist du nicht allein, Elektro-Girl.«

Cornwall erkannte das Glitzern in Jens Augen. Die beiden mochten sich wirklich gerne. Jahrelang hatte Cornwall mit Verzweiflung die Entwicklung der beiden beobachtet und gehofft, sie würden sich endlich kennenlernen. Sie nun vereint als Bruder und Schwester, als Einheit, zu sehen, machte ihn überglücklich.

»Keine Sorge. Aktuell reicht es, wenn Ria weiß, was sie tut. Ich habe ihre Theorie, beziehungsweise ihre Rückführung auf diese Theorie, auch nicht ganz verstanden.«

»Solange ich weiß, wovon ich spreche, ist alles gut. Können wir die Ursprungshaltung nochmal einnehmen? Liam? Deine Hand hier und du Jen, ja genau – richte dich wieder auf. Perfekt. Seid ihr bereit? Und los! Liam! Deine Hand!«

## 36

## LIAM

Ich stöhnte, mein Kopf dröhnte und pochte wie verrückt und mir fielen beinahe die Augen zu, als ich zwei Stunden später meine Beine durchstreckte. Ein Blick auf Jen, die auf ihre Unterarme gestützt über dem Schreibtisch hing, zeigte mir, dass es ihr ähnlich erging.

Niemals hätte ich geglaubt, dass es so anstrengend sein konnte, still dazusitzen, hin und wieder Jens Hand zu berühren und dazwischen abzuwarten. Kombiniert mit Pulskontrollen und Blutbilduntersuchungen zählte diese Tätigkeit definitiv nicht als Hochleistungssport. Vor allem, da ich normalerweise anderes gewohnt war. Dennoch war ich, selbst am dritten Tag, an dem Cornwall und Ria uns untersuchten, völlig erschöpft.

Ich fragte mich, wo sie blieben. Eigentlich wollten sie nur ihre Ergebnisse in den Safe sperren und uns im Anschluss abholen. Natürlich nacheinander, da Jen und ich uns in der Öffentlichkeit niemals nah sein durften. Angeblich. Aufgrund dieser elektronischen Energie, die wir auslösten. Was auch immer das bedeutete. Ich hatte es immer noch nicht verstanden. Ich wollte es auch gar nicht. Solange ich bei Jen bleiben konnte, war ich glücklich. Sollten Cornwall und Ria ruhig noch über die gesamten Weihnachtsfeiertage, die morgen beginnen würden, Versuche skizzieren und durchführen. Hauptsache, ich durfte bei ihr sein.

Sogar jetzt, als Jen beinahe sitzend auf dem Schreibtisch schlief, fühlte ich mich nur glücklich, hier zu sein. Bei ihr.

Ich erhob mich von meinem klapprigen Stuhl und trat langsam an sie heran. Ihr Duft stieg mir als Erstes in die Nase. Eine Mischung aus süßer Vanille kombiniert mit Jens ganz eigener Note, die ein Kribbeln in meinem Magen auslöste. Sie roch so verführerisch gut! Ganz vorsichtig strich ich ihre samtweiche, weißblonde Haarsträhne hinters Ohr und genoss das leise Seufzen, das sie von sich gab.

Oh Jen!

Ob sie wusste, was allein dieses Geräusch in mir auslöste? Ich könnte sie stundenlang ansehen, einfach nur danebenstehen und ihr beim Schlafen zusehen – ich wäre der glücklichste Mensch der Welt.

»Was'n los? Müss's gehn?«, nuschelte sie und drehte langsam ihren Kopf zur Seite.

Ich beugte mich hinunter zu ihr und hauchte einen Kuss hinter ihr Ohr. »Nein, du musst noch nicht gehen. Noch nicht.«

Der schwache Stromstoß, den mein hauchender Kuss ausgelöst hatte, ließ Jen lauter aufstöhnen und sie richtete sich auf. Erst dann sah sie mich erschrocken an.

»Bin ich etwa eingeschlafen?«

Mein Herz drohte, zu zerspringen, so süß sah sie aus. Feine Liegefalten von ihrem Pullover zeichneten ihr Gesicht, die Augen leicht gerötet und dazu ihre verschlafene, tiefe Stimme – einfach göttlich!

»Ein bisschen vielleicht«, antwortete ich grinsend.

Jen streckte sich gähnend, bevor sie aufstand und zur Tür blickte. »Wieso ist Cornwall noch nicht da? Hat er etwas gesagt?«

Ich hob die Schultern. Sie hatte Recht. Eigentlich hätte er Jen längst abholen müssen, doch ich war damit beschäftigt gewesen, sie anzubeten, als mir Gedanken über sein Ausbleiben zu machen.

»Äh«, begann ich, doch Jen öffnete bereits die Tür des Labors.

»Hoffentlich ist ihnen nichts passiert!«

Typisch Jen. Sie sorgte sich um Cornwall und Ria. Ausgerechnet sie, die selbst in Gefahr schwebte. »Ich glaube, ich sehe mal oben im Büro nach, ob …«

»Nein, Jen. Du bleibst hier. Warte hier auf mich, ich bin sofort wieder da«, unterbrach ich sie und erkannte allein an ihrem Blick die Angst und Sorge, die sie empfand. Allerdings nickte sie und trat folgsam zurück in das Labor.

Mein Magen ballte sich warnend zusammen, als sich die Aufzugtüren öffneten. Zwar hatte ich in den letzten Tagen oft genug gegen meine Angst in diesen engen Räumen gekämpft, doch es war doch etwas ganz anderes, völlig allein in einem bald mitternächtlichen Bürogebäude über fünfzehn Stockwerke in einem Aufzug zu fahren. Sobald ich meine Augen schloss, hatte ich das Gefühl, dass die Wände des Aufzugs immer näher auf mich zuwanderten. Ich fühlte die Eiseskälte von Schnee, die sich um meine Lungen presste.

Fuck! Ich krallte meine Hände in den Eisengriff und konzentrierte mich auf meinen Atem. Das konnte doch verdammt noch mal nicht so schwer sein!

Endlich öffneten sich die Türen, doch anstatt laut polternd hinauszustürmen, hielt ich zunächst inne und sah vorsichtig auf den Gang hinaus.

Ich hörte keine Stimmen. Dennoch vernahm ich ein Geräusch. Atemgeräusche. Das war definitiv seltsam.

Ganz langsam lief ich in Richtung Büro, wo das Licht bereits gelöscht war. Wo waren die beiden nur?

Langsam schob ich die nur angelehnte Bürotür auf. Im Dunkeln erkannte ich zwei schemenhafte Gestalten, die keuchend auf Cornwalls Schreibtisch lagen. Ich verkniff mir ein Lachen und räusperte mich stattdessen. Schon fuhr Cornwall wie der Blitz auf und drehte sich zu mir. »Du meine Güte! Liam! Ich … Oh verdammt! Ich habe irgendwie die Zeit vergessen … Tut mir leid! Ich wollte … Also, wir … Äh …«

»Schon gut, Sie müssen nichts erklären. Das hier ist selbsterklärend. Nur Jen ist ziemlich müde«, begann ich, froh, dass sie das Büro unbeleuchtet hatten, so konnte ich immer noch breit grinsen, ohne dass es Cornwall oder Ria sahen. Obwohl man mein Grinsen vermutlich schon an meiner Stimme erkennen konnte.

»Ja, stimmt. Also, was das betrifft. Ich … Warte kurz einen Augenblick.« Er wandte mir den Rücken zu und ich hörte das Geräusch eines Reißverschlusses – offensichtlich zog er seine Klamotten an, bevor er schließlich das Licht anschaltete und zu mir trat.

»Tut mir leid, also dieser Ausrutscher. Ich hoffe, du hältst mich jetzt nicht für ein Arschloch.«

Ich sah zu Ria, die ebenfalls ihren Rock richtete, und grinste noch breiter. »Deshalb? Oh nein, ich kann Sie gut verstehen.«

Cornwall hustete und bekam rote Wangen – herrlich, wie steif und verklemmt Erwachsene sein konnten – wenn Cornwall wüsste, wie oft er seine Freunde auf diversen Partys in noch deutlich ungünstigeren Situationen erwischt hatte.

»Na egal. Ich wollte euch eigentlich ein kleines Weihnachtsgeschenk machen. Also es ist nicht wirklich ein Geschenk, aber … Oh Mann, ich bin gerade etwas durch den Wind«, erklärte er und atmete tief durch.

Oh Gott, ich biss mir mittlerweile so fest auf die Innenseite meiner Wange, um nicht zu lachen. Er wirkte so herrlich verunsichert.

»Ich weiß, dass wir ziemlich viel von euch verlangen. Und ich danke euch für die Mithilfe und auch für das Vertrauen zu mir und Ria. Vor allem weiß ich, dass ihr zwei eines braucht – und das ist Zeit miteinander.« Cornwall fuhr sich räuspernd durch seine Haare, während es in meinem Bauch zu kribbeln begann. »Ich kann euch kein Hotel bieten oder ein Restaurant, das wäre zu gefährlich. Aber na ja, vielleicht wollt ihr diese Nacht und auch den Morgen zusammen im Labor bleiben. Es ist nicht sehr einladend hergerichtet, ich weiß. Und, na ja, wenn Jen müde ist, war das vielleicht auch eine ganz blöde Idee von mir …«

»Das ist perfekt!«, unterbrach ich ihn und hörte mein Herz wild und aufgeregt in der Brust pochen. Ich durfte bei ihr bleiben! Bei Jen! Ganz allein! Die ganze Nacht! Oh Gott!

Cornwall lächelte unsicher. »Ja? Wirklich? Ich dachte nur, ihr wollt bestimmt einmal ohne uns miteinander reden. Es gibt so viele unausgesprochene Dinge.«

*Und so viele Dinge, bei der es keine Sprache benötigt*, fügte ich in Gedanken hinzu.

»Danke.«

Cornwall nickte kurz. »Ja, also vielleicht fragst du vorher noch Jen, ob sie auch damit einverstanden ist. Ansonsten bringe ich sie natürlich gerne zurück ins Hotel.«

»Ich denke, das wird nicht nötig sein«, unterbrach ich ihn und Cornwall nickte erneut.

»Okay. Dann frohe Weihnachten, Liam. Und sperrt euch bitte ein. Hier ist der Laborschlüssel. Nur für den schlimmsten Fall der Fälle. Nutzt eure Zeit. Wir werden morgen, vermutlich am späteren Vormittag, wiederkommen.«

Ich nahm Cornwalls Schlüssel ab und spürte die Vorfreude in meinem gesamten Körper. Es kribbelte überall.

Jen. Eine ganze Nacht lang Jen! Oh Wahnsinn!

»Danke«, wiederholte ich erneut.

»Gerne. Frohe Weihnachten!«

Ich grinste breit. »Das wünsche ich euch auch!« Mit diesen Worten rannte ich eilig zurück ins Labor.

Wir hatten die komplette Nacht für uns.

Mein Mund fühlte sich mit einem Mal staubtrocken an und meine Finger begannen zu zittern. Ob Cornwall wusste, welches Geschenk er uns damit machte? Ob er ahnte, wonach ich mich so sehnte?

Als ich die Tür zum Labor öffnete, sah ich in Jens Augen. Darin spiegelten sich dieselben Emotionen, die ich empfand. Ob sie fühlte, was Cornwall uns geschenkt hatte? Ich erkannte Nervosität, Spannung, Sehnsucht, Erregung und Liebe in ihrem Blick.

Doch lange konnte ich dem Blick nicht standhalten. Stattdessen zog ich Jen in meine Arme und tat das, was ich schon seit unserer ersten Begegnung tun wollte – ich küsste sie.

## 37

JEN

Nach dem bekannten, mittlerweile süßlichen Schmerz fühlte ich nur noch Liams weiche Lippen auf meinen. Nein, das stimmte nicht ganz. Eigentlich fühlte ich nur noch unsere Lippen, ohne einen Unterschied zu erkennen.

Ich erforschte mit meiner Zunge die seine und spürte zeitgleich klitzekleine Vibrationen in meinem gesamten Körper. Oh Gott! Konnte das sein, dass ich schon bei einem Kuss durchdrehte? Doch ich wollte definitiv nicht damit aufhören.

Meine Hände fuhren ganz automatisch in seine feinen Haare und ich drückte Liam noch fester an mich, doch es war nicht genug. Ich wollte ihn. Ganz. Daher wanderte ich über seinen muskulösen Rücken und fuhr mit den Fingern unter sein Shirt. Allein das Gefühl, seine nackte Haut zu fühlen, ließ mich erbeben.

»Gott, Jen!«, stöhnte Liam in meinen Mund und hielt mich dann auf Abstand. »Vielleicht sollten wir wirklich erst einmal absperren?«

Absperren? Was? Ach ja, die Tür. Sie stand immer noch sperrangelweit offen. Und was war denn eigentlich jetzt mit Cornwall? Doch irgendwie hatte ich das Gefühl, dass er nicht mehr kommen würde.

Liam stolperte tollpatschig zur Tür, sperrte sie ab und blieb ein paar Sekunden, am Türrahmen abgestützt stehen. Ich sah seinen heftigen Atem und schmunzelte.

»Ich kann deine Blicke spüren«, raunte er schließlich und drehte sich langsam zu mir um.

»Und ich habe genug davon, nur deinen Blick zu fühlen, Liam«, raunte ich, während ich ihm entgegenlief. Schließlich stand er ganz dicht vor mir, sodass sich unsere Nasenspitzen beinahe berühren konnten.

»Oh, da bist du nicht allein, Elektro-Girl. Lust, die Nacht heute hier mit mir zu verbringen?« Er hauchte einen Kuss auf meinen Mund und wir zuckten beide aufgrund des bekannten Schlags zusammen. Allerdings wich weder er noch ich zurück.

Was hatte er gesagt? Die ganze Nacht? Oh verdammt *ja*!

Meine Finger wiederholten die Tätigkeit von vorhin, zerrten an seinem Shirt, woraufhin er es mit einem Ruck über seinen Kopf zog. Ich hielt kurz die Luft an.

Wow. Liam mit nacktem Oberkörper. Das könnte ich mir als Poster in mein Zimmer hängen. Oh Gott, diese Bauchmuskeln!

Ich legte meine Hand auf seine Brust, zeichnete kleine Kreise, die ich anschließend küsste. Noch während ich meinen Mund über seinen Oberkörper wandern ließ, erschrak ich über mich selbst. Wann war ich so mutig geworden? Ich kannte Liam doch kaum. Und doch zögerte ich keinen Augenblick, ihn zu berühren. Ich fühlte weder die Angst, etwas Falsches zu tun, noch ein Zögern, zu weit zu gehen. Ich fühlte mich einfach vollkommen. Meine Lippen erreichten die Mitte seiner Brust. Und ich spürte dabei überdeutlich seinen Herzschlag.

Identisch wie mein eigener.

»Oh Fuck, Jen! Was machst du mit mir? Ist dir eigentlich klar, dass ich bei jedem Kuss einen neuen Schlag bekomme?«

Was für eine Frage. Als ob ich diesen süßen Schmerz nicht selbst fühlen würde. Ich grinste frech. »Soll ich aufhören?«

»Auf gar keinen Fall!«

Plötzlich hob er mich auf seine Arme und legte mich vorsichtig auf dem Boden ab, auf sein Shirt, das dort lag. Er beugte sich über mich, küsste mich erneut leidenschaftlich, wobei er nun an meinem Pullover nestelte. Auch er schien gierig danach, meine nackte Haut zu spüren. Nur allzu bereit ließ ich mich von ihm entkleiden und mit jedem Kleidungsstück, das fiel, schlug mein Herz höher.

Es war zwar nicht das erste Mal, dass ein Junge mich so sah, doch mich vor Liam zu entblößen, seine Blicke auf mir zu spüren, war etwas völlig Neues.

Als ich nur noch meine Unterwäsche trug, presste ich mich fest an ihn. Ich spürte seine harte Erregung an meinem Bauch, fühlte seinen wild trommelnden Herzschlag, schmeckte seine Zunge auf meiner eigenen und befand mich im Rauschzustand. Konnte man wirklich vom Duft eines Menschen high werden? Als hätte ich keinen Einfluss mehr auf meinen Körper. Als wäre ich er und er ich, als wären wir eins. Ich wollte nur noch mehr. Mehr Liam.

Als Liam vorsichtig meinen BH öffnete und mir die Träger von den Schultern strich, hielt ich den Atem an. Würden wir …?

Ich war keine Jungfrau mehr. Auch wenn ich mich nur äußerst ungern an mein erstes Mal vor einem Jahr mit Tobias, einem Vollidioten aus meiner Klasse, erinnerte, so wusste ich dennoch, was auf mich zukommen würde.

Dachte ich.

Ich glaubte zu wissen, wie es sich in etwa anfühlte, nackt neben einem Mann zu liegen, von ihm berührt zu werden und letztendlich ganz von ihm erfüllt zu sein.

Doch Pustekuchen. Ernsthaft. Tobias war lächerlich! Der Sex war lächerlich!

Jetzt lag ich nur *halbnackt* neben Liam und hatte schon das Gefühl, gleich zu zerplatzen. Als seine Finger nun ganz sacht über meine Brust streichelten und dabei immer wieder winzige Stromschläge in mir auslösten, musste ich mich wirklich beherrschen, um nicht laut zu stöhnen.

»Oh Jen! Hast du eine Ahnung, was du mit mir anstellst?«, hauchte er mit seiner tiefen Stimme, während er anfing, meinen Oberkörper zu küssen. Ich spürte die Vibration seiner Stimme auf meiner Haut, die einen elektrisierenden Schauer auslöste, und atmete hörbar ein.

»Doch, ich kann mir vorstellen, wie es dir geht.«

Liams Gesicht trat in mein Sichtfeld und ich erkannte die tiefen, sexy Grübchen, als er mich anlächelte. »Du bist wirklich einzigartig, Jen. Weißt du das eigentlich?«

Ich küsste ihn und schlang meine Arme fest um seinen Oberkörper. »Wir sind einzigartig, Liam. Du und ich.« Meine Hände glitten über seine Oberarme, streichelten seine Brust, die festen Bauchmuskeln und berührten letztendlich die Härte, die trotz der Boxershorts deutlich fühlbar war. Ein zischendes Einatmen seinerseits verriet mir, dass er nun gleichzeitig einen Stromschlag und Erregung empfunden hatte und ich hob meinen Blick, um ihm in die Augen zu sehen.

»Liam. Ich will dich. Ganz. Bitte.«

Sein Gesicht wurde mit einem Mal ganz ernst und musterte mich. »Bist du dir sicher, Jen? Ich meine, wir kennen uns kaum.«

Ich biss mir auf die Unterlippe, um nicht laut zu lachen. Stotterte Liam tatsächlich, weil ich mit ihm schlafen wollte? Mein Gott, ich wurde noch wahnsinnig vor Glück!

»Kennst du mich wirklich nicht?«, fragte ich scheinheilig und küsste seine Halsbeuge. »Kenne ich dich wirklich nicht? Woher weiß ich dann, dass du verrückt wirst, wenn ich dich hier küsse?« Liam atmete zischend ein, während ich mit meiner Zunge an seinem Schlüsselbein entlangwanderte. »Oder warum weiß ich, wie du reagieren wirst, wenn ich das hier mache?« Nun kratzte ich mit meinen Fingernägeln über seine Schulterblätter, woraufhin er laut stöhnte. Gott! Für dieses Geräusch könnte ich sterben!

»Ich weiß nicht warum, Liam. Doch ich habe das Gefühl, dass ich dich so gut kenne, wie niemanden sonst auf dieser Welt«, hauchte ich zum Abschluss in seinen leicht geöffneten Mund, den ich daraufhin leidenschaftlich küsste.

»Fuck! Jen!« Augenscheinlich hatten meine Worte genau das bewirkt, was ich wollte, denn nun zögerte Liam keineswegs mehr. Er presste mich auf den harten Fliesenboden, zog im Handumdrehen die letzten Kleidungsstücke aus, die uns noch trennten, und hielt nur kurz inne, um mich mit angehaltenem Atem anzusehen. Doch der Blick sprach mehr als tausend Worte. Auch ich betrachtete zittrig seinen feingliedrigen, muskulösen, wunderschönen Körper und genoss das Gefühl, ihn völlig nackt berühren zu können.

Als er begann, mit dem Mund meinen Körper entlang zu wandern, schloss ich meine Augen, um es zu fühlen. Die Stromschläge, das Kribbeln, das Ziehen, die Sehnsucht. Irgendwann hielt ich es nicht mehr aus. Ich konnte einfach nicht mehr warten. Ich brauchte ihn.

»Liam, bitte«, hauchte ich, nachdem er mich erneut mit einem innigen Kuss fast zum Explodieren gebracht hatte.

Liam grinste frech und strich mir liebevoll eine Haarsträhne hinters Ohr. »Oh, ich wusste schon damals, als ich dich das erste Mal gesehen habe, dass du genau weißt, was du willst. Das liebe ich an dir, Jen.«

»Und trotzdem lässt du mich zappeln«, konterte ich mit gespielt beleidigtem Ton.

»Oh nein, Jen. Ich genieße. Ich möchte jeden Zentimeter von dir genießen. Glaube ja nicht, dass ich dich heute Nacht nur eine Sekunde aus meinen Armen gebe. Ich werde …«

»Liam!«, unterbrach ich ihn und zog ihn zu mir herunter. »Hör auf zu sprechen.« Um meinen Befehl zu verdeutlichen, presste ich meinen Mund fest auf seinen und umschlang gleichzeitig mit meinen Beinen seine Hüfte.

Doch schon wieder hielt er inne. »Fuck. Ich habe keine Kondome …«

»Ich nehme die Pille«, unterbrach ich ihn erneut und hauchte ein »Bitte, Liam!« in seine Halsbeuge.

Als er endlich in mich eindrang, explodierte irgendetwas in mir. Mein Herz fühlte sich an, als würde es in tausend Teile zerspringen, die Stromschläge wurden intensiver, vermischten sich allerdings mit diesem unendlichen Glücksgefühl, endlich vereint zu sein, dass ich nur noch Lust und Liebe empfand. Oh Gott! Ich war high, definitiv high!

Liams lautes Keuchen an meinem Ohr, sein nackter Körper auf meinem – nein, ich fühlte ihn nicht wirklich auf oder in mir. Ich fühlte nur noch uns. Vereint.

Es existierte keine Jen und kein Liam mehr. Es gab nur noch uns. Eine Einheit. Absolut perfekt.

»Fuck! Jen!«, stöhnte Liam in mein Ohr und ich wollte ihn anlächeln, doch es drehte sich alles, sobald ich die Augen öffnete. Ich krallte mich an seinem Rücken fest, als würde ich somit nicht von meinen Gefühlen fortgeschwemmt werden.

»Liam!«, schrie ich, als mich eine Welle aus Stromschlägen, purer Lust und reiner Liebe überströmte. Ich hatte das Gefühl, als würde sogar die Erde unter uns beben. Als würden sich die Kräfte der Natur vor uns verbeugen. Noch nie im Leben hatte ich so etwas Ähnliches empfunden und ich wollte Liam nie, nie, nie wieder loslassen.

## 38

# CORNWALL

»Du musst es ihnen sagen, Steven.«

Cornwall legte seine Zahnbürste beiseite und musterte Ria interessiert. Sie stand, gekleidet in einem seiner T-Shirts neben ihm im Badezimmer, als würde sie schon immer hierher gehören. Allerdings verstand er ihre Forderung nicht.

Plötzlich klirrten die Zahnputzgläser am Waschtisch, das Licht flackerte und Cornwall meinte, ein kurzes Beben verspürt zu haben.

»Was war denn das?«

Ria verzog ihr Gesicht. »Hat sich wie ein Erdbeben angefühlt. Ich kenne das aus Indien. Kommt das hier häufiger vor?«

Cornwall schüttelte sprachlos den Kopf. Eigentlich konnte er sich an kein einziges Beben erinnern. Zum Glück. Andererseits war dieses leichte Ruckeln weder besorgniserregend noch beängstigend. Nur ungewöhnlich.

»Entschuldige, was hast du vorhin gesagt, Ria?«

»Ich spreche von Liam und Jen. Sie müssen wissen, was sie sind. *Wer* sie sind.«

Cornwall stöhnte. »Wie kommst du denn ausgerechnet jetzt darauf?«

Ria schenkte ihm ein zaghaftes Lächeln und legte ihre Hand auf seinen Unterarm. »Ich bin mir nicht sicher, ob dein Weihnachtsgeschenk eine so gute Idee war.«

»Ja, das sagtest du bereits. Aber Ria – sie sind Zwillinge, sie teilen sich ein Herz. Und ich weiß einfach nicht, wie lange wir Jen noch vor Link verstecken können. Sie haben ein Recht darauf, allein zusammen zu sein. Sie müssen sich einfach unterhalten! Ohne uns!«

Ria stieß schnaubend die Luft aus. »Ja, nur vermute ich, dass sie es nicht beim Sprechen belassen werden.«

Cornwall kniff die Augen zusammen. »Wie meinst du das?«

»Oh, Steven. Hast du die beiden einmal genauer beobachtet? Hast du ihre Blicke verfolgt? Das ist so typisch Mann! Steven, die beiden sind Hals über Kopf ineinander verliebt!«

Cornwall schluckte. »Nein. Nein, das kann nicht … Sie sind Geschwister … Das ist unmöglich …«

»Genau deshalb musst du es ihnen sagen. Woher sollen sie wissen, dass sie Zwillinge sind?«

Er atmete tief durch und fuhr sich mit den Händen über das stoppelige Kinn. Niemals hätte er damit gerechnet, dass Liam und Jen sich ineinander verlieben könnten. Weil es für ihn so abwegig erschien. Natürlich, er wusste ja, wer sie waren. Doch Ria hatte Recht, die zwei hatten nicht die leiseste Ahnung. Plötzlich wusste er, was zu tun war.

Er richtete sich auf, nahm Rias Hand und zog sie hinter sich her.

»Was?«, begann Ria, sichtlich irritiert, als Cornwall ein Wandgemälde von dem grünen Frosch aus Janosch von der Wand hob. Dahinter kam ein kleiner Safe zum Vorschein, den er mit wenigen Handgriffen entriegelte. Darin verborgen lag ein dicker Ordner.

»Steven? Was …?«

Er zuckte lächelnd mit den Schultern. »Auf ein kleines Blatt Papier, wie du es am Telefon formuliert hast, hätte es niemals gepasst. Aber ja, das hier sind meine, nein, Marys und meine Unterlagen zu Liam und Jen. Du darfst sie lesen, wenn du möchtest.«

Ria starrte ihn mit offenem Mund an. Völlig sprachlos. Dennoch sah er unter ihrer Starre die Aufregung in ihren Augen blitzen. »Aber … Wie … Ich bin immer noch Links Spitzel, Steven. Wieso …?«

»Ich vertraue dir, Ria. Ich weiß, natürlich könntest du dir jetzt die Unterlagen schnappen und damit abhauen. Aber ich vertraue dir. Außerdem würdest du es morgen, wenn ich mit Jen und Liam spreche, sowieso erfahren. Ich werde vor ihnen nichts verheimlichen. Nicht, nachdem du mir deinen Verdacht geäußert hast.«

Ria starrte ihn noch eine gefühlte Ewigkeit ungläubig an, bis sie ihm in die Arme fiel und ihn küsste.

»Ich danke dir für dein Vertrauen, Steven. Danke.«

## 39

## LIAM

Das Erste, was meine Sinne wahrnahmen, als ich aufwachte, war Jen. Ihr Duft in meiner Nase, ihr Herzschlag kombiniert mit ihren tiefen Atemzügen an meinem Ohr, ihr Kopf auf meiner Brust, ihre Hand verschlungen mit meiner. Perfekt.

Absolut perfekt.

Ich lächelte glückselig, als sie sich im Schlaf noch enger an mich schmiegte, und legte meinen Arm um sie. Niemals hätte ich mir zu träumen gewagt, so glücklich zu sein. Diese Nacht, die ich erleben durfte – wow! Meine Härchen stellten sich allein bei der Erinnerung daran wieder auf. Selbst wenn ich zugegeben schon sehr häufig mit Frauen geschlafen hatte, hatte mich diese Nacht völlig aus der Bahn geworfen. Nein, Jen hatte mich völlig aus der Bahn geworfen. Der Sex mit ihr war kein bloßer Sex, es war eine Vereinigung. Eine Verschmelzung. Und reine Liebe.

Anders konnte ich mir meine Gefühle nicht erklären. Ich konnte es selbst kaum beschreiben, was Jen mir bedeutete. Doch eines wusste ich, sie war mir wichtiger als alles andere im Leben. Sogar wichtiger als mein eigenes Leben. Ich würde in Zukunft auf sie aufpassen. Egal, was Cornwall oder sonst irgendwelche Professoren behaupten. Ich würde sie nie, nie wieder allein lassen.

Ein leises Stöhnen riss mich aus meinen Gedanken. Jen drehte ganz langsam ihr Gesicht in meine Richtung und lächelte mich verschlafen an.

»Du bist ja schon wach«, nuschelte sie mit belegter Stimme und ich fuhr zärtlich durch ihre verstrubbelten Haare.

»Guten Morgen, Jennifer.«

Nun grinste sie breit. »Du nennst mich Jennifer? Was ist geschehen, Elektro-Man?«

Sie kniff mich in die Seite, woraufhin ich sie packte und nach oben zog, sodass ihr Gesicht jetzt direkt gegenüber von meinem lag.

»Alles ist geschehen. Du bist geschehen«, flüsterte ich und küsste sie zärtlich.

»Oh wow. Ich könnte mich daran gewöhnen, so aufzuwachen. Selbst, wenn ich zukünftig immer auf einem Fliesenboden schlafen müsste.«

In der Tat hatten wir, nachdem wir mehrmals miteinander Sex hatten, festgestellt, dass dieser Laborraum keinerlei Schlafmöglichkeiten bot. Natürlich hatte Cornwall damit gerechnet, dass wir viel besprechen würden, dennoch wären das ein oder andere Kissen oder eine Decke recht nett gewesen. Trotzdem hatte ich, mit Jen im Arm, zugedeckt durch unsere eigene Kleidung, so gut geschlafen, wie lange nicht. Und ich würde diesen Steinboden auch jedem Bett vorziehen, solange sie bei mir blieb.

Ich spürte Jens zarte Finger an meinem Hintern und biss mir gleichzeitig auf die Lippen, um mir ein leises Stöhnen zu verkneifen. Allerdings wanderte ihre Hand nun zwischen meine Beine und ich sah Jens amüsiertes Grinsen, noch bevor ich ihre Hand spürte, die diesen wahnsinnig erregenden Stromschlag auslöste.

»Du bist ja unersättlich, Liam.«

Ich keuchte leise. »Oh, wenn es um dich geht, ist das wohl so, Jen. Fuck! Ich habe nur nicht die geringste Ahnung, wie spät es ist. Nicht, dass wir gleich Besuch bekommen.«

Im Geiste schlug ich mir für meine Worte ins Gesicht. Seit wann achtete ich denn bitte auf so etwas? Noch dazu, wenn Jen gerade mein empfindlichstes Körperteil massierte? Ich war so ein Idiot! Der größte Idiot auf Erden! Wirklich!

»Na dann muss ich mich eben beeilen«, grinste sie frech und wanderte mit zärtlichen Küssen meinen Oberkörper hinunter. Jeder einzelne Kuss löste einen kleinen, wunderbaren Schmerz in meinem Herzen aus, den ich mittlerweile richtig liebte. Doch dann zog ich scharf die Luft ein, als ich Jens weiche Lippen auf meiner Erektion spürte.

Ich schloss die Augen und konnte an nichts anderes mehr denken, außer an Jen, den süßen Schmerz in meinem Herzen und ihren Mund.


»Sollten wir vielleicht doch im Büro nachsehen, ob sie schon da sind?«, fragte Jen, nachdem wir uns, nach unserem doch etwas länger andauernden Morgensport, angezogen hatten.

»Ja, das wäre keine schlechte Idee. Aber du bleibst hier, Jen. Ich will nicht, dass dir etwas passiert. Außerdem muss ich sowieso pissen. Äh, also, auf die Toilette«, korrigierte ich schnell meine Wortwahl und erntete ein wunderschönes Kichern.

»Du bist echt ein Idiot, Liam. Erstens musst du mich nicht beschützen und zweitens darfst du vor mir sprechen, wie du willst. Ich mag dich so, wie du bist.«

Ich schluckte ergriffen. »Tust du das wirklich?«

Jen trat näher an mich heran und legte sanft ihre Hand auf meine Schultern ab. »Ich glaube sogar, dass ich dich liebe, Liam.«

»Das glaubst du?«, hauchte ich mehr, als dass ich sprach, denn meine Stimme versagte mir jede Hilfeleistung. »Denn ich glaube, ich liebe dich auch, Jen.«

Jen strahlte mich an und dieser Blick wanderte direkt in mein Herz. Doch dann kniff sie mir in die Seite.

»Und jetzt geh´ schon, bevor noch ein Unglück geschieht!«


Grinsend wie ein Maikäfer lief ich die Treppen hinauf, anstatt den Aufzug zu nehmen. Irgendwie fühlte ich mich so energiegeladen, wie schon lange nicht mehr und hatte das Bedürfnis, diese Energie sofort herauszulassen. Gerade als ich das Stockwerk von Cornwalls Büro erreichte, öffneten sich mit einem leisen »Pling« die Aufzugtüren und Cornwall trat, beladen mit einem dicken Ordner, heraus.

Als er mich sah, verzog er irritiert das Gesicht, allerdings kam er nicht dazu, irgendetwas zu sagen, da ich ihn impulsiv umarmte. Normalerweise machte ich das nicht. Fremde Professoren umarmen. Wirklich nicht. Doch in diesem Fall war es einfach anders. Cornwall hatte mir, unwissentlich, die Nacht meines Lebens geschenkt. Dafür würde ich ihm auf immer und ewig dankbar sein.

»Danke.«

Cornwall lächelte ergriffen und klopfte mir anschließend unbeholfen auf die Schultern. »Gern geschehen. Ich hoffe, ihr konntet euch ausgiebig unterhalten.«

Ich räusperte mich kurz und geräuschvoll. »Äh ja, wir haben uns ziemlich ausführlich … unterhalten.«

Cornwall schien mein Unbehagen nicht gespürt zu haben, denn er nickte ein paar Mal und deutete mir, ihm in sein Büro zu folgen.

»Das freut mich, wirklich. Ria telefoniert draußen momentan mit Link. Vielleicht kann sie ihm ein paar Informationen entlocken, wo er sich zurzeit aufhält. Möchtest du einen Kaffee? Ach, und ich habe ein paar Brötchen gekauft. Ihr habt sicherlich Hunger. Also, dort hinten ist meine Kaffeemaschine. Ich denke, die kannst du sicherlich bedienen, oder? Dann könnt ihr beide nachher noch in Ruhe frühstücken, bevor wir uns zusammensetzen.«

Ich nahm die Tüte mit den Brötchen entgegen. »Wow, vielen Dank, Mister Cornwall.«

»Bitte, nenn mich doch Steven.«

»Okay. Danke, Steven.« Mit diesen Worten trat ich pfeifend in die kleine Kaffeeküche und sah mich prüfend um. Ein kleines Schränkchen, das so aussah, als würde es bei der kleinsten Berührung zusammenbrechen, ein Waschbecken und eine alte, ramponierte Kaffeepadmaschine. Ich bezweifelte, dass dieses Gerät wusste, wie guter Kaffee schmecken sollte, doch im Moment war mir sogar das egal. Ich würde mit Jen gemeinsam frühstücken. Da würde ich sogar ungenießbares, kaffeeähnliches Gebräu trinken.

Gerade als ich das Gerät anstellte und in dem klapprigen Schrank nach Tassen und Tellern suchte, knallte die Tür von Cornwalls Büro auf. Überrascht drehte ich mich um und sah Ria mit ihrem Smartphone in der Hand. Ihr Gesicht wirkte extrem angespannt und als sie mich sah, riss sie erschrocken die Augen auf.

»Wir haben ein Problem.«

Ich ließ alles stehen und liegen, lief zurück in den Hauptbüroraum und musterte Ria, die ihre Hände verkrampft vor ihrem Gesicht zusammenfaltete.

»Wir haben ein extrem großes Problem. Link ist hier. Er wird in wenigen Minuten auftauchen. Ich soll dafür sorgen, dass niemand flüchten kann. Obwohl das nicht möglich wäre, da Link an allen Ausgängen des Gebäudes Mitarbeiter positioniert hat. Eine Flucht ist also unmöglich.«

Cornwall wurde schlagartig bleich im Gesicht und mir ging es ähnlich. Von einem Moment auf den anderen waren alle Schmetterlinge, sämtliche Glücksgefühle verschwunden.

»Was will er hier?«, fragte Cornwall und Ria sah ihn irritiert an.

»Das fragst du, Steven? Er will Jen. Und mit Sicherheit auch Liam.«

»Wieso denn jetzt auch Liam?«

Ria stieß ihren Atem aus, als würde sie gleich explodieren. »Mann Steven! Link wollte nie eine Untersuchung der beiden verhindern, aus Angst, es könnten Dinge geschehen, die man nicht kontrollieren kann! Er wollte es verhindern, weil er dabei keine Rolle gespielt hätte! *Er* will die Untersuchungen leiten! *Er* will derjenige sein, der die Formel entwickelt. Und ihm ist jedes Mittel dazu recht! Natürlich will er Liam und Jen. Wir müssen sie irgendwie fortschaffen!«

Okay, das klang extrem beängstigend. Selbst wenn ich nur die Hälfte verstand, was sie erklärt hatte. Cornwall schien es ähnlich zu gehen, denn er raufte sich die Haare und tippelte unruhig im Büro umher.

»Verdammt! Was sollen wir tun? Wie viel Zeit haben wir, Ria?«

Ria schüttelte den Kopf. »Fünf Minuten, schätze ich.«

Cornwall stieß den Atem aus und sah schließlich mit besorgter Miene zu mir. »Du bist doch schwindelfrei, Liam, oder?«

»Äh …« Ich folgte Cornwalls Blick, der hinüber zum Fenster wanderte und erkannte eine kleine Feuerleiter, die direkt neben dem Fenster in die Höhe ragte.

Cornwall nahm den dicken Ordner, der auf dem Tisch lag, und drückte ihn mir in die Hände. »Bitte. Pass mit deinem Leben darauf auf. Link darf ihn nicht in die Hände bekommen. Und es tut mir leid, dass ich dich auf diese Leiter schicken muss, aber …«

»Es eilt, Steven!«, unterbrach ihn Ria und ich schüttelte meine Starre ab. Es ging hier um Jen und mich. Wir mussten uns retten.

»Was ist mit Jen?«

Cornwall biss sich auf die Lippe. »Ist das Labor verschlossen?«

Ich nickte und deutete auf den Schlüssel in meiner hinteren Hosentasche.

»Gut. Link weiß nicht, dass ich hier in diesem Gebäude mein Labor betreibe. Er glaubt immer noch, dass ich im Memorial Hospital arbeite. Daher müssen wir beten, dass er nicht auf die Idee kommt, das ganze Gebäude zu durchkämmen. Solange du den Schlüssel behältst und er dich nicht findet, haben wir nichts zu befürchten. Und jetzt muss ich dich bitten – geh!«

Ich schluckte meine Angst hinunter, obwohl die Furcht weder der Höhe, der Eiseskälte, noch meiner eigenen Sicherheit galt, sondern einzig und allein Jen. Dann klemmte ich den Ordner unter meinen Arm und stieg aus dem Fenster. Über ein schmales Eisengitter gelangte ich zu der Leiter, die sich angrenzend an einer Hausecke befand. Allerdings drängte ich mich zunächst in die Ecke und atmete einige Male tief durch. Im selben

Augenblick hörte ich die Stimme Links aus dem noch geöffneten Fenster und ich presste mich noch enger an die Wand. Wenn ich nun die Treppe nach oben klettern würde, könnte er mich durch einen ungünstigen Winkel durch das Fenster entdecken. Mir blieb also nichts anderes übrig, als in der Ecke zu stehen und zu hoffen, dass er mich nicht fand.

»Wo ist sie, Cornwall? Ich hatte Sie gewarnt!«, donnerte die Stimme so laut, dass ich jedes einzelne Wort verstand, trotz Verkehrslärm unter mir.

»Wovon sprechen Sie, Professor? Und was machen Sie hier? Wollten Sie nicht in Deutschland auf Jen aufpassen?«

»Hören Sie auf mit Ihren unschuldigen Fragen! Ich weiß genau, dass Sie dahinterstecken! Und ich gebe Ihnen jetzt eine Chance, Ihre Haut zu retten – Bringen Sie mir Jen und ich werde keine Konsequenzen für Ihr Verhalten folgen lassen.«

Ich presste meine Lippen zusammen. Würde Cornwall darauf eingehen? Würde er Jen verpfeifen, um sich selbst zu retten?

»Es tut mir leid, Sie korrigieren zu müssen, Kollege. Doch ich habe Jen seit dem Vorfall in Deutschland nicht mehr gesehen. Es ehrt mich, dass Sie glauben, ich hätte es geschafft, sie vor Ihren Augen zu entführen. Doch leider muss ich Sie enttäuschen. Dies wäre mir niemals möglich gewesen.«

Ein grollender Schrei hallte durch das Büro aus dem Fenster hinaus und ich hörte ein lautes Krachen. Wahrscheinlich hatte Link aus Wut einen Stuhl umgerissen.

»Cornwall! Verkaufen Sie mich nicht für blöd! Ich werde Sie zerstören! Sie haben sich mit dem Falschen angelegt! Und jetzt gehen Sie zur Seite! Ich werde Ihre Büroräume durchsuchen!«

»Wenn ich bitten darf, Professor! Das ist immer noch mein Bür- ...«

»Zur Seite, sagte ich!«, dröhnte Links Stimme und ich presste mich nur noch stärker in die Ecke. Ich hörte das ungestüme Öffnen von Schranktüren und Schubladen und biss die Zähne zusammen. Als ob sich Jen in einer Schublade verstecken würde, dachte ich sarkastisch. Doch dann musterte ich den Ordner, den ich immer noch unter meine Achsel geklemmt hatte. Möglicherweise suchte Link nicht nur nach Jen. Doch was mochte in diesem Ordner stehen, dass es Link so sehr begehrte? Hier draußen war es mir leider unmöglich, einen Blick hineinzuwerfen.

Ein Knall ertönte, anschließend herrschte Stille im Büro. Zumindest konnte ich von draußen keine Geräusche mehr wahrnehmen. Ob ich es wagen sollte, mich zu bewegen? Andererseits – sollte mich dieser Link entdecken, würde er auch wissen, dass Jen irgendwo hier sein musste. Dieses Risiko konnte ich also nicht eingehen. Niemals!

Doch dann öffnete sich ein Fenster direkt neben mir und Rias Kopf trat in mein Sichtfeld. »Komm rein, Liam! Link durchsucht jetzt das gesamte Haus, er wird sicherlich nicht nochmal in die Kaffeeküche sehen. Ich will nicht, dass du uns noch erfrierst.«

Trotz meines unguten Gefühls, folgte ich Ria und kletterte mit wenigen Handgriffen durch das schmale Fenster in die Kaffeeküche hinein.

»Er wird nicht aufgeben, oder?«

Ria verzog das Gesicht und schüttelte schließlich den Kopf. »Ich fürchte nein. Ich lasse dich allein, ja? Link soll nicht wissen, dass ich auf eurer Seite stehe! Verhalte dich bitte ruhig!«

Ich nickte stumm und sah ihr dabei zu, wie sie leise die Tür schloss und mit eilig klackenden Schritten davon schritt.

Hier war ich nun.

Versteckt in einer kleinen Kaffeeküche vor einem verrückten Professor, der mich und Jen entführen wollte. So viel hatte ich verstanden und die Panik krallte sich immer noch in meine Brust. Wie es Jen wohl ging? Ob sie spürte, was los war? Ob sie meine Gefühle teilte? Ich tigerte unruhig durch die kleine Küche auf der Suche nach einer Möglichkeit, zu helfen. Ich wollte etwas tun. Ich hasste es, abzuwarten. Vor allem in einer Situation, die mich persönlich betraf. Außerdem wollte ich verflucht noch mal Bescheid wissen, warum so viele Leute hinter uns her waren!

Erneut blickte ich den Ordner an. Ob er wirklich nur Formeln enthielt?

Ich biss mir auf die Lippe, zog mir allerdings gleichzeitig einen klapprigen Holzstuhl heran, setzte mich und nahm den Ordner auf meinen Schoß. Wollte ich es wirklich wissen? Doch ich kannte die Antwort bereits.

Natürlich wollte ich es.

Daher klappte ich mit angehaltenem Atem den Ordner auf und runzelte die Stirn, als ich auf der ersten Seite einen ausführlichen Steckbrief einer Frau fand, die Mary Grey hieß.

Vielleicht war der Ordner nur eine Attrappe? Denn ich las diesen Namen zum ersten Mal. Geburtsdatum, Blutgruppe, DNA, sämtliche Werte und ein Foto dazu, alles bestimmt wichtige Informationen, doch was hatten sie mit mir zu tun?

Ich blätterte weiter und schluckte. Dort war ein Sterbedatum vermerkt. Ihr Sterbedatum. Mein Geburtstag.

Mein Magen ballte sich warnend zusammen und ich blätterte erneut weiter. Formeln, Berechnungen und Aufzeichnungen einer DNA. Definitiv nichts, was ich verstand.

Doch bei der nächsten Seite sackte mein Herz in die Hose – nein, es fiel klirrend auf den Boden und zerbrach in tausend Scherben.

Ein Vermerk über die Geburt von mir. Und Jen.

*Erfolgreiche Geburt der Zwillinge.*

Nein! Das konnte nicht …!

Mit zittrigen Händen blätterte ich weiter und fand diverse Aufzeichnungen unserer Kindheit, Untersuchungen unserer Herzen, doch immer wieder Anmerkungen über die »Zwillinge«.

Mir wurde übel. Speiübel.

Jen war meine *Schwester*?

Fuck!

Das konnte, nein, das durfte nicht sein!

Ich hatte heute Nacht mit meiner Schwester …? Oh holy Shit! Mein Herz krampfte sich schmerzhaft zusammen und ich kämpfte gegen meine steigernde Verzweiflung an.

Das musste sich um einen schrecklichen Scherz handeln! Das konnte niemals der Wahrheit entsprechen! Ich würde doch niemals mit meiner eigenen Schwester …!

Ein weiterer Notizzettel fiel mir in die Hände und da mir der Namen »Steven Cornwall« ins Auge stach, las ich das Papier genauer. Doch neben sämtlichen unverständlichen Fachbegriffen verstand ich nur eins überdeutlich.

*Steven Cornwall: Biologischer Vater der Zwillinge Liam und Jen.*

Am liebsten hätte ich den Ordner im hohen Bogen von mir geworfen, doch stattdessen sackte ich schluchzend zu Boden, raufte mir die Haare und ignorierte das Rauschen in meinen Ohren.

Cornwall war mein Vater.

Jen war meine Schwester.

Ich hatte mit meiner Schwester geschlafen.

Ich liebte sie.

Ich liebte meine eigene Zwillingsschwester! Auf eine Weise, die mehr als geschwisterlich und platonisch war.

Nur durch einen Zufall bemerkte ich das Öffnen der Tür und Cornwall stand mir gegenüber. Ein Blick seinerseits auf den geöffneten Ordner und zu mir genügte wohl, um zu wissen, was geschehen war.

»Du hast ihn also gelesen«, stellte er ruhig fest.

Ich versuchte, seinem Blick standzuhalten, obwohl sich immer wieder Tränen in meine Augen schlichen.

»Ist … Ist das wahr? Jen und ich?«

»Du bist ihr Zwillingsbruder, ja«, half er mir auf die Sprünge und mir wurde schon wieder übel. Zudem baute sich eine Wut auf Cornwall in mir auf, die ich kaum im Zaum halten konnte.

»Und wann wolltest du uns das mitteilen? Hattest du jemals vor, uns einzuweihen?«

Cornwalls Gesicht wirkte bedrückt und er versuchte, auf mich zuzukommen, doch ich hob meine Arme, um ihm Einhalt zu gebieten.

Schließlich blieb er mitten im Zimmer stehen und seufzte.

»Ich wollte euch heute aufklären. Glaub mir, Liam. Ich dachte, es sei besser, wenn …«

»WAS? Was dachtest du? Es sei besser, abzuwarten, bis wir uns ineinander verliebt haben? Damit du uns komplett zerstören kannst? Herzlichen Glückwunsch! Das ist dir gelungen!«

Cornwall riss die Augen auf und wurde mit einem Mal leichenblass. »Nein. Nein, das ist … Oh verflucht! Liam, es tut mir leid … Ich wollte … Ich dachte … Ich hätte niemals damit gerechnet, dass …«

Ich schnaubte vor Wut.

»Liam, hör zu. Das ist jetzt der denkbar ungünstigste Zeitpunkt für dieses Gespräch. Link durchsucht gerade den Bürokomplex. Auch wenn er höchstwahrscheinlich nicht mehr hier auftauchen wird, habe ich dennoch Angst um dich. Aber du sollst wissen, ich wollte euch beide nie verletzen! Niemals! Du hast keine Ahnung, was du und Jen mir bedeuten.«

Erneut schnaubte ich. »Doch, ich fürchte schon, *Papa*!« Das letzte Wort spuckte ich ihm förmlich entgegen.

Cornwalls Gesicht wurde nun ganz ernst und wirkte beinahe traurig. »Ich weiß, ich habe viele Fehler gemacht. Wahrscheinlich hätte ich niemals in eurer DNA herumpfuschen dürfen. Doch in vielen anderen Dingen waren mir die Hände gebunden. Glaube mir, Liam – ich hätte mir niemals dieses Leben für dich ausgesucht!«

»Was hast du aus uns gemacht? Zombies? Diese verfickten Formeln sagen mir leider nichts! Ich will die Wahrheit wissen!«

Cornwall atmete ein paar Mal tief durch, fuhr sich durch die Haare und blickte kurz zur Tür, die er anschließend schloss.

»Du und Jen seid Eins. Ihr teilt euch ein Herz und eine Seele. Das klingt verrückt, ich weiß. Doch es ist die

Wahrheit. Ihr seid keine wirklichen Zwillinge, sondern Eins. Daher fühlst du wie sie und andersherum. Und das ist auch der Grund, warum ihr euch so anzieht.«

Ich starrte Cornwall ungläubig an. »Das ist doch Bullshit! Ausgerechnet ein Genetiker spricht von einer Seele? Ich will die Wahrheit, Cornwall!«

»Aber das ist die Wahrheit. Nenne es anstelle Seele Wesen oder Geist, aber es ist definitiv die Wahrheit. Warum glaubst du, wäre sie gestorben, als du in der Lawine lagst? Wie konnte sie dich finden? Du bist ihre zweite Hälfte und sie ist deine! Ich habe damals, als ihr nicht mehr als eine befruchtete Eizelle wart, eure DNA verändert. Anhand einer aufgestellten Formel habe ich aus einer Eizelle Zwillinge mit einem Herzen und einer Seele herstellen können. Ich weiß, vermutlich hätte ich das niemals tun dürfen, dennoch ist es die Wahrheit, Liam. Jen und du – ihr seid Eins.«

Ich lehnte mich an die Wand und bemühte mich, die Informationen irgendwie zu verarbeiten. Allerdings gelang mir das nur schwer. Immer und immer wieder hatte ich Jen vor Augen. Ihren Blick auf mir, ihre Hand verschlungen mit meiner, ihr Lächeln, ihre wunderschönen Haare ... Tatsächlich, wenn ich versuchte, es objektiv zu betrachten, sahen wir uns gewiss ähnlich. Doch Cornwalls Behauptung – wie sollte ich so etwas glauben können? Wollte ich das überhaupt?

»Ich habe mit ihr geschlafen, Cornwall«, gab ich schließlich zerknirscht zu und sah in den Augenwinkeln, wie sich Cornwall an seinem Kinn kratzte.

»Ja, also das ist ... Damit habe ich nicht ... Scheiße.«

Ich lachte trocken. Oh Gott! Ich hatte wirklich mit meiner Schwester geschlafen! Mit meiner zweiten

Hälfte. Also quasi mit mir selbst. Verdammt! Das klang mega gruselig! Extrem strange!

»Es tut mir leid, Liam.«

»Was tut dir leid? Dass wir gevögelt haben? Mir nicht. Es war der beste Sex, den ich jemals erlebt habe! Und da du mich ja schon mein Leben lang verfolgst, wirst du wissen, dass das bei mir etwas zu bedeuten hat. Es fühlte sich an, als würde die Erde beben! Ich weiß nicht, ob du jemals so etwas gespürt hast!«

Cornwall zog einen weiteren Stuhl heran und setzte sich neben mich. »Warte mal, gestern Nacht gab es in New Haven wirklich ein Erdbeben. Das … Mein Gott! Das würde ja bedeuten, dass …«

Weiter kam er mit seiner Überlegung nicht, denn plötzlich wurde die Tür aufgerissen, und Professor Link trat zusammen mit Ria und drei weiteren Männern in die Kaffeeküche hinein. Ria sah zerknirscht in unsere Richtung, während Link abrupt stehenblieb und mich aufmerksam musterte.

»Das ist interessant. Ich dachte, Sie wissen nicht, wo Liam steckt?«, richtete er die Frage an Cornwall, der sich nun mit geballten Fäusten erhob und vor mich stellte.

»Nun, jetzt weiß ich es. Und Sie wissen es ja nun auch. Haben Sie sonst noch Fragen, Kollege?«

»Nein, ich habe keine weiteren Fragen. Bringt ihn mir!«, forderte er seine Männer auf und ich kapierte leider einen Augenblick zu spät, dass er von mir sprach. Denn als ich mich aufrichtete, um aus dem Fenster zu fliehen, wurde mein Arm bereits schmerzhaft auf meinen Rücken verdreht und ich schrie auf.

»Aaaaahhhh!« Doch noch schlimmer als der Schmerz in meiner Schulter war der Schrei von Jen, den ich in meinem Innersten widerhallen hörte. Oh Gott! Sie spürte dasselbe! Nein! Das durfte sie nicht! Ich musste es verhindern!

»Lasst mich los! Verdammt!«

»Link! Sie haben kein Recht, Liam zu entführen! Ich rufe die Polizei! Das ist …«

»Die werten Kollegen hier sind von der Polizei, Cornwall. Also rufen Sie ruhig an! Wem, denken Sie, werden sie glauben?«

»Und was ist mit unseren Kollegen? Link! Tun Sie das nicht! Ich bitte Sie.«

Link verzog das Gesicht zu einer hässlichen Fratze. »Glauben Sie wirklich noch, mich interessieren die anderen? Oh Cornwall! Ich hätte Sie nie so naiv eingeschätzt! Los!«

Als hätten die beiden Männer nur auf Links Kommando gewartet, stießen sie mich gewaltvoll durch die Tür.

»Halt!« Rias Stimme summte in meinen Ohren. Vielleicht hatte sie noch irgendeinen Trumpf in der Tasche, um mich zu retten?

»Professor, Sie haben das Wichtigste vergessen« Ihre Stimme klang kalt, während sie sich an Cornwall vorbei drängte und den Ordner ergriff.

Cornwall schnappte nach Luft und auch ich riss erschrocken die Augen auf, doch Ria grinste nur gerissen. »Hast du wirklich geglaubt, ich würde dich mögen, Steven? Also bitte! Du bist wirklich naiv, da muss ich Professor Link Recht geben! Lasst uns gehen.«

»Ria! Das darfst du nicht! Bitte! Ria!«, schrie Cornwall hinter uns her, doch Ria lachte nur und legte ihren Arm um meine Schulter. Dummerweise konnte ich sie nicht daran hindern, da mich dieser Hüne von Mann immer noch fest im Griff hatte.

»Männer … Sie sind so leicht zu durchschauen und so herrlich beeinflussbar« Sie grinste und ich fühlte ihre Hand an meinem Hintern.

»Nehmen Sie Ihre dreckigen Pfoten weg!«, zischte ich und keuchte kurz darauf auf, da mir Link seine Faust in den Magen rammte.

»Na, na, na. So sprechen Sie nicht mit meinen Angestellten, ist das klar? Und jetzt will ich keinen Ton mehr von Ihnen hören!«

Diesen Befehl hätte er sich auch sparen können, da ich um Atem rang, und gegen die Sterne ankämpfte, die sich in mein Sichtfeld schoben. Und immer wieder dazwischen hörte ich Jens Schreie in meinem Herzen. Oh Gott! Jen …

## 40

JEN

»Lasst mich hier raus! HALLOOO!« Schreiend trommelte ich gegen die Tür. Ich zitterte am gesamten Körper und fühlte, wie mich die Verzweiflung übermannte.

Meine Schulter schmerzte höllisch, mein Magen krampfte, doch ich musste weitermachen. Irgendjemand musste mich doch hören. »Hallooooo! Bitte!«, schluchzte ich und sank kraftlos zu Boden.

Was war nur geschehen?

Ich hatte Liams Angst deutlich gespürt, hatte seine Schreie gehört und nicht zuletzt seine Schmerzen wahrgenommen. Was war nur geschehen?

Und warum, verdammt, kam keiner zu mir?

Wollten sie mich etwa einsperren? War das möglicherweise ein abgekartetes Spiel? Oh Gott, wenn nicht bald jemand zu mir kam, würde ich noch den Verstand verlieren!

»Liam! *Liaaam*, wo bist du?«

Mit meinem Ärmel wischte ich mir die nassgeweinten Wangen trocken, obwohl unentwegt neue Tränen aus meinen Augen flossen. Was war passiert? Wieso hörte mich niemand? Irgendjemand musste sich doch in diesem riesigen Gebäude befinden.

Doch da fiel mir ein, dass heute der 25. Dezember war – Weihnachten. Es war äußerst unwahrscheinlich, an so einem Tag zur Arbeit zu gehen.

Trotzdem.

»Halloooo! Cornwall! Ria! *Liaaam*!«, schrie ich erneut aus voller Kehle, doch ich erhielt keine Antwort.

Mein Blick wanderte durch das Labor auf der Suche nach irgendeiner Möglichkeit, die Tür aufzubrechen. Doch es gab kaum Schränke oder Schubladen. Auf dem Tisch lagen nur Stifte und ein Lineal. Alles unbrauchbar, um ein Schloss zu knacken. Doch selbst wenn ich dünne Metallstäbe gefunden hätte, bezweifelte ich, dass ich es geschafft hätte, wie die Helden im Film herauszukommen. Dazu fehlte mir das Wissen. Liam hätte es vielleicht gekonnt.

Liam …

Oh Gott! Was hatten sie ihm angetan? Wer hatte ihm etwas angetan?

Immer noch spürte ich das schreckliche Ziehen in meinem Arm, als hätte man versucht, meine Schulter auszukugeln. Und immer noch spürte ich diesen Knoten im Magen, der mir vorhin die Luft geraubt hatte. Doch das war alles kein Vergleich zu der Panik, die ich wahrgenommen hatte. Liams Panik.

Ich wusste, dass er in Schwierigkeiten steckte. Und das Gefühl, nichts tun zu können, war einfach zum Kotzen!

Verdammt! »Haaalloooo!«, schrie ich erneut, blickte dann aber auf meine Winterjacke, die über einem der Stühle lag.

Handy!

Ich hatte doch mein Handy dabei!

Schnell kramte ich in den Taschen danach und schaltete es an. Mit einem bedauernden, halbherzigen Lächeln dachte ich an gestern Morgen, als ich Finn, Trixie und meinen Eltern eine Nachricht geschickt und ihnen mitgeteilt hatte, dass ich überglücklich war. Dass sie sich keine Sorgen machen sollten. Und dass sie ihr

Weihnachtsfest genießen sollten, da ich es auf jeden Fall in vollen Zügen genießen würde.

Tja, frohe Weihnachten, Jen!

Endlich war das billige Handy hochgefahren und ich hielt es weit von mir fortgestreckt. Scheiße! Kein Empfang!

Ich klopfte mit dem Handy gegen meine Stirn. Ich Idiot! Ich befand mich in einem strahlengeschützten Labor! Natürlich hatte ich hier keinen Empfang! Scheiße! Scheiße! Scheiße! Meine letzte Hoffnung auf Hilfe zerplatzte in diesem Augenblick wie eine Seifenblase. Ich war verloren.

Völlig verzweifelt kauerte ich mich auf den Boden. Genau dort, wo ich in der Nacht zuvor mit Liam geschlafen hatte. Ich hielt den Ärmel meines Pullovers unter die Nase und atmete tief ein, in der Hoffnung, noch einen Hauch von Liam riechen zu können. Dabei schloss ich meine Augen und konzentrierte mich auf meine Erinnerung. Seine Küsse auf meiner Haut, das schnelle Pochen seines Herzens, die feste Umarmung - sein stummes Versprechen, bei mir zu bleiben.

»Oh Liam!«, schluchzte ich. »Was haben wir nur verbrochen?«


Ich konnte nicht beurteilen, wie lange ich auf dem kalten Fliesenboden lag und weinte, als ein Klopfen mich innerhalb von Sekunden aufspringen ließ. Waren erst wenige Minuten vergangen oder gar Stunden?

»Liam!« Ich eilte zur Tür und klopfte dagegen. »Liam? Bist du das? Hallo?«

Ich hörte das Geräusch eines Schlüssels und als sich kurz darauf die Tür öffnete, fiel ich Cornwall laut schluchzend um den Hals.

»Oh Jen. Es tut mir alles so leid.« Ich fühlte seine kräftige Umarmung, die mir vermutlich Sicherheit spenden sollte, allerdings führte seine zittrige Stimme zum Gegenteil.

»Was ist passiert?«

Er löste die Umarmung und musterte mein Gesicht, indem er es in seine Hände legte. »Wie geht es dir, Jen? Du solltest etwas essen und trinken.«

»Nein. Ich will Antworten. Jetzt!« Das Essen konnte mir wirklich gestohlen bleiben. Appetit verspürte ich sowieso keinen.

Cornwall seufzte. »Jen, du bist seit acht Stunden hier unten eingesperrt, abgesehen von der Nacht, die du auch noch hier verbracht hast. Wann hast du das letzte Mal etwas gegessen?«

Ich schluckte. Acht Stunden? Seit acht Stunden war Liam verschwunden?

»Wo ist er? Ich muss zu ihm! Wo ist Liam, Steven? *Wo ist er*?«, schrie ich die letzte Frage und trommelte dabei auf Cornwalls Brust, als ob er mir dadurch helfen könnte, und er ließ es geschehen. Erst nachdem mir die Kraft ausgegangen war, nahm er meine Fäuste in seine Hände und umschloss sie damit.

»Es tut mir leid. Ich konnte ihm nicht helfen.«

»Und wo … Wo ist Ria?«

Cornwall seufzte und ich sah diesmal nur überdeutlich den Schmerz in seinem Gesicht. »Sie war von Anfang an Links Spitzel. Sie hat uns verraten.«

»Nein. Nein, aber … Nein.«

Cornwall hob mit einem traurigen Lächeln die Schultern an. »Leider ja. Es tut mir leid, dass ich jetzt erst zu dir komme. Liam hatte deinen Schlüssel. Und ich wusste nicht, wie ich die Tür öffnen konnte. Aufbrechen wollte ich sie nicht, weil ich immer noch glaube, dass

Links Spitzel um das Haus verteilt sind. Aber dann fand ich den Schlüssel auf dem Boden neben der Eingangstür. Vermutlich konnte Liam ihn unauffällig fallen lassen.«

»Dann haben sie ihn also entführt«, sprach ich meinen Verdacht aus, obwohl ich längst wusste, dass genau dies geschehen war. Ich hatte Liams Schreie gehört, seine Schmerzen gefühlt. Ich wusste, was geschehen war. Allerdings traf mich das Nicken von Cornwall trotzdem härter als vermutet. Link hatte Liam.

»Es tut mir so leid. Ich hätte kämpfen müssen. Vielleicht hätte ich es mit Liam zusammen geschafft, aber ...«

»Ich weiß«, unterbrach ich ihn, da ich seine Verzweiflung spürte. Er litt genauso wie ich. Ich lehnte mich an die Wand und sah zu Cornwall, der sich immer wieder auf die Unterlippe biss. »Und was machen wir jetzt?«

Er schüttelte den Kopf. »Ich weiß es nicht, Jen. Auf jeden Fall sorgen wir dafür, dass du in Sicherheit bleibst. Sie dürfen dich nicht bekommen. Niemals. Und wir müssen uns irgendeinen Plan zurechtlegen, Liam zurückzuholen. Irgendwie.«

Ich seufzte leise. »Warum? Warum sind sie hinter uns her? Was haben wir an uns, dass es dieser Link unbedingt möchte?«

Cornwall hob seinen Kopf und sah mich an und für einen kurzen Augenblick erkannte ich in seinen grauen Augen ein Gefühl von Schuld.

»Oh Jen, du sollst wissen, dass ich es euch heute erklären wollte. In aller Ruhe, euch beiden, gemeinsam. Ich wollte nicht, dass ihr es so erfahren müsst. Aber ich werde dir nun erzählen, wer du wirklich bist ...«

# 41

## CORNWALL

»Du musst etwas essen, Jen. Bitte.« Cornwall schob zum wiederholten Mal den Teller mit den Instantnudeln unter Jens Nase, die jedoch keine Regung zeigte.

Seitdem er ihr vor zwei Tagen alles, wirklich alles, erklärt hatte, sprach sie kein Wort mehr. Allerdings war das auch unnötig, da Cornwall in ihrem Gesicht sämtliche Gefühle hatte ablesen können, die sich in ihrem Innersten abspielten. Entsetzen, Furcht, Unglaube, Panik, Schuld, Grauen und wieder Entsetzen.

»Bitte, Jen. Du wirst Liam keine Hilfe sein, wenn du jetzt anfängst, zu hungern. Du musst bei Kräften bleiben.«

Nur ganz langsam drehte sie den Kopf in seine Richtung, doch ihr Blick wirkte kalt und abwesend. »Wie soll ich denn bei Kräften bleiben, wenn mir meine zweite Hälfte fehlt?«

Ja, dies war ein schlagendes Argument. Dennoch konnte er es nicht akzeptieren. »Jen, sei vernünftig. Ich bitte dich. Tu es für Liam.«

Plötzlich holte Jen aus, warf den Teller Nudeln mit einem Schlag von sich, sodass die Nudeln durch den gesamten Laborraum flogen, begleitet von einem durchdringenden Schrei.

»Aaaaaaahhhh! Hast du eigentlich eine Ahnung, wie es sich anfühlt, nur *halb* zu sein? Nein, natürlich nicht. Das Schlimme ist, ich wusste es auch nicht. So lange, bis ich Liam getroffen habe. Seitdem weiß ich, wie es sich anfühlt, vollkommen zu sein. Keine Ahnung, ob du dich immer so fühlst, aber ich fühlte mich für einen kurzen Zeitpunkt endlich ganz. Mit Liam. Und jetzt -« Jen streckte die Arme aus und sah an sich herunter, ihr Blick völlig verzweifelt. »Jetzt, wo ich ihn erneut verloren habe, fühle ich es deutlich. Als ob man mir die Hälfte meines Körpers abgerissen hätte. Es tut so unglaublich weh, Steven. Ich ertrage das nicht mehr, ich kann nicht mehr. Ich kann einfach nicht mehr!« Die letzten Worte schluchzte sie. Cornwall kämpfte gegen seine eigenen Tränen an und fragte sich zum tausendsten Mal, wieso er damals unbedingt Gott spielen wollte und in der DNA der beiden herumgepfuscht hatte. Hätte er nur damals schon gewusst, welchen Schmerz er seinen eigenen Kindern damit bereiten würde! Nie, niemals durfte dieser Versuch wiederholt werden!

»Es tut mir so leid, Jen«, gestand er unter Tränen. »Glaube mir, wenn ich könnte, würde ich alles rückgängig machen. Das musst du mir glauben.«

Jen wischte sich über die Augen, doch das Beben ihres Körpers führte nur weiter dazu, dass Cornwall selbst weinte. Er fühlte sich so schuldig.

»Ich muss zu ihm, Steven«, schluchzte sie erneut leise und er ging auf sie zu und legte sanft seinen Arm um ihre Schulter.

»Ich weiß. Aber dazu musst du fit sein, Jen. Du darfst jetzt nicht aufgeben, hörst du?«

Jen nickte schwach. »Tut mir leid wegen des Essens«, erklärte sie nach einiger Zeit und Cornwall folgte ihrem Blick durch das nudelübersäte Labor.

»Tja, steril ist der Raum sowieso schon länger nicht mehr. Da macht die ein oder andere Nudel auch nichts aus. Aber darf ich dir trotzdem nochmal etwas zu Essen bringen?«

Als er eine Stunde später Jen dabei zusah, wie sie appetitlos eine kleine Portion asiatischen Reises aß, zerbrach sich Cornwall immer noch den Kopf darüber, wie er an Link herankommen konnte. Er wusste weder, wo er sich aufhielt, noch, wie er es schaffen sollte, Liam und auch seinen Ordner zu befreien. Denn dieser Ordner enthielt genau die Informationen, die Cornwall am liebsten verbrennen würde. Nie, niemals durfte Link sein Experiment wiederholen! Dafür musste Cornwall sorgen. Auch wenn er aktuell nicht die leiseste Ahnung hatte, wie ihm das gelingen sollte.

»Meinst du, ich kann nach dem Essen meine Eltern anrufen? Ich fürchte, sie machen sich längst Sorgen um mich. Ich habe mich die gesamten Weihnachtsfeiertage nicht gemeldet«, unterbrach Jen seine eigenen Sorgen.

»Ja natürlich. Oh Jen, es tut mir leid, dass ich gar nicht daran gedacht habe. Natürlich musst du zu Hause anrufen. Solange du von den Fenstern fernbleibst, bist du hoffentlich in Sicherheit.«

In den letzten beiden Tagen hatte sich Jen hauptsächlich im Labor aufgehalten und er hatte sie sogar bis zu den Damentoiletten begleitet, aus Angst, irgendwo von Links Spitzeln erwischt zu werden. Langsam glaubte Cornwall, paranoid zu werden, da er bei jedem Geräusch zusammenzuckte und in jedem dunklen Winkel eine Gefahr erwartete. Die Situation war aber auch einfach zum Verrücktwerden! Cornwall konnte es drehen und wenden, wie er mochte, es fiel ihm keine einzige Möglichkeit ein, Liam zu finden.

»Okay.«

Natürlich stand er, nachdem sich Jen erhoben und ihr Handy geschnappt hatte, mit auf und folgte ihr nach draußen auf den Gang. Er wollte und konnte sich einfach nicht erlauben, auch noch Jen zu verlieren! Doch als er dann hörte, wie ihr Telefonat angenommen wurde, trat er wenige Schritte zurück. Sie sollte nicht das Gefühl haben, er würde sie belauschen. Daher lief er im Gang auf und ab und hing erneut seinen aussichtslosen Gedanken nach. Wie sollte er nur jemals an Link und Liam kommen? Er hatte nichts. Keine Idee, keinen Ansatz von einem Plan, nicht einmal Hilfe von Kollegen. Da Link ihn bei den anderen als Übeltäter dargestellt hatte, war er noch vor den Weihnachtstagen vorübergehend suspendiert worden. Dies besagte zumindest eine E-mail, die er bekommen hatte. Es war total aussichtslos. Jen hatte schon mehrmals versucht, ihre Verbindung mit Liam dazu zu nutzen, ihn zu finden, doch auf die Entfernung war dies schier unmöglich. Die einzige Hilfe, die er sich erhofft hatte, hatte sich als größte Enttäuschung herausgestellt – Ria. Immer noch schmeckte er die Bitterkeit des Verrats, wenn er an sie dachte. Kombiniert mit Selbstvorwürfen und einem angerissenen Herzen. Denn ja, Ria hatte es geschafft, sich mit wenigen, lächerlichen Tricks, in sein Herz zu schleichen. Nur, um es im passenden Moment herauszureißen und darauf herumzutrampeln. Und er – der ewige Junggeselle hatte es einfach nicht kapiert. Er hatte Jens und Liams Sicherheit aufs Spiel gesetzt, nur, weil er ihr vertraut hatte! Mit geschlossenen Augen lehnte er sich an die Wand und verdrängte seine Selbstvorwürfe – sie würden ihm gewiss nicht aus der Situation helfen. Vielmehr musste ihm möglichst bald eine Lösung einfallen, die ihn voranbrachte. Und wieder drehten sich seine Gedanken im Kreis, begleitet von Jens zitternder Stimme, die ihr drittes Telefonat begonnen hatte.

»… Nein, Finn, ich kann nicht nach Hause kommen. … Es ist viel zu gefährlich. … Nein, ich kann Liam nicht einfach seinem Schicksal überlassen! Hör zu! Es ist kompliziert. … Du musst mir glauben, es geht nicht AAAAAAHHHHHHHH!«

Ein markerschütternder Schrei hallte durch den Gang und Cornwall eilte zu Jen, die auf die Knie gesunken war und sich mit schmerzverzerrtem Gesicht ihren Unterarm hielt.

»Jen? Jen? Was ist los? Was ist passiert?«, fragte Cornwall besorgt und hörte die gleiche Frage in deutscher Sprache mit verzerrter Stimme durch Jens Handy. Allerdings reagierte Jen nicht, sondern hielt sich weiterhin wimmernd ihren Unterarm. Cornwall nahm ihn in seine Hände und riss erschrocken die Augen auf, als er sah, was geschah. Vor seinen Augen riss Jens Haut auf, als würde ein unsichtbares Messer hineinstechen, nur um kurz darauf wieder zu verschwinden.

»Was hat das zu bedeuten?«, murmelte er und sah, als sie erneut einen durchdringenden, spitzen Schrei von sich gab, einen weiteren Schnitt an ihrem Handgelenk. Auch dieser verschwand gleich im Anschluss.

Jen öffnete schluchzend und wimmernd die Augen und sah ihn an. Nackte Panik stand darin. »Sie foltern ihn, Steven. Sie foltern Liam.«

»Nein, nein das ist doch nicht möglich! Das macht doch keinen Sinn. Wieso …?«

Jen schloss für einen kurzen Moment die Augen und sowohl sie als auch Cornwall ignorierten die besorgte Stimme am anderen Ende der Telefonverbindung.

»Link will mich, Steven. Und er weiß, wie er mich am besten bekommen kann.« Sie atmete tief durch und sah

Cornwall durchdringend an. »Ich muss zu ihm! Ich muss zu Liam!«

»*Jen! JEN! Haalloooo!? Was ist denn passiert? Verdammt! JEEEENN!*«

Cornwall schnappte sich das Smartphone und hielt es, nachdem Jen ihm zugenickt hatte, an sein Ohr.

»Hallo? Finn? Hier ist Steven Cornwall.«

»*Was ist passiert? Was ist mit Jen?*«

Cornwall biss sich auf seine blutige Lippe und stöhnte. Er entfernte sich ein paar Schritte von Jen, während er ihrem Freund mit knappen Worten versuchte, die aktuelle Lage zu erklären – inklusive der Tatsache, wer Jen genau war. Danach herrschte erstmal ein langes Schweigen, was nur durch eine männliche Stimme im Bürogebäude unterbrochen wurde.

Erschrocken blickte Cornwall zu Jen, nur um festzustellen, dass sie immer noch an derselben Stelle lag, die Augen geschlossen hielt und völlig kraftlos wirkte.

»Ist hier jemand? Ich suche Steven Cornwall! Hallo? Ich hätte ein Paket!«, hallte eine Stimme durch das Treppenhaus. Cornwall atmete erleichtert auf, denn er kannte die Stimme, sie gehörte tatsächlich dem Postboten. Er würde sicherlich nicht für Link arbeiten, zumindest hoffte er das.

»Du verhältst dich ruhig!«, ermahnte er Jen dennoch, als er eilig die Stufen hinaufrannte. »Bist du noch dran, Finn?«, fragte er zeitgleich.

»*Ja. Ich versuche nur, die Information zu verarbeiten.*«

Inzwischen war er am Haupteingang des Gebäudes angelangt und begrüßte den Briefträger mit einem Nicken und nahm ein dick gepolstertes DinA4-Paket entgegen.

»Ist 'n Nachnahme-Paket. Durfte es nicht einfach vor die Tür stellen. Schön' Tag noch!«

Das Handy zwischen Schultern und Kopf geklemmt, kritzelte Cornwall kurz seine Unterschrift in das Gerät des jugendlich wirkenden Boten und betrachtete das Päckchen genauer. Es stand kein Absender darauf. Die Adresse war fein säuberlich auf das Kuvert gedruckt.

*»Und was machen Sie jetzt? Haben Sie eine Idee, wo Liam sein könnte?«*

»Nein, leider tappen wir momentan völlig im Dunklen. Gab es bei euch irgendwelche Vorkommnisse? Habt ihr ihn eventuell gesehen?«

*»Nein, zwei Tage, nachdem Jen zu euch geflogen war, war auch ihr Stalker verschwunden. Seitdem taucht zwar täglich ein junger Mann auf, der einmal um ihren Block läuft und dabei ununterbrochen zu ihrer Wohnung sieht, aber nicht dieser Link, so hieß er, oder?«*

Finn bestätigte nur Cornwalls eigene Vermutungen, daher nickte er stumm, ohne dran zu denken, dass Finn das ja gar nicht sah. Gleichzeitig lief er die Stufen zum Labor hinunter und riss am Umschlag des Päckchens, um es zu öffnen.

Auf der letzten Stufe hatte er endlich den Umschlag geöffnet und hielt den Atem an, als er erkannte, was sich darin befand.

*»… melden, oder? Hallo? Mister Cornwall? Sind Sie noch dran?«*

Cornwall setzte sich auf die Treppenstufen und nahm jedes einzelne Blatt heraus. »Äh ja, entschuldige, Finn. Wir melden uns wieder, ja? Ich muss jetzt auflegen. Bis bald!«

»Was ist los?«, hauchte Jens Stimme zu ihm herüber, doch er starrte immer noch das Papier vor ihm an.

Es handelte sich um seine Formel. Die Formel, die aus Jen und Liam ein Herz und eine Seele gemacht hatte. Und die andere Formel, die er und Ria erst vor wenigen Tagen aufgestellt hatten, bei dem Versuch, die Umlaufbahn der Elektronen nach einer Berührung aufzuzeichnen.

Genau die beiden Formeln, die Link so sehr wollte. Die er niemals bekommen sollte!

»Das gibt es doch nicht!«

Aus den Augenwinkeln sah Cornwall, wie sich Jen langsam erhob und auf ihn zukam. Sie betrachtete mit zitternden Händen die Unterlagen und lächelte langsam.

»Da steckt ein kleiner Zettel«, wies sie ihn auf ein gelbes, in kleinster Schrift vollgeschriebenes Post-it hin, das Cornwall sofort zwischen den Papierbögen herausfischte.

»*Steven, ich hoffe, du verzeihst mir mein Theater, doch Link begann, misstrauisch zu werden. Ich musste dich hintergehen. Anbei die Unterlagen, die Link vergeblich in deinem Ordner suchen wird. Ich hoffe sehr, du hast inzwischen den Schlüssel entdeckt, den ich vor dem Eingang fallen ließ! Wir befinden uns in London in Links Anwesen (du weißt, wo). Bitte, kommt bald! Kommt nicht allein! Und vor allem – lasst Jen zu Hause! Es ist zu gefährlich. Link versucht alles, um an sie heranzukommen. Ich warte jeden Morgen zehn Minuten im Starbucks in London an der Victoria Station auf dich. Du kannst auf meine Hilfe zählen. Beeilt euch! In Liebe, Ria*«

»Sie hat dich nicht verraten«, sprach Jen als Erste seine eigenen Gedanken aus. Sie hatte ihn nicht verraten, sondern dafür gesorgt, dass sie Liam befreien konnten!

Dank Ria wussten sie nun, wo sie sich aufhielten! Und seine Unterlagen waren in Sicherheit!

Cornwall fiel ein Stein, nein, vielmehr ein Felsbrocken vom Herzen. Tränen traten ihm in die Augen, doch diesmal waren es Tränen der Erleichterung.

Er sah zu Jen hoch und lächelte sie zum ersten Mal voller Zuversicht an.

»Wir werden ihn befreien!«

## 42

# LIAM

»Und, Liam? Hast du immer noch keine Idee, wo sich deine Schwester befindet?« Links Stimme hallte dunkel durch den Raum, während er vor mir hin und her schritt. Vermutlich wollte er den Eindruck eines Henkers erwecken – was ihm, wenn ich ehrlich war, auch gelang. Allerdings würde ich den Teufel tun, um ihm meine Panik zu zeigen. Nein, sollte er doch weiter arrogant vor mir her stolzieren und mir drohen. Meine wahren Ängste würde ich ihm niemals preisgeben!

Ich hatte keine Angst vor den Schmerzen. Wirklich nicht. Denn natürlich hatte es Link nicht gereicht, Blut- und Gewebeproben von mir zu entnehmen, nein! Er versuchte seit Tagen immer wieder unter Folter, Informationen über Jen zu erhalten. Doch es waren nicht die Schmerzen, die mich folterten. Selbst wenn mein linker Unterarm immer noch brannte, als stünde er in Flammen. Die eigentliche Folter bekam weder Link, noch sein Hüne von Angestellter mit, der die Drecksarbeit erledigt hatte. Denn keiner von beiden hatte Jen gehört. Nur ich hatte ihr Schreien vernommen, als die Messerspitze in meinen Unterarm gefahren war. Ich hatte ihre Schmerzen wahrgenommen. Ihre, die eigentlich meine sein sollten. Sie sollte das nicht fühlen! Verdammt! Was brachte es denn, wenn sie in Freiheit war und doch alles miterlebte, als wäre sie entführt worden? Meine Gedanken wanderten zu Filmen aus Hollywood. Dort opferte sich meist der kühne Held, damit seine große Liebe leben konnte. Pustekuchen! Nicht einmal das war mir möglich. Jeder verfluchte Mist, der mir geschah, übertrug sich auf sie!

»Ich habe deine Antwort nicht gehört!«

Ich stierte Link wütend an. »An was das wohl liegen könnte!«, schnaubte ich sarkastisch.

Link schnellte zu meinem Stuhl – hatte ich vergessen, zu erwähnen, dass ich dort gefesselt saß? Als würde ich, wenn ich denn eine Ahnung hätte, wo ich mich befand, fliehen können! Seitdem ich Links Gefangener war, hatte ich lediglich Wasser und etwas trockenes Brot bekommen. Nicht gerade die Nahrung, die mir Kraft verleihen könnte, um mich an dem muskelbepackten Schoßhündchen von Link vorbei zu stehlen. Und, wie gesagt, ich hatte überhaupt keine Ahnung, wo ich mich befand. Aufgrund der langen Flugzeit, die ich in einem Privatjet mit verbundenen Augen und gefesselt verbracht hatte, schätzte ich zumindest, dass wir uns in Europa befanden. Allerdings könnte es genauso gut auch Asien, Brasilien oder sonst etwas sein! Das Zimmer, in dem ich gefesselt auf dem Stuhl saß, war fensterlos, also ebenfalls keine Hilfe.

Inzwischen war mir Link so nahegekommen, dass ich seine üble Knoblauch-Zigarren-Fahne einatmen musste, bei der sich sofort mein Magen umdrehen wollte. Ein Glück, dass dieser nur trockenes Brot enthielt, sonst hätte ich Link vermutlich ins Gesicht gekotzt.

»Du möchtest wohl noch eine Begegnung mit Lorats scharfem Messer, oder?«

»Und wenn Sie mir jeden Finger einzeln abhacken würden, Link! Ich weiß nicht, wo Jen ist! Was wollen Sie also von mir?«

»*Du lügst*! Du bist ihre andere Hälfte, Liam! Vergiss nicht, dass ich weiß, wer du bist! Und ihr wisst immer, wo sich der andere befindet!«

Jetzt war es an mir, trocken zu lachen. Wenn das nur so einfach wäre, wie Link es sich vorstellte. Augen schließen und sofort zu wissen, wo sich Jen befand, was sie momentan erlebte, wie sie sich fühlte und so weiter. Ob Link das wirklich glaubte? Was hatte ihm Cornwall erzählt? Dass ich in New Haven ihr Hotel aufgespürt hatte? Tja, das waren leider nicht meine telepathischen Verbindungen, sondern sehr praktische Freunde gewesen, die für Geld so einiges taten.

»Und ich sage dir eins! Meine Geduld hängt am seidenen Faden! Also frage ich dich ein letztes Mal: Wo. Ist. *Jen*?«

Okay, er wollte, dass ich auf magische Weise meine zweite Hälfte fand? Konnte er haben! Wenn er wirklich glaubte, dass es so funktionierte, dann sollte er seine Show bekommen! Vollidiot!

»Ich benötige Ruhe! Und Abstand von Ihnen. Ich kann mich sonst nicht konzentrieren. Bitte. Gehen Sie an das Ende des Zimmers. Ich muss mich mit Jen verbinden, sonst funktioniert das nicht.«

Fast hätte ich gelacht, als ich das Glitzern in seinen Augen sah. Oh, was für ein Schwachkopf! Tatsächlich folgte er meinen Anweisungen, trat rückwärts an die Wand des Zimmers, ohne mich aus den Augen zu lassen.

»Ich warne dich, Liam. Sollte das ein Trick sein …«, begann er.

Tja, ich hätte gerne meine Arme angehoben, um ihm zu zeigen, dass ich unbewaffnet war, doch leider saß ich gefesselt an einem Stuhl! »Keine Sorge, ich werde schon nicht die Fesseln verzaubern. Oder Harry Potter her beschwören …«

»Liam!«

»Schon gut.« Ich wartete, bis Link tatsächlich am anderen Ende des Raumes stand, und schloss die Augen. Immerhin musste ich mir nun einfallen lassen, was ich Link erzählen sollte. Denn mit einem einfachen »Ich weiß nicht, wo Jen ist« ließ er sich nicht mehr abspeisen. Nur, was sollte ich stattdessen sagen?

Oh Jen, wenn ich nur wüsste, dass es dir gut geht …

Plötzlich hörte ich die Lautsprecherdurchsagen eines Flughafens in meinem Innenohr. Ich presste die Lippen aufeinander - verdammt, was war das eben? Hatte ich wirklich »Welcome to London« gehört? Das konnte doch nicht … Nein … Das durfte nicht …

Plötzlich roch ich es wieder. Ihr Parfum. Oh Gott! Ich hörte sogar ihre Stimme! Fuck! Aber wenn sich Jen in London aufhielt, konnte das nur bedeuten, dass ich ebenfalls in London war. Oh holy Shit! Wieso musste es ausgerechnet jetzt auch noch klappen? Ich wollte Link doch nur verarschen! Fuck!

»Du siehst so erschrocken aus, Liam! Hast du sie gefunden?«

»Ich … Äh …«, stotterte ich und versuchte gleichzeitig, meine Gedanken zu sammeln, die plötzlich in Lichtgeschwindigkeit durch mein Gehirn zuckten. Jen war hier. Sollte ich mich freuen oder in Panik ausbrechen? Denn das genau wollte doch Link! Aber sie hatten mich gefunden! Es bestand Hoffnung. Hoffnung auf Freiheit. Doch verfluchter Mist! Was erklärte ich Link nun? Lügen wäre zwecklos. Nicht nach meinen entgleisten Gesichtszügen. Selbst ohne Spiegel hatte ich so eine Ahnung, dass Lügen in diesem Moment eine Einladung zum Finger-Abhacken wäre.

»Sie ist mit Cornwall unterwegs«, antwortete ich daher schlicht.

»Das ist alles? Herrgott nochmal! Liam! Willst du mich verarschen? Wo ist Jen? Was genau hast du gesehen?«

Diesmal ließ ich einen Schrei los. »Das ist nicht so einfach, Mann! Ich habe ihr Parfum gerochen, wenn Sie es interessiert. Und ich habe Stimmen gehört. Könnte ein Bahnhof gewesen sein. Oder ein Flughafen. Oder auch nur die U-Bahn-Station. Woher soll ich das wissen? Ich nehme nur einzelne Sequenzen ihrer Umgebung wahr.«

»Mehr nicht? Wozu soll das dann gut sein? Das ist doch lächerlich!«

Tja, ich fand das aktuell überhaupt nicht lächerlich. Doch das lag vermutlich eher daran, dass ich nicht damit gerechnet hatte, sie überhaupt spüren zu können. Andererseits hatte ich sie immer dann ganz intensiv gespürt, wenn sie in meine Nähe kam. Und diese Tatsache nagte gewaltig an meiner Substanz. Sie durfte nicht in Links Hände geraten! Niemals!

»Aber Cornwall ist mit ihr unterwegs?«

Das hatte ich zwar nicht wirklich gesehen oder gehört, dennoch nickte ich. Er würde es früher oder später sowieso erfahren, weshalb sollte ich also verschweigen, dass Cornwall Jen versteckt hatte?

»Wusste ich es doch!«, bestätigte mir Links Ausruf, dass er genau daran doch noch gezweifelt hatte. »Oh Cornwall! Du hast dir dein eigenes Grab geschaufelt. Deine Formeln und deine Errungenschaften bringen dir nichts mehr«, murmelte er mehr vor sich hin, als mit mir zu sprechen. Dennoch lösten seine Worte einen Schauer aus. Das meinte er doch nicht etwa wörtlich? »Also vielen Dank für deine Mitarbeit. Lorat? Verabschiede dich doch bitte noch von Liam. Wir haben jetzt andere Dinge zu besprechen. Wir sehen uns!«

Wie auf Kommando trat der Hüne vor mich, holte aus und boxte mit voller Wucht seine Faust in meinen Magen.

»Aaaagghhhhhh!«, stöhnte ich. »Wieso …?«

»Ach, nur damit du weißt und nie vergisst, mit wem du es zu tun hast, Liam. Und möglicherweise fallen dir ja doch noch Einzelheiten ein, wo Jen sich befinden könnte. Schönen Tag und angenehmen Aufenthalt noch!« Damit ließ er die Tür mit einem Knall ins Schloss fallen, während ich immer noch um Atem rang. Verdammter Link! Doch wieder war es Jens Schrei, der sich schmerzend in mein Herz fraß.

# 43

JEN

»Du meine Güte! Jen! Jen? Was ist los? Kannst du uns hören?«

Luft! Oh Gott! Luft! Ich bekam keine Luft! Ich krümmte mich mitten in der Flughafenhalle, auf dem Boden und versuchte immer noch, Luft in meine Lungen zu pumpen.

»Jen! Was ist denn los? Wieso hat sie denn Schmerzen?«

Ich hatte keine Schmerzen, ich bekam keine Luft! Am liebsten hätte ich Finn und Niclas angeschrien, doch heraus kam nur ein Keuchen. Verdammt!

»Liam wurde verletzt, oder?«, hörte ich Trixies leise, unsichere Stimme.

»Jen? Kannst du aufstehen? Wir sollten aus dem Weg gehen. Hier sind so viele Menschen. Denkst du, du könntest aufstehen?« Cornwalls Stimme klang besorgt und ich verstand seine Sorge. Wir waren zusammen nach London geflogen, um Liam zu befreien. Und unsere reellen Chancen dazu standen aktuell eher schlecht. Niclas wollte versuchen, ehemalige Studienkollegen, die nach England ausgewandert waren, zu rekrutieren und um Hilfe zu bitten, hatte bis zu diesem Zeitpunkt allerdings noch niemanden erreicht. Finn und Trixie waren mitgekommen, um mich davon abzuhalten, Liam selbst zu retten. Aus diesem einzigen Grund hatte Cornwall mir überhaupt erlaubt, mit nach London zu fliegen. Allerdings wäre ich zu Not auch allein nachgeflogen. Ich konnte und würde Cornwall nicht allein lassen. Nicht, wenn es um Liam ging.

Cornwall hatte seinerseits versucht, seine Kollegen zu informieren und um Mithilfe zu bitten – mit genauso viel Erfolg wie Niclas: Zehn hatten nicht geantwortet, zwei hatten ihm viel Glück gewünscht und ein anderer Professor hatte ihm mit einer Haftstrafe wegen Rufmord gedroht, sollte er ein weiteres Mal wagen, solche Lügen über Link zu verbreiten. Alles in allem standen unsere Chancen daher extrem schlecht. Um nicht zu sagen: aussichtslos.

Aber immerhin waren wir in London. In der Stadt, in der Liam festgehalten wurde. Dessen war ich mir mittlerweile todsicher. Denn ich hatte neben den Schmerzen auch seine Nähe überdeutlich gefühlt. Als wäre er mir so nah, dass ich nur die Hand ausstrecken müsste, um ihn zu berühren. Leider fühlte ich auch seine Angst überdeutlich, die mir die Kehle zuschnürte.

»Jen? Geht es?«

Ganz langsam richtete ich mich auf und atmete stoßartig ein. Mein Magen entkrampfte sich allmählich. Immerhin etwas. Ich ließ mir von Cornwall auf die Beine helfen und folgte ihm zu einer der Bänke, die es an sämtlichen Ecken und Wänden gab.

»Brauchst du etwas? Wasser? Einen Riegel?«

Ich lächelte schwach in die Runde, schüttelte aber den Kopf.

»Was war es diesmal?« Cornwall setzte sich neben mich und trommelte mit den Fingerspitzen auf seinem Oberschenkel herum.

»Eine Faust in den Magen«, erklärte ich schlicht.

Ich beobachtete Cornwalls Gesicht, wie er seine Zähne aufeinanderpresste und dabei Blitze aus seinen Augen feuerte. »Das muss aufhören!«

Oh ja, das musste es. Denn lange würde ich das nervlich nicht mehr aushalten. Und Liam gewiss auch nicht.


»Und du hast echt mit ihm geschlafen?«

»Trixie! Ist das dein Ernst? So willst du sie ablenken? Herrgott! Das ist doch nicht zum Aushalten!«

»Was denn? Ich wollte lediglich wissen, wie es ...«

»Hast du dir eigentlich nur im Ansatz Gedanken darüber gemacht, wie es Jen im Moment geht?«

Ich winkte schwach, nur um Finn und Trixie zu zeigen, dass ich hier, zwischen beiden eingeklemmt auf dem Sofa, saß. Sie mussten daher nicht über mich hinweg sprechen. Doch anscheinend schien ich unsichtbar zu sein. Weder Finn noch Trixie reagierten auf mein Winken.

»Nein, vermutlich nicht, sonst hättest du diese Frage sicherlich nicht gestellt.«

»Ach so? Na dann, Mister neunmalklug! Kläre mich auf! Wie geht es denn Jen?«

Ich lehnte mich zurück, was sie, wie vermutet, auch nicht wahrnahmen. Dennoch war ich sehr gespannt, was Finn über mich sagen würde. Er wirkte extrem niedergeschlagen.

»Sie ist den weiten Weg nach Amerika geflogen – allein - nur um Liam zu finden. Dann hat sie ihn endlich gefunden und verliebt sich in ihn. Und er liebt sie. Wie, denkst du, fühlt man sich, wenn die große Liebe vor den eigenen Augen entführt wird? Wenn sie gefoltert wird? Und wie fühlt man sich, liebe Trixie, wenn man dann noch erfährt, dass es sich bei der Liebe seines Lebens um den eigenen Zwillingsbruder handelt? Wenn man weiß, dass diese eine Liebe nie eine Chance haben wird? Willst du wirklich immer noch wissen, wie der Sex mit ihm war?«

Ich schluckte ergriffen. Finn hatte mit diesen wenigen Worten meine Lage perfekt dargestellt. Aussichtslos. In allen Punkten. Verloren. Ohne Möglichkeit eines Happy Ends. Theoretisch wäre da ein heiteres Gespräch über Sex angenehmer gewesen. Wenn es nicht bedeutet hätte, über die schönste Nacht meines Lebens zu sprechen, die sich nie, nie niemals wiederholen würde.

»Oh scheiße! Hey Jen! Tut mir leid! Ich wollte nicht, dass du weinst! Oh verdammt! Ich bin so eine hohle Nuss.«

Trixie wischte mit ihren Fingern über meine Wange. Wie gerne hätte ich ihr ein Lächeln geschenkt, sie in die Seite geboxt oder irgendeinen lustigen Spruch von mir gegeben, doch stattdessen schluchzte ich auf.

Liam war mein Bruder! Mein Zwillingsbruder! Ich hatte mich in meinen Bruder verliebt! Mein Bruder, der geschlagen und gefoltert wurde, weil sie mich bekommen wollten! Scheiße, scheiße, scheiße! Ich wurde noch wahnsinnig! Ich musste zu ihm! Wo blieb Cornwall nur? Er wollte sich doch schon vor einer Stunde mit Ria in diesem Café treffen! Und warum meldete sich Niclas nicht mehr? Ich musste zu Liam!

»Hey Jen. Beruhige dich. Wir schaffen das. Wir werden ihn befreien! Das verspreche ich dir.« Finns ruhige, sanfte Stimme, begleitet mit seiner warmen Hand auf meinem Rücken half mir, durchzuatmen. Selbst wenn ich mich schwertat, ihm zu glauben.

»Ich kann nicht mehr, Finn. Ich schaffe das nicht. Er und ich … Wir«, stotterte ich, doch Finn unterbrach mich.

»Stop, Jen! Hör auf, nachzudenken. Wir schaffen das. Alle zusammen. Okay? Und jetzt erzähle uns etwas über New Haven. Hast du dir Yale angesehen? Oder hast du dich längst dort beworben?«

Ohne es zu wollen, schoben sich meine Mundwinkel nach oben. Yale. Oh ja, dort studieren zu dürfen, wäre ein absoluter Traum. Mal abgesehen von der Tatsache, in Liams Stadt zu wohnen. Möglicherweise sogar bei ihm, mit ihm … Schon wieder verkrampfte sich mein Herz.

Na, das hatte ich ja lange ausgehalten. Ganze fünf Sekunden hatte ich geschafft, nicht an ihn und unsere beschissene Lage zu denken! Verdammt!

Finn grinste schief, nachdem ich mir erneut die Tränen aus den Augenwinkeln wischte. »Das hat wohl nicht geklappt. Na gut. Dann erzähle uns von den schönen Momenten, die ihr erlebt habt. Es ist so schwer, sich vorzustellen, dass ihr beide – ich meine, na ja … Ich weiß nicht, wie es sich anfühlen muss, eins zu sein. Also zu zweit.«

»Na toll! Ich darf sie nicht darauf ansprechen, aber du? Ich dachte, wir wollten sie ablenken?«

Ich rollte mit den Augen und lachte tatsächlich. »Ihr zwei seid komplett verrückt, wisst ihr das? Ich sitze zwischen euch! In der Mitte! Mir geht es total beschissen, aber ich kann euch dennoch hören, okay?«

Trixie legte ihren Lockenkopf in meinen Schoß und seufzte. »Ach Jen! Wir wollen dir irgendwie helfen und wissen einfach nicht, wie.«

»Ja, das merke ich. Danke, dass ihr da seid! Ich liebe euch, habe ich das eigentlich schon einmal erwähnt?«

»Wir dich doch auch!« Sofort hatte Trixie sich wieder aufgerichtet und breitete ihre Arme aus. »Komm her, Finn, Gruppenumarmung!«

Das Klicken der Hotelzimmertür ließ uns alle drei erstarren. Erst als ich Cornwall erkannte, atmete ich meinen angehaltenen Atem aus.

»Und?«

Ganz langsam kam er auf uns zu, kratzte sich an seinem Dreitagebart und schenkte mir ein Lächeln. »Wir haben einen Plan.«


Am Abend lag ich in der Mitte von Finn und Trixie in einem Kingsize Hotelbett und starrte an die finstere Wand. An Schlaf war für mich definitiv nicht zu denken. Und wenn ich nach dem hörbaren Atem ging, war ich damit nicht die Einzige.

Morgen Abend würden wir Liam befreien. An Silvester. Oh Gott, allein der Gedanke erzeugte Übelkeit in mir. Hoffentlich würde es gut gehen. Es musste einfach!

Nachdem Cornwall gegen Mittag zurückgekommen war, erzählte er uns von Rias Strategie, kurz vor Mitternacht einzubrechen und Liam zu befreien. Ria hatte uns dazu eine detaillierte Karte ausgehändigt. Zudem gab sie uns das Versprechen, eine Terrassentür in einem der unbewohnten Flügel von Links Villa zu öffnen und die Schlüssel zu Liams Kellerloch bereitzulegen.

Wenn alles nach Plan verlief, würden wir kurz nach Mitternacht durch den Hinterausgang, wo Cornwall seinen Mietwagen abstellen würde, mit Liam unbemerkt fliehen können.

Wir hatten stundenlang darüber diskutiert, wer von uns Liam befreien sollte, hatten uns dann auf Finn geeinigt. Er war groß und stark genug, um Liam, der möglicherweise extrem geschwächt sein würde, bei der Flucht zu helfen. Dennoch war er flink und wendig, um problemlos abzuhauen, sollte es brenzlig werden. Cornwall wollte im Auto auf die beiden warten, und Trixie hatte versprochen, mit mir in einem zweiten Mietauto, gut versteckt aus einiger Entfernung zuzusehen. Natürlich wollten weder Cornwall, noch die anderen, dass ich mich überhaupt an der Befreiungsmission beteiligte. Allerdings hatten sie auch sehr schnell kapiert, dass ich in diesem Punkt nicht diskutierte – ich würde Liam nicht allein lassen. Niemals!

Nun lag ich also im Bett und ging mit wildem Herzklopfen immer wieder die Einzelheiten durch. Oh Gott! Wieso fühlte sich mein Magen so bleiern an? Warum hatte ich so ein schlechtes Gefühl? Es musste einfach funktionieren! Bitte Gott, flehte ich in Gedanken, du musst uns helfen! Ich bitte dich!

Plötzlich fühlte ich Finns warme Hand, die nach meiner griff und sie fest umschlang. Er sprach dabei kein Wort und dennoch verstand ich ihn. Ich erwiderte den Druck und hauchte leise ein »Danke« in seine Richtung.

## 44

*LIAM*

Jens Duft in meiner Nase weckte mich. Süßliche Vanille vermischt mit ihrer ganz eigenen, wunderbaren Note. Stöhnend richtete ich mich auf, soweit es die Handschellen, die mich an das klapprige Eisen-Bett fesselten, ermöglichten. Schon längst hatte ich es aufgegeben, zu schätzen, wie spät es war. Die Dunkelheit des Kellerraumes machte es mir unmöglich, mich nach hell oder dunkel zu orientieren. Die Zeitverschiebung, die ja wohl oder übel vorhanden war, sollte ich mich wirklich in London befinden, tat ihr Übriges. Ich wusste weder, welchen Tag wir hatten, noch, ob es Morgen, Mittag, Abend oder tiefste Nacht war.

Link hatte ich seit einer Ewigkeit nicht mehr gesehen. Stattdessen war Ria zwei Mal zu mir gekommen, um mir etwas zu Essen und zu Trinken zu bringen. Allerdings hatte ich mich beide Male geweigert, mit ihr zu sprechen. Diesen Verrat Cornwall und uns gegenüber würde ich ihr niemals verzeihen! Da konnte sie nun noch so freundlich mit mir umgehen.

Vorsichtig streckte ich meine Beine aus und ließ die Knöchel knacken. Oh verdammt! Ich benötigte so dringend Bewegung! Laufen, Klettern, von mir aus auch nur ein paar Liegestütze – irgendetwas, was nicht mit Liegen oder Sitzen zu tun hatte. Verfluchte Handschellen!

Außerdem benötigte ich dringend Tageslicht! Irgendeinen Beweis, der mir zeigte, dass die Welt dort draußen weiterlief.

Fuck! Ich verlor allmählich meinen Verstand! Dazu kam die Tatsache, dass ich Jen immer deutlicher wahrnahm. Schon wieder ihr Duft! Würde er mir nicht wie eine Droge meine Sinne vernebeln! Mann, ich könnte darin versinken! Der Duft ihrer Haare, ihrer Haut – einfach Jen pur!

»Oh Jen, ich vermisse dich! Ich vermisse dich so sehr«, hauchte ich in die Leere des Raumes und biss mir anschließend auf die Lippe. Nun führte ich auch schon Selbstgespräche! Ganz toll! Kurz kam mir der Film »Cast away – Verschollen« in den Sinn. Dort überlebte ein Mann nach einem Flugzeugabsturz auf einer einsamen Insel und entwickelte eine Freundschaft mit einem Ball. Allerdings nach mehreren Monaten Einsamkeit ohne jegliche Zivilisation.

Ich dagegen befand mich gerade erst ein, zwei – keine Ahnung wie viele Tage - hier in einem Kellerverlies und begann schon, verrückt zu werden! Verdammt! Wieso fühlte ich Jen so intensiv? Als wäre sie zum Greifen nahe? Ich drehte mich zur Wand und legte meine Hand dagegen. Mein Instinkt sagte mir, wenn ich diese Wand aufbrechen könnte und einfach geradeaus in diese Richtung lief, käme ich zu Jen.

Was für ein beschissener Instinkt! Verrückt! Ich war definitiv verrückt geworden.

Plötzlich hörte ich, wie der Schlüssel meiner Kellertür umgedreht wurde und ich hielt den Atem an. War es Link? Was würde er diesmal von mir wollen? Wollte er erneut Informationen aus mir herausprügeln? Eigentlich sollte er längst begriffen haben, dass ich keine optimale Informationsquelle darstellte. Es sei denn, er interessierte sich für Jens Parfummarke. Andererseits wollte ich mir gar nicht vorstellen, wie viel ich zu erzählen bereit wäre, sollte er mich tatsächlich erneut foltern wollen. Da ich Jens Anwesenheit so überdeutlich fühlte, wollte und konnte ich mir nicht ausmalen, ihre Schmerzen mitzuerleben. Daher presste ich die Lippen aufeinander und betete, dass es nicht Link sein würde, als sich die Tür langsam öffnete.

Überrascht riss ich die Augen auf. »Finn?«

Dieser legte einen Finger an die Lippen und zeigte mir schweigend einen Schlüsselbund.

Plötzlich schossen mir tausend Gedanken gleichzeitig durch den Kopf. Finn war hier. Jens bester Freund. Dem Anschein nach wollte er mich befreien. Mein Herz rutschte in die Hose und klopfte dabei extrem wild. Oh Gott! Wenn Finn hier war, bedeutete es, dass auch Jen irgendwo in der Nähe sein musste. Dann war ich also doch nicht verrückt? Jen war hier?

Ich wusste nicht, ob ich mich freuen oder erst Recht in Panik ausbrechen sollte. Was, wenn Link sie fand?

Finn war inzwischen an das Bett getreten und nestelte an seinem Schlüsselbund herum. Er testete einen Schlüssel nach dem anderen, um meine Handschellen zu öffnen. Dabei schenkte er mir ein gehetztes Lächeln.

»Wieso hilfst du mir, Mann?«

Ich konnte es mir nicht erklären, warum sich ein Freund von Jen freiwillig solchen Gefahren aussetzte, nur, um mir zu helfen. Wir kannten uns kaum. Doch Finn schüttelte lächelnd den Kopf. »Kannst du dir das nicht denken?«

Eigentlich nicht, dachte ich. Doch dann musterte ich ihn eine Zeit lang, während er den vermutlich letzten Schlüssel ausprobierte. »Liebst du Jen?«

Ein »Klick« befreite meine Hände, die ich sofort ausstreckte und durchschüttelte, doch ich ließ Finn dabei nicht aus den Augen. Er sah mich einen Moment lang an, als würde er nach den passenden Worten suchen.

»Ich weiß nicht, wie es ist, eins zu sein, Liam. Vermutlich kann ich mir das auch niemals vorstellen. Und ich weiß, du und Jen, ihr gehört zusammen. Aber ja, ich liebe sie. Und ich würde alles für sie tun. Somit auch für dich. Und jetzt komm! Lass uns abhauen!«

Es fiel mir unglaublich schwer, nach dieser Offenbarung einfach aufzustehen und ihm schweigend zu folgen. Wie groß musste die Liebe zu einer Person sein, dass man kompromisslos auf das eigene Glück verzichtete? Ich wusste nicht, ob ich Finn für verrückt oder beneidenswert halten sollte. Doch im Moment war ich ihm einfach nur überaus dankbar!

Er nahm meine Hand und führte mich durch einen komplett unbeleuchteten Kellergang, als mich der Hall eines Schusses erstarren ließ.

Sie hatten uns.

Link hatte uns erwischt! Oder Cornwall. Oder sogar Jen? Fuck! Bitte nicht Jen!

»Jetzt komm schon!«, raunte Finn, sichtlich bemüht, leise zu bleiben.

»Aber …«, wollte ich gerade einlenken, wurde aber sofort unterbrochen.

»Das war eine Silvesterrakete! Idiot!«

Tatsächlich knallte es erneut und diesmal hörte ich das anschließende typische Summen eines Feuerwerks. Erleichterung durchströmte mich. Silvester. Keine Pistole. Gott sei Dank! Somit war die Frage des Datums und der Uhrzeit also auch geklärt.

Plötzlich blieb Finn abrupt stehen und bohrte seine Finger in meinen Unterarm. Fast hätte ich aufgeschrien, da er unbeabsichtigt die Schnittwunde erwischt hatte. Doch ich presste mit Tränen in den Augen die Lippen zusammen, da ich, genau wie Finn, Links Stimme hörte. Direkt rechts über unseren Köpfen befand sich ein schmales Kellerfenster, durch das zwar kein Licht fiel, allerdings Geräusche zu uns drangen.

»Ein unbekanntes Auto in meinem Wald? Ja und wieso stehen Sie dann noch so dumm vor mir? Suchen Sie den Besitzer! Haben Sie Personen auf meinem Grundstück gesehen? Cornwall? Jen? Sie wissen, wonach Sie zu suchen haben! Und schicken Sie Lorat zu Liam in die Zelle. Ich habe irgendwie ein komisches Gefühl heute. Er soll überwacht werden.«

»Jawohl, Sir.«

Oh Fuck! Hoffentlich gab es mehrere Wege zu meiner einstigen Zelle. Sonst bekamen wir bald ein Problem. Finn teilte vermutlich meine Gedanken, denn er drehte sich prompt um und zerrte mich zurück in die Richtung meiner Zelle.

Okay, vermutlich gab es nur diesen einen Weg. Verdammt!

Wir waren gerade um eine Ecke gebogen, als mit einem elektrischen Summen der komplette Kellergang in grelles Licht alter Neonröhren getaucht wurde. Ich erkannte die blanke Panik in Finns Augen und mir selbst hämmerte das Herz bis zum Hals.

Als wir entfernte Schritte hinter uns hörten, rannten wir beide los.

Finn riss an sämtlichen Türgriffen, die wir passierten, und zog mich schließlich, als einer davon nachgab, mit hinein. Dieser Raum war ziemlich identisch ausgestattet wie mein voriges Verlies: Eisenbett, Waschbecken, sonst nichts. Mit dem einen Unterschied, dass sich hier ein kleines Kellerfenster befand.

»Passen wir hier durch? Was meinst du?«

Ein lautes Fluchen aus dem Gang riss mich aus meinen Fluchtgedanken und machte der Heidenangst Platz.

»Verdammt! Er ist abgehauen! Sucht ihn! Und seht in jedes verfickte Zimmer!«

Kurz darauf knallten schon Türen und ich hörte wild trampelnde Schritte. Mein Herz gefror zu Eis. Verdammt! Wir saßen in der Falle!

»Hinter die Tür!«, zischte Finn, packte mich und presste mich keine Sekunde zu spät an die Wand, als auch schon die Tür schwungvoll aufgestoßen wurde. Durch die Wucht wurde Finns Körper schmerzhaft an meinen gepresst, und ich atmete quasi seinen Atem ein. Nein, dazu hätte ich atmen müssen, was ich mir in diesem Augenblick nicht erlauben konnte. Wäre die Situation nicht so brenzlig gewesen, hätte ich mich wahrscheinlich über die nicht vorhandene Distanz unserer Körper lustig gemacht und hätte irgendeinen dummen, schwulen Witz von mir gelassen. Doch ich konnte nur auf den Lichtkegel einer Taschenlampe sehen, die einmal durch den Raum geschwenkt wurde. Oh Gott! Wenn diese Person die Tür nur ein kleines bisschen bewegen würde, würden sie uns entdecken. Ein Blick zu Finn zeigte mir, dass er die Lippen fest aufeinanderpresste und die Augen geschlossen hielt. Womöglich rechnete er schon mit dem Schlimmsten.

»Und?«, hörte ich die dunkle Stimme Lorats und mir wurde speiübel. Die Wunden und Verletzungen, die ich immer noch trug, stammten allesamt von ihm. Dieser verdammte Wichser liebte es, Schmerzen zuzufügen.

Hoffentlich hörten sie mein Herz nicht so laut pochen, wie ich es tat.

»Nichts. Suchen wir weiter. Sie müssen hier irgendwo sein!«

Die Tür schloss sich und wir wurden augenblicklich in eine angenehme Schwärze gehüllt, doch ich wagte es immer noch nicht, zu atmen. Finn schien es ähnlich zu ergehen, da er nun seine Stirn direkt neben mir an die steinerne Wand abstützte und seine Finger in meine Schultern krallte. Ich spürte, wie sein ganzer Leib zitterte.

»Wir müssen hier raus, Finn«, flüsterte ich und hörte mein eigenes Beben in der Stimme.

Finn nickte ein paar Mal und deutete nochmal zu dem schmalen Fensterschlitz. »Passen wir da durch?«

Normalerweise hätte ich Finn bei so einer Frage den Vogel gezeigt. Das Fenster war wirklich extrem klein! Abgesehen davon, dass es keinen Griff zum Öffnen gab – es war quasi nur ein Sichtfenster. Allerdings blieb uns keine andere Wahl.

»Lass es uns versuchen.«

Die Wand hatte zum Glück ihre besten Zeiten lange hinter sich gelassen und glich optisch eher einem Schweizer Käse als einer stabilen Mauer. In den verschieden großen Rissen und Löchern konnte ich mich problemlos festgreifen und nach oben klettern. Innerhalb weniger Sekunden hing ich oben am Fenster. Doch nun begann die eigentliche Aufgabe: Wie sollte ich mich durch ein so kleines Fenster zwängen? Und womit konnte ich die Scheibe zerschlagen?

Aus purer Verzweiflung holte ich aus und schlug mit meiner Faust dagegen. Nichts. Außer dass mir der Schmerz durch den gesamten Arm fuhr und ich zeitgleich Jens Stöhnen wahrnahm. Verdammte Scheiße! Jen!

»Liam! Die werden mit Sicherheit bald zurückkehren!«, drängte mich Finn. Als würde mir die Panik nicht im Nacken sitzen. Als wüsste ich nicht, dass die Zeit gegen uns spielte.

»Hast du irgendetwas Spitzes bei dir?«

Ich hörte Finn rascheln, klopfen und anschließend ein leises Klirren. »Ich habe nur den Schlüsselbund.«

Tja, dann musste ich tatsächlich versuchen, mit den Spitzen der Schlüssel eine Scheibe einzuschlagen. Schnell nahm ich den Schlüsselbund entgegen, verkrampfte meine andere Hand fest in der kleinen Mulde, um nicht von der Wand zu fallen, und war zum wiederholten Mal dankbar, dass ich klettern konnte. Anschließend steckte ich mir jeden einzelnen Schlüssel zwischen die Finger, sodass sie wie spitze Waffen in meiner Faust aufblitzten, holte noch einmal aus und krachte mit voller Wucht gegen die Scheibe.

Ein Splittern, ein kleiner Riss und erneut das Stöhnen von Jen in meinen Ohren.

»Beeil dich!«, ermahnte mich Finn, also schaltete ich mein Gehirn ab und wiederholte den Fausthieb. Immer und immer wieder drosch ich auf die Scheibe ein, ignorierte die schmerzenden Schnitte in meiner Hand, verdrängte die Schmerzensrufe von Jen und hoffte inständig, dass Lorat weit genug entfernt war, um uns nicht zu hören.

Endlich hatte ich den Großteil der Scheibe ausgeschlagen und versuchte nun, mich durch die Öffnung zu zwängen. Dabei ignorierte ich meine innere Stimme, die mir ununterbrochen erklärte, dass ich da niemals durchpassen würde, und schlüpfte mit meinen Armen durch die Öffnung.

Ein stechender Schmerz fuhr durch meine Schulter und ich biss mir auf die Lippe, um nicht aufzuschreien. Verdammte Scherben. Und verdammt Jen! Ihr Schluchzen ging mir unter die Haut. Plötzlich fielen mir die vielen, waghalsigen Trips ein, die ich in meinem Leben unternommen hatte und mein schlechtes Gewissen legte sich wie ein dunkler Teppich über mich. Was hatte ich Jen nur jedes Mal angetan? Oh Gott! Ich hatte sie so oft der Lebensgefahr ausgesetzt. Mir wurde schlecht.

»Liam! Was tust du denn? Mann! Die kommen bestimmt bald zurück!«

Finn hatte Recht. Dies war der ungünstigste Zeitpunkt, um alle meine vergangenen Fehler zu bereuen. Irgendwann musste und würde ich mich bei Jen für alles entschuldigen. Doch nicht jetzt. Ich holte noch einmal tief Luft und kämpfte mich durch die Öffnung. Tatsächlich kam ich, mit einer extremen Drehung meiner Schultern und einer kurzen Panikattacke, als meine Hüfte feststeckte und ich erneut die spitzen Glassplitter meine Haut aufschlitzen fühlte, durch. Schnell drehte ich mich um, reichte Finn meine Hände und versuchte, ihn hochzuziehen.

Da er viel schlanker war als ich, lag er kurze Zeit später neben mir im Gras, während über unseren Köpfen ein gigantisches Feuerwerk explodierte.

Dieses geringe Licht ermöglichte es mir, mich umzusehen. Das Haus, aus dem wir geflohen waren, ragte hinter uns durch massiven, dunklen Stein, etwa drei Stockwerke empor. Ein breiter Rasenstreifen trennte das Anwesen von einem angrenzenden Wald. Allerdings erstreckte sich das Gebäude in beide Richtungen, so dass ich in der Dunkelheit überhaupt nicht einschätzen konnte, wie groß und vor allem wie abgewinkelt es wirklich war.

»Wo ist Jen?«

Finn sah sich um und schüttelte den Kopf. »Ich habe keine Ahnung, wo wir hier sind. Links Anwesen ist riesig! Ich kam vorhin von einer ganz anderen Richtung. Über eine gepflegte Parkanlage, an alten Ställen und dem Haupteingang vorbei, der sich durch einen Torbogen abhebt. Von dort musste ich nur noch eine Hausecke passieren, weil Ria da ein Terrassenfenster für mich geöffnet hatte. Aber eigentlich hätten wir, um dort zurück zu gelangen, den gesamten Gang entlanglaufen und dabei dreimal abbiegen müssen. Tut mir echt leid, Mann. Das war jetzt eine Notlösung. Oh verdammt, Liam. Du blutest ja. Alles okay?«

Ich atmete tief durch. Nein, nichts war okay. Jedoch waren die Schnittwunden im Augenblick meine geringste Sorge. Ich konnte mir jetzt nicht erlauben, in Panik auszubrechen.

»Wir müssen zu Jen. Oder zu Cornwall.« So schwer konnte und durfte das doch nicht sein.

»Kannst du sie denn nicht fühlen?«

Ich blickte Finn kurz und erstaunt an, der unsicher seine Schultern anhob. »Ich meine ja nur. Sie hat dich so immerhin in der Lawine gefunden.«

Und ich hatte sie so im Krankenhaus gefunden, fiel mir plötzlich ein. Stimmt! Ich schloss die Augen und konzentrierte mich auf Jen. Den Klang ihrer Stimme, ihre Haut, den Duft ihres Shampoos. Jen, einfach nur Jen.

Da war sie. Tatsächlich. Ich fühlte sie überdeutlich und drehte mich nach rechts.

»Hier entlang!« Diesmal zog ich Finn hinter mir her, versuchte dabei, dicht an der Hausmauer zu bleiben, um nicht entdeckt zu werden. Ich wusste genau, wenn ich die eine Ecke des Anwesens erreichen würde, könnte ich Jen sehen. Denn dort, irgendwo dort, musste sie sich befinden.

Doch dann blieb ich abrupt stehen.

Link!

Lichtkegel von Taschenlampen durchkämmten den Park, der sich nun, als wir direkt an der Hausecke standen, vor uns auftat. Ich hielt den Atem an, als Finn mich plötzlich zu Boden drückte. Ja, das war eindeutig die sinnvollere Idee, als einfach stehen zu bleiben.

Link wusste also bereits, dass ich geflohen war. Und er wusste, dass Jen hier war.

Bestimmt wusste er das.

Fuck!

»Liam! Wir müssen einen anderen Weg finden. Lass uns umkehren. Bitte.«

»Aber Jen ist hier! Ich kann sie fühlen! Verdammt! Glaubst du, ich lasse es zu, dass Link sie findet?«

»Und was willst du tun? Direkt in Links Arme rennen?«

Noch bevor ich nur einen einzigen Gedanken fassen konnte, wie ich zu Jen gelangen könnte, dröhnte Cornwalls Stimme durch den Park.

»Suchen Sie mich, Kollege?«

Ich schüttelte fassungslos den Kopf. »Was macht er denn da? Will er Jen gleich persönlich ausliefern, oder was?«

»Keine Sorge. Jen ist nicht bei ihm. Sie wartet mit Trixie zusammen außerhalb der Anlage.«

Nur das Problem war, dass ich Jen fühlen konnte. Überdeutlich. Und zwar aus Cornwalls Richtung. Ich robbte mich an der Mauer entlang und schielte vorsichtig um die Ecke.

Links dunkles Lachen hallte durch die Nacht und *Fuck* - hatte er wirklich eine Knarre in der Hand?

»Oh, das war ein sehr dummer Fehler von Ihnen, herzukommen.«

»Das bezweifle ich, Link. Ich hole nur meinen Freund ab. Und ich rate Ihnen, sich dabei nicht einzumischen. Denn auch wenn es so aussieht – ich komme nicht allein.«

Hoffentlich bluffte Cornwall nicht! Sonst waren wir so was von am Arsch!

Ich spähte an Link vorbei, hinüber zur Parkanlage und riss die Augen auf. Jen! Dort hinter einem leeren Springbrunnen kauerte sie. Selbst wenn ich nur Schemen und kaum einen Schatten in der Dunkelheit erkennen konnte, wusste ich es mit völliger Sicherheit – es war Jen. Verdammt! Nur wenige Meter von Link und seiner Pistole entfernt. Ich musste zu ihr. Irgendwie.

»Was tust du denn da, Mann?« Finn zog mich hinter die Mauer zurück, nachdem ich mich aufgerichtet hatte.

»Jen ist da! Ich habe sie gesehen!«

Finn stöhnte und ich sah seine geballten Fäuste. »Oh Mann! Warum tut sie nie das, was man ihr sagt?«

Trotz der beschissenen Lage musste ich grinsen. Sie war eben doch meine zweite Hälfte.

»Ein letztes Mal, Link! Rücken Sie Liam heraus!« Cornwalls Stimme war nähergekommen und als ich erneut um die Ecke sah, beobachtete ich, wie er auf Link zutrat.

Plötzlich hörte ich Sirenen von Martinshörnern und sah wenige Sekunden später das Blaulicht in der Dunkelheit aufblitzen.

»Das wurde aber auch Zeit!«, grummelte Finn und ich hatte überhaupt keinen Schimmer, wovon er sprach. »Niclas, also mein Bruder, wollte seine ehemaligen

Kollegen von Scotland Yard miteinschalten, aber wie es scheint, hat das etwas länger gedauert.«

Da ich weder wusste, wer Niclas war, noch, wie er als Deutscher Kontakte zur englischen Kriminalpolizei geknüpft haben konnte, zuckte ich nur kurz mit den Schultern.

Eigentlich war es mir auch egal, wer uns half. Hauptsache ich konnte zu Jen.

Ich sah erneut um die Ecke und mir drehte sich vor Schreck der Magen um.

Link hatte Cornwall gepackt und hielt ihm die Pistole an die Stirn. Was er zu ihm sprach, verstand ich nicht, doch die Message war eindeutig. Wer eingriff, musste Cornwalls Tod auf sich nehmen. Fuck! Wo war Jen? Natürlich hatte sie dasselbe gesehen. Ich beobachtete, wie sie sich aufrichtete. Nein! Ich wusste, was sie tun wollte, noch bevor sie sich regte. Ihren Entschluss spürte ich überdeutlich. Sie wollte sich ausliefern! Verdammt Jen! Nein!

Ich sprang aus meinem Versteck, ignorierte Finn, der mir fluchend und schimpfend folgte. Dass uns Link nun entdeckt hatte, war mir auch egal. Ich musste Jen beschützen! Das war meine einzige Mission.

Doch dann geschah etwas, das die Zeit einzufrieren schien. Jens durchdringender, panischer Schrei durchzuckte mein Herz. »FIIINN!« Als ob ich durch ihre Augen sehen konnte, nahm ich Link wahr, der seine Pistole fort von Cornwall auf Finn richtete, der genau hinter mir lief.

Er drückte ab.

Der winzige Bruchteil, in dem ich mit Jens Augen sehen konnte, gab mir genau die Zeit, die ich brauchte.

»*Runter*!«, schrie ich und warf Finn zu Boden.

»Lassen Sie sofort die Waffen fallen und ergeben Sie sich!«

Die erlösenden Worte der Polizei fühlten sich wie eine Liebeserklärung an. Wir hatten es geschafft. Wir waren frei.

»Mann! Hast du mir gerade mein Leben gerettet? Krass! Ich danke dir! Scheiße! Mir ist richtig schlecht …«

Ja, schlecht war mir auch. Und schwindelig. Außerdem verschwamm Finns Gesicht vor meinen Augen. Und irgendwie … Was war nur mit mir los? Hatte mich die ganze Aktion stärker geschafft, als ich es angenommen hatte? Aber irgendwie fühlte ich mich extrem seltsam … So kraftlos …

Ich sank auf die Knie, fasste an meinen Unterbauch und erschrak im selben Moment, in dem Jen ein verzweifeltes »Neeeeiiiiiin!« ausstieß.

Dann verstand ich.

Link hatte Finn zwar nicht getroffen.

Doch er hatte mich getroffen.

## 45

JEN

Nein! Nein, das durfte nicht sein!

Nicht Liam! Oh Gott! Nicht jetzt! Nicht, wenn wir endlich in Sicherheit waren!

Ich spürte den stechenden Schmerz im Unterleib und humpelte so schnell wie möglich zu Liam.

Nein! Bitte! Er durfte nicht. Oh Gott!

»Liam!« Ich fiel neben ihm auf die Knie und schluchzte erneut seinen Namen. Er sah mich mit einer Mischung aus Liebe und Verzweiflung an. Doch ich betrachtete nur seine blutüberströmte Hand, mit der er sich an den Bauch fasste, und kämpfte gegen die Übelkeit an.

»Oh nein, Liam! Liam, bleib bei mir, hörst du?«

»Ich bleibe immer bei dir, Elektro-Girl. Hast du vergessen, wer ich bin? Wir sind eins.«

Tränen verschleierten mir die Sicht, dennoch presste ich meine Lippen fest auf seine. »Ja, das sind wir. Und das bleiben wir auch, okay?«

Oh verdammt! Wieso klangen seine Worte so verwaschen?

»Was ist passiert?« Cornwalls besorgte Stimme ertönte hinter mir. Nur ganz entfernt hörte ich Links Protestschreie wegen Verleumdung und dass er seinen Anwalt verlangte. Doch all das interessierte mich nicht.

Liam. Liam zählte. Er und sonst nichts und niemand.

Dennoch drangen Finns verzweifelte Worte tief in mein Herz hinein. »Ich weiß nicht … Er hat mich

runtergerissen, weil Link auf mich geschossen hat ...
Aber ... Ich habe nicht gesehen ... Also ... Oh scheiße!
Ich wollte doch nicht ... Das hätte er nicht tun dürfen ...
Oh verdammter Mist!«

»Beruhige dich, Finn. Hat jemand einen
Krankenwagen gerufen? Wir brauchen einen
Krankenwagen! Wer hat sein Handy da? Hallo! Sie?
Polizei! Wir brauchen einen Krankenwagen!
Schussverletzung!«

Das durfte nicht wahr sein. Das konnte einfach nicht
wahr sein! Es war ein Albtraum! Nur ein Traum! Einfach
nur ein verflucht, beschissener Traum!

»Hey Babe! Wir sind zusammen! Wieso lächelst du
nicht?«

Liam lag inzwischen auf dem eiskalten Gras und
kämpfte genau wie ich darum, zu atmen.

»Ich bin glücklich, Liam. Überglücklich. Aber du
musst bei mir bleiben, hörst du?«, schniefte ich und
küsste ihn erneut. Wie eine Ertrinkende. Oh Gott! Ich
durfte ihn nicht verlieren. Nicht noch einmal.

»Was ist passiert, Steven?«

»Oh Ria! Er wurde angeschossen. Unterbauch.«

»Lasst mich mal sehen.«

Ich wandte meinen Blick fort von Liams Gesicht zu
Ria, die mit ihren schmalen, schlanken Fingern Liams
Bauch abtastete.

Ich hätte nicht zu ihr schauen dürfen. Denn ihr
Gesicht wurde völlig ausdruckslos und ich erkannte die
blanke Panik darin. Als sie dann auch noch kaum
merklich den Kopf schüttelte, verlor ich den Verstand.

»Nein! Neeeiiiiin!«

»Jen! Jen, beruhige dich. Ria ist keine Ärztin. Der
Krankenwagen ist schon bestellt. Er wird es schaffen,
Jen. Er wird ...«

»Steven!«, Rias Stimme klang harsch. »Ich muss dich sprechen.«

Ich versuchte, Cornwalls Schluchzen zu ignorieren, ebenso die leise, Unheil verkündende Stimme von Ria. Stattdessen legte ich meinen Kopf auf Liams Brust und lauschte dem Klang seines Herzens. Unseres Herzens.

»Ich liebe dich, Liam.«

»Oh Jen«, hauchte er seine Antwort und ich fühlte seinen warmen Atem auf meiner Kopfhaut.

Stumme Tränen flossen auf seine Brust und ich biss mir auf die Lippe, um nicht laut zu schluchzen. Nur Liam zählte. Sein Herzschlag. Mein Herzschlag. Unsere Einheit. Poch-poch, poch-poch.

## 46

# CORNWALL

»Hast du seinen Unterbauch abgetastet, Steven?«

Er verzog schmerzhaft sein Gesicht, doch er nickte. Natürlich hatte er das. Diese Verhärtung ließ nichts Gutes verheißen. Die Zeit drängte!

»Steven, das wird er nicht überleben. Nicht so jedenfalls!«

Cornwall konnte sein Schluchzen nicht mehr aufhalten, so sehr er sich auch bemühte, und legte verzweifelt seinen Kopf in Rias Halsbeuge.

»Er darf nicht sterben, Ria. Ich habe Mary doch versprochen, auf sie aufzupassen. Er darf nicht …«

Er fühlte Rias zarte Hand auf seinem Rücken, die ihm dennoch nicht den Trost spendete, den er benötigte. Wieso war Liam nur aus seinem Versteck gerannt? Links gehässiges Lachen hatte sich in sein Gehirn gebrannt, nachdem er erkannt hatte, dass die Polizei ihn gefasst hatte. »Tja, Kollege. Ich befürchte, jetzt gibt es keinen Gewinner mehr. Ich befürchte, dein Versuchsprojekt stirbt gerade.« Dies hatte Link ihm zugeraunt, bevor die Polizei ihm die Handschellen angelegt hatte.

Verfluchter Link! Als wären Liam und Jen Versuchsobjekte für Cornwall! Er liebte sie! Und jetzt würde er sie verlieren. Alle beide.

»Steven. Mir fällt gerade etwas ein.«

Er richtete sich auf und wischte sich die Tränen aus dem Gesicht.

»Was würde geschehen, wenn wir Liam und Jens Herzen vereinen? Denkst du, das wäre möglich?«

Cornwall starrte Ria ein paar Sekunden völlig ausdruckslos an, bevor tausend Gedanken auf einmal durch sein Gehirn schossen. Die Möglichkeit bestand durchaus. Es gab Unterlagen ihrer beiden Herzen, die gewiss auch als ein gesamtes Herz funktionieren würden. Schließlich hatte der ursprüngliche Zweck seines Experimentes genau darin bestanden: einen perfekten zweiten Körper als Organspender zu haben, der im Falle eines Notfalls für den anderen herhalten konnte. Das hier war ein Notfall. Doch dieser Schritt war äußerst riskant und bestimmt nicht einfach. Die Frage war zudem, wer würde sich einen solchen Eingriff zutrauen? Er selbst sicherlich nicht. Das würden sie nicht überleben. Plötzlich riss er die Augen auf. Kent! Professor Kent aus London hatte ihm zwar bei der Befreiungsmission von Liam keine Unterstützung zugesagt, allerdings hatte er sich auch nicht explizit auf Links Seite gestellt. Zudem galt er als einer der besten Herzchirurgen weltweit. Wenn er es nicht schaffte, Jen und Liam zu verbinden, dann konnte es niemand! Er musste es versuchen! Professor Kent musste ihnen helfen!

## 47

# JEN

Ich wollte Cornwalls Weinen nicht hören, auch nicht die Sirene, die den Krankenwagen ankündigte. Ich wollte Finn nicht hören, der langsam verstand, was Liams Verletzung bedeutete.

»Moment mal, wenn Liam … Also, wenn er … Dann kann doch auch Jen nicht … Nein … Jen darf nicht … Nein, nein! Nein! Das geht nicht! Sie darf nicht … Bitte! Ihr müsst doch etwas tun können!«

Ich krallte meine Finger in Liams Brust und ignorierte den immer größer werdenden, stechenden Schmerz in meinem Bauch.

»Jen! JEEEEN! Was ist passiert?« Trixies Stimme wehte zu uns herüber, doch auch die ignorierte ich. Ich inhalierte Liams Duft, wollte darin ersticken. Ich brauchte nur ihn. Nur Liam.

»Bitte Professor Kent, ich flehe Sie an! Was haben Sie zu verlieren?«

Ich hob nun doch meinen Kopf an und musterte Cornwall, der in sein Smartphone weinte. Nur warum, wusste ich nicht. Mir war so schwindelig. Und ich war so unglaublich müde.

»Danke, ich danke Ihnen! Ich … Ja, wir sind sofort bei Ihnen. Danke nochmals, vielen, tausend Dank! Sir, Sie müssen beide mit dem Krankenwagen befördern.«

Oh, tatsächlich – die Rettungssanitäter neigten sich in dem Moment über uns, um Liam auf die Trage heben zu können, und hielten nun inne. Aber sie durften ihn mir nicht wegnehmen. Er gehörte zu mir. Ich brauchte ihn!

»Verzeihung, Sir. Dieser junge Mann hat eine lebensbedrohliche Schusswunde und muss sofort notoperiert werden. Also lassen Sie uns unsere Arbeit machen!«

»Er wird es nicht überleben. Und sie ebenfalls nicht.«

Rias Stimme drang nur ganz langsam in meinen Verstand. Liam würde sterben. Und ich mit ihm.

»Nein!«, schrie nun auch Finn und ich hörte Trixies Schluchzen.

»Hören Sie! Bringen Sie beide in Ihren Krankenwagen und fahren Sie anschließend ins Wellington Hospital! Dort wartet bereits ein Kollege auf Sie. Er weiß, was zu tun ist. Also bitte beeilen Sie sich! Die Zeit drängt!«

»Aber, bei allem Respekt, Sir – das Wellington Hospital ist nicht das nächstgelegene Krankenhaus. Wir sollten ...«

»Aber das einzige, das den beiden helfen kann! Sie sind sehr speziell. Glauben Sie mir! Bitte! Und ich möchte gerne mitkommen.«

»Sind Sie ...«

»Der Vater der beiden. Ja!« Cornwalls Aussage brachte mich selbst in diesem Zustand zum Schmunzeln. Er war unser Vater, unser biologischer Vater. Mit diesem Gedanken sollte ich mich unbedingt noch tiefer befassen. Irgendwann ... Oh Liam!

»Ich habe es auch gehört«, hörte ich plötzlich Liams leises Lachen. Hatte er etwa meine Gedanken gehört? »Er ist 'n cooler Dad, oder?«

Ein heftiger Stich durchzuckte mich, als die Sanitäter Liam auf die Trage hoben und ich schrie auf. Oh Gott! Als hätte jemand ein Schwert in meinen Bauch gerammt und würde es nun langsam im Kreis drehen. Mir wurde speiübel und vor meinen Augen verschwamm alles.

»Äh …«

»Genau das meinte ich mit speziell«, erklärte Cornwall im Anschluss und fuhr mir liebevoll über die Stirn.

»Es wird alles gut, Jen. Ich verspreche es. Vertrau mir.«

Doch ich brachte anstelle einer Antwort nur ein Keuchen heraus. Stoßartig presste ich den Atem aus meinen Lungen und wartete darauf, dass der Schmerz aufhörte.

Erst als ich neben Liam im Krankenwagen lag, ließ der Schmerz ein wenig nach. Ich streckte meine Hand aus und Liam umschloss sie mit seiner. Der Schwindel legte sich und meine Gedanken wurden klarer. Er war hier. Bei mir. Es würde alles gut werden. Solange wir zusammenblieben.

»Liam, Jen, könnt ihr mich hören? Macht die Augen auf! Bitte!«

Ich folgte Cornwalls leiser Bitte und sah in ein völlig verzweifeltes Gesicht.

»Hört zu. Liam, es sieht nicht gut aus für dich. Ich habe vorhin mit einem Kollegen telefoniert. Professor Kent ist Herzchirurg und kennt euch beide seit eurer Geburt. Er kennt vor allem eure Herzen.« Cornwall atmete laut hörbar und zittrig durch und ich fühlte Liams immer fester werdenden Händedruck. »Ich glaube nicht, dass du die Schussverletzung überleben wirst, Liam. Deshalb müssen wir handeln.« Sein eigenes Schluchzen unterbrach ihn und ich presste die Lippen aufeinander. »Ich werde euch nicht aufgeben, versteht ihr das? Niemals. Professor Kent ist einer der Besten in seinem Fach. Er wird versuchen, eure Herzen wieder zu vereinen. Du würdest nicht sterben, Liam. Nicht wirklich. Und Jen könnte überleben. Was … Was sagt ihr dazu?«

Stille. Es herrschte absolute Stille nach Cornwalls Frage. Im Rettungswagen, aber auch in meinem Kopf. Absolute Leere.

Ganz langsam wiederholte ich Cornwalls Worte im Geiste. Liam starb? Nein! Nein, das durfte nicht sein! Bitte nicht! Das war doch alles nur ein schlechter Scherz! Niemals Realität! Nein, niemals!

»Ich tue alles, damit Jen leben kann. Das weißt du, Steven.«

Ich drehte mich vorsichtig zur Seite und sah unter Tränen zu Liam. An seinem Gesicht erkannte ich, dass er im Gegensatz zu mir, wusste, dass Cornwall die Wahrheit sprach. Er würde es nicht überleben. Oh Gott! Liam! »Ich kann nicht ohne dich leben, Liam! Ich will nicht!«

Liam hob mit schmerzverzerrtem Gesicht seinen Arm, was mich erneut zum Stöhnen brachte. Trotzdem ließ er sich nicht davon abbringen, seine Hand auf meine Taille zu legen. »Jen. Hör zu. Du wirst nicht ohne mich leben. Ich lasse dich nicht allein.«

»Aber … Du wirst …«

Er lächelte mich an. »Ich werde endlich vollständig sein, Jen. Das wird wunderbar, ganz einfach, weil du es bist. Du bist wunderbar.«

Tränen flossen aus meinen Augen und ich legte meine Hand auf seine Wange. »Wieso du? Wieso nicht ich? Das ist so ungerecht.«

Ich hörte Liams leises Lachen trotz der lauten Sirenen direkt in meinem Herzen. »Ach Jen. Seien wir ehrlich: Du warst schon immer die bessere Hälfte von uns beiden.«

Ich schluchzte verzweifelt. Oh Gott, warum tat das so weh? Mein Herz fühlte sich an, als würde es in tausend Fetzen gerissen. Kein Schmerz fühlte sich schlimmer an. Nicht einmal diese verdammte Schusswunde war ein Vergleich zu diesem Gefühl, das jetzt durch mich hindurchdrang und alles Licht und Leben von mir forderte. Liam! Ich konnte ihn nicht gehen lassen. Ich liebte ihn so sehr!

»Steven, kannst du mir einen Gefallen tun?« Liams Stimme glich eher einem Hauchen. »Schiebe meine Trage ganz nah zu Jen. Ich möchte sie noch einmal in meinen Armen halten. Nur noch ein paar Minuten.«

Jetzt heulte ich erst recht los. Und ich hörte auch nicht auf, als Liams Gesicht direkt vor meinem war. Auch nicht, als ich seine Lippen auf meinen fühlte, kombiniert mit dem wohlbekannten Stromschlag, als ich seine Arme auf meinem Körper fühlte.

»Ich liebe dich Jen. Und ich werde dich immer lieben«, hauchte er direkt in mein Ohr. »Du machst mich so glücklich. Ich bin so stolz darauf, deine Hälfte zu sein, denn du bist perfekt.«

»Ich will nicht, dass du stirbst, Liam«, wimmerte ich, doch Liam schüttelte den Kopf.

»Ich werde nicht sterben.«

»Aber …«

»Jen! Wir werden für immer zusammen sein. Endlich vereint.«

»Oh Liam!« Mein Körper bebte vor Trauer und Angst. Ich konnte gar nicht aufhören, zu weinen. Nein, ich wollte auch gar nicht aufhören. »Halt mich fest! Bitte halt mich ganz fest!«

»Oh Baby, das werde ich immer tun.«

»Sind Sie bereit?«

Ein alter, untersetzter Mann mit dicken Pausbacken, einer Knubbelnase und einer kleinen, runden Nickelbrille sah mich großväterlich an.

Nein, nein, ich war absolut nicht bereit! Ich würde es auch niemals sein. Sie konnten nicht einfach Liams Herz aus seinem Körper entfernen. Das durften sie nicht! Denn dann würde sein Körper sterben und ich würde ihn nie mehr berühren können. Ich würde ihn nie wieder lächeln sehen. Mich niemals wieder in seine blauen Augen verlieren.

»Jen.«

Liam streckte seinen Arm aus und legte die Hand auf meine. »Bitte«, hauchte er und ich merkte selber, wie ihm die Lebenskräfte schwanden. Nicht nur daran, dass ich selbst kaum mehr klar sehen oder irgendeinen vollständigen Satz denken konnte. Nein, ich sah es seiner Haltung an. Er hatte extrem starke innere Blutungen. Er verblutete. Dies hatte man mir erklärt. Lebenswichtige Organe seien angeschossen worden. Er würde es im Normalfall niemals überleben.

Diese Operation war die einzige Überlebensmöglichkeit für uns beide.

Trotzdem.

Oh Gott!

Ich konnte ihn einfach nicht loslassen. Ich wollte nicht.

»Jen. Hab Vertrauen.«

Okay, er hatte Recht. Ich musste diesem Professor, der laut Cornwall der angeblich beste Chirurg war, vertrauen. Ich musste hoffen und glauben, dass es gut gehen würde. Daher atmete ich ein letztes Mal tief durch und nickte schließlich.

»Ich liebe dich, Jen.«

Ich presste meine Lippen zusammen und kämpfte gegen den neuen Schwall Tränen an. »Ich liebe dich auch, Liam. Immer.«

Dann umfing mich eine warme, weiche Decke voller Dunkelheit und Schwärze.


Der dumpfe, rhythmische Schlag eines klopfenden Herzens erweckte meinen Geist. Poch-poch, poch-poch. Immerzu hörte ich das sanfte, warme Pochen.

Was war geschehen?

Vorsichtig öffnete ich ein Auge und blinzelte gegen die Helligkeit an, die eine Deckenleuchte über mir erzeugte.

Wo war ich nur?

Ich drehte meinen Kopf zur Seite und erkannte, dass es sich um ein Krankenzimmer handeln musste.

Krankenhaus … Moment …

Plötzlich überrollten mich die Bilder der vergangenen Stunden und ich schluchzte schmerzhaft auf. Liam!

Ich richtete mich auf, ignorierte den stechenden Schmerz in meiner Brust und sah mich im Zimmer um. Nichts! Das Bett neben mir war leer.

»Oh Gott, Liam!«, schrie ich und schlug mir die Hand auf den Mund. Das konnte nicht wahr sein! Nein, das durfte nicht wahr sein! Ich kämpfte gegen meine Tränen an, die ich ja doch nicht aufhalten konnte. Liam. Er war fort. Er war …

»Jen.«

Ich hielt inne.

Wessen Stimme war das eben?

»Jen.«

Noch einmal hörte ich die dunkle, warme Stimme.

Sie klang in meinem Inneren.

Nur wie …? Ich drehte die Handflächen auf, musterte meine Hände und berührte sacht meine Fingerspitzen. Dieses Gefühl … Noch nie zuvor hatte ich meine eigene Berührung so intensiv wahrgenommen.

»Jen. Ich bin hier. Immer.«

Dann legte ich eine Hand auf meine Brust und spürte den intensiven Herzschlag. Poch-poch, poch-poch.

Ein Lächeln stahl sich auf meine Lippen.

Liam. Ich konnte ihn fühlen. Er war hier. Bei mir.

Wir waren endlich Eins.

# Epilog

*2 Jahre später*

»Und du bist dir wirklich sicher, dass du da hinunter willst?«

Ich grinste breit, während ich Finns ängstliches Gesicht betrachtete, und streckte meine Arme aus, damit der Guide mir die Gurte anlegen und die Karabiner schließen konnte.

»Kneifst du etwa?«

Finn schüttelte schnell seinen Kopf, dennoch entging mir seine Stoßatmung nicht. Auch nicht seine zitternden Finger.

»Ich? Nein … Es sind ja nur hundert Meter, die wir gleich in die Tiefe stürzen werden. Und es ist ja auch nur ein klappriger Plastikstuhl, auf dem wir gefesselt sind. Ich und Angst? Wieso denn? Sieht doch alles total sicher aus … Gott, mir ist schlecht! Cornwall würde dich schimpfen, wenn er wüsste, was du vorhast!«

Ich kicherte. »Der ist viel zu sehr damit beschäftigt, seine Theorien über die Umlaufbahn von Elektronen zu verbreiten. Der hat nicht einmal Zeit, darüber nachzudenken, was ich momentan mache!«, konterte ich, obwohl ich wusste, dass das nicht stimmte. Heute Morgen erst hatte ich eine Nachricht von Steven erhalten, in der er mir von seinem Kongress in Stockholm berichtet hatte. Seine Experimente mit Liam und mir hatten ihn berühmt gemacht. Allerdings nicht, weil er mit seiner Formel Menschen heilen konnte, sondern weil er die komplette Sicht des Mikrokosmos geändert hatte – was auch immer das bedeuten mochte. Wirklich viel verstand ich davon ja nicht. Und es interessierte mich momentan auch nicht. Finns ängstlichen Gesichtsausdruck fand ich im Augenblick viel interessanter. »Außerdem sind es nur sechzig Meter freier Fall, wenn ich der Broschüre Glauben schenken kann. Ich wette, du kneifst doch!«

Als der Guide zu Finn trat und ihm deutete, in den Klettergurt zu steigen, wurde Finn aschfahl. »Oh verdammt! Wieso mussten wir ausgerechnet nach Neuseeland fliegen? Du hättest deine Semesterferien doch auch einfach zu Hause in Deutschland verbringen können! Das hätte Trixie und deine Eltern sicherlich gefreut. Du bist ja kaum mehr zu Hause, seitdem du in Yale studierst. Außerdem – halt! Vorsichtig! Das ist verdammt hoch! Die Karabiner sind noch nicht geschlossen! Oh Mann, Jen! Bungee-Jumping an einem Klappstuhl! Gott! Wann bist du nur so verrückt geworden? Ich hasse dich, habe ich dir das schon gesagt?«

»Ich liebe dich auch, Finn.« Ich grinste und ließ mich, nachdem mir der Guide den Daumen nach oben gezeigt hatte, in die Tiefe der Schlucht fallen.

Schreiend und lachend genoss ich das Gefühl zu fliegen und gleichzeitig zu fallen. Ins Nichts. Was für ein atemberaubendes Gefühl! Was für ein aufregender Kick!

Seit wann ich so verrückt geworden war?

Das wusste ich ganz genau.

Und ich würde es nie vergessen.

Ich legte eine Hand auf mein Herz, fühlte den wild pochenden Herzschlag und lachte befreit. »Danke, Liam!«

**ENDE**

# Danksagung

Ihr glaubt gar nicht, wie nervös ich gerade bin, während ich diese Zeilen schreibe. Denn das bedeutet, ich habe es tatsächlich geschafft. Das erste Buch zu veröffentlichen, ist ein ganz besonderes Gefühl und ich hätte das niemals ohne Hilfe geschafft.

Zuerst möchte ich meiner Familie danken. Danke Marc für deine Geduld, deine Unterstützung, deine hilfreichen Kommentare und Korrekturen. Ich liebe dich. Ich danke meinen zwei Jungs, denn ihr habt mir immer die nötige Zeit geschenkt, damit ich schreiben kann (Ein Hoch auf euren Mittagschlaf! Ich liebe euch!). Ein großer Dank geht an meinen Vater, denn ohne ihn würden Doktor Cornwall und seine Kollegen immer noch vor einem Rätsel sitzen. Danke dir für deine physikalischen und medizinischen Lösungsideen und deine Geduld, sie mir immer und immer wieder zu erklären, damit ich sie auch verstehen konnte. Vielen Dank an meine Schwester, die immer zuerst meine (sehr fehlerhaften und lückenhaften) Texte zu lesen bekam. Danke für deine Vorstellungskraft, hinter all die Fehler zu blicken, Danke für deine Unterstützung und deine Begeisterung! Danke an meine Mutter; deine Begeisterung für meine Arbeit tut unheimlich gut.

Ein weiterer großer Dank geht an meine vielen Testleser. Danke Maria, Julia, Sylvia, Katherina, Marleen und Chrissy. Ihr habt mir sehr geholfen!
Vielen Dank an meine lieben Autorenfreunde. Liebe

Erina Rens, liebe Sophy Stone, was wäre ich nur ohne euch?

Und ein riesengroßes Dankeschön an Kristina Licht, meine Lektorin, Korrektorin und Coverdesignerin. Du hast aus meinem Werk ein Schmuckstück gezaubert! Und ich weiß, dass meine Ahnungslosigkeit dir einige Nerven geraubt hat. Danke für deine Geduld, deine lieben Worte und deine Begeisterung für mein Buch!

Zu guter Letzt geht der größte Dank natürlich an euch: Danke liebe Leser. Ich danke euch für euer Vertrauen, für eure Neugier, euer Interesse. Gerade in der heutigen Zeit ist es für Neu-Autoren schwierig, Fuß zu fassen. Und es bedeutet Mut für den Leser, Neues zu wagen.
Vielen Dank, dass ihr mein Buch gelesen habt!
Wenn es euch gefallen hat, würde ich mich sehr über Rückmeldungen freuen. Ich bin gespannt auf eure Meinungen, Rezensionen und freue mich über jedes Wort von euch.

Ihr findet mich auf meiner Homepage:
www.nadja-raiser-autorin.de

bei Facebook
www.facebook.com/NadjaRaiserAutorin/

Auf Instagram
www.instagram.com/nadjaraiser_autorin/

Viele liebe Grüße,
eure Nadja